ファットガールをめぐる13の物語

This edition published by arrangement with Penguin Books,
an imprint of Penguin Publishing Group,
a division of Penguin Random House LLC
through Tuttle-Mori Agency, Inc., Tokyo

装画　牛久保雅美
装幀・本文デザイン　成原亜美（成原デザイン事務所）

目次

レックスに

わたしの片割れ。いつも影のように存在している。わたしが太ると痩せて、わたしが痩せると太る。冷ややかなネガの中で反転したわたし。歯は黒く、瞳は白く輝く、暗い陽射しの降り注ぐもうひとつの世界。

――マーガレット・アトウッド

宇宙にさからう時

ウルフデール通りとメイビス通りの間のマクドナルドで、わたしたちは宇宙にさからう。晴れた午後。メルもわたしも晴れた午後が大嫌いだ。このミザリーサーガ《あわれなものがたり》のやつは特に。ちなみに、ここに住む人だけが、ミシサガをそう呼んでいいことになっている。ミザリーサーガで、晴れた午後にやりたいことなんて残ってない。どれも１０００回やった。芝生に寝転んで、イヤホンは片方ずつ、同じ雲を目で追って、一緒にディスクマンを聴くこととか。不思議の国に迷い込んだふりをしている人になりきって、森を歩くとか。でもどれだけ奥まで進んでも、耳をすませば道路の騒音。通りをちょっと下って、みんな集まるケーキ屋で、パサパサのカップケーキを食べるのだって。他に気の合う子なんていないんだけど、とりあえず、ごみごみしたところに行きたい時はそこに。スタジアムのスタンド裏に座って、デイリークイーンアイスクリームのブリザードをシェアするのも。あそこは風が強いから、わたしたちのカトリックスクールのスカートは、切株みたいな膝の上でパタパタ踊る。ふたりのイチオシは、くだいたブラウニーとナッツを入れてチョコソースをかけたやつ。だったんだけど、何かの理由でもう売ってない。だから、角をまがったマクドナルドでマックフルーリーを食べている。ブリザードのほうがおいしかった。そうみんな言っている。注文でもっとあれこれ混ぜてもらっても。

いつもどおり、退屈で頭がおかしくなる。話のネタもつきた。大嫌いな子とか、好きなバンドとか、本とか、男の子を10点満点で採点していくとか、永遠に話せるわけじゃない。人類ゲームも続かない。全人類をいちど消去して、なんとか我慢できるタイプの人たちだけ、ふたりの意見が合えば呼び戻せるというルールだから。どういうシチュエーションで初体験するかみたいなことも。自分はどんな服で、相手は誰で、何を着てて、ＢＧＭは何のアルバムで、とか話すことにもいつかは飽きる。今日なんて2周した。けど答えはもう出ている。メルは赤いベルベットのドレス、相手はロンドンアフターミッドナイトというバンドのドラマーで、ルネッサンス風の衣装、ＢＧＭは『ヴァイオレーター』。わたしは紫のベルベット、相手はヴィンテージのスーツを着たヴィンス・メリノ、そして『レット・ラヴ・イン』がＢＧＭ、なんだけど、ここだけは変わるかもしれない。

だから運命《フェイト》ペーパーをしようと決める。この名前はメルがつけた。まず紙を小さく2枚にちぎり、ひとつにイエス、もうひとつにノーと書く。丸めて、それぞれの手でにぎったら、小刻みに振る。振りながら、目を閉じて宇宙に教えてもらいたいことをたずねる。声に出しても、胸でとなえてもいい。メルもわたしも胸でとなえる派だけど、今日みたいに緊急の時は、声に出すこともある。最初に手から落っこちた紙が答えだ。今、質問しているのは、メルがエリックに電話して、大好きなリー・ヘイゼルウッドの曲をまとめたミックスＣＤを気に入ったかどうか聞くべきか。で、運命ペーパーはさっそく1回目のノーを出していた。けど、3回やって多いほうにしたがうことに決めた。だって、運命ペーパーは間違うはずないんだけど、この場合ノーが正解なんて、絶対にありえない。メルが終わったらこっちの番で、ヴィンス・メリノに話しかけたほうがいいか、たずねることになっている。昨日の大失敗にもめげずに。

運命ペーパーはメルに2回目のノーをつきつける。そのあとわたしにもノー。

　宇宙はわたしたちに冷たい。理由はわかっている。だからマックフルーリーのおかわりを買って、しばらく自分たちがどれだけ太っているか話し合う。もちろんいくら議論しても、たとえ何度メルが自分なんて脱いだらばかでかいクジラだよと力説しても、知っている。太さで勝つのはわたしのほうだ。しかもかなりの差で。メルはお尻が大きい。それは認める。でもうなずいていられるのはそこまでだ。

　べつにいいじゃん、かわいいんだから——どちらのほうが太っているか問題でわたしが勝っても、メルはそう返してくるだろう。でも顔だけを考えても、わたしたちはほとんど同レベルだ。子供っぽくて鼻だけ浮いている。食事を抜いたり脱毛したりするのもぜんぜん上手じゃない。だから正直に言おう。この物語のわたしはたいしてかわいくない。たぶんメルが心底うらやましいと言う肌をのぞいては。あとオッパイも。わたしのは巨大だ、それはすばらしいことなんだ、すばらし過ぎて困るぐらいだとメルは言う。そもそも「オッパイ」という言葉を使うようになったのはメルのせいだ。本当はたとえ頭の中でも、そいつをそれらしい名前で自然に呼ぶことができない。そいつ自体が恥ずかしい気がするし、それを指す言葉だってすべて恥ずかしい。けどメルが言うように、自分の武器の名前を呼んでみようと努力はしている。そんなふたつの武器があっても、見た目が勝つのはメルのほうだ。肌には炎症があって、ブリーチしなくちゃならないヒゲも生えている。でも間違いなく、好きな男の子と付き合うのぞみがほんの少しでもあるとすれば、それはメル。じゃなきゃ、となりのテーブルの男たちが自分にサインを送ってきただなんて、まっさきに主張できないと思う。

わたしは男たちに気づいてもいなかった。オレオ・マックフルーリーを食べるのに集中していた。いちばん下に残った、大きめのオレオを引きあげないまま捨てるのは許せない。メルは唇を動かさないでほとんど声も出さずに３時の方向を指しながら、男たちがいるよと伝えてくる。目を向けると、となりのテーブルにはビジネスマンが３人いてビッグマックを食べている。全員スーツを着ているから会社員だとは思うけど、もしかしたらスーツのセールスマンか銀行の窓口の人ってだけかもしれない。でも男であることは変わらない。血管の浮きでた毛だらけの両手に、嚙みあとのついたビッグマックがおさまっている。

「あいつら絶対にわたしのことをチェックしている」とメルは言う。もういちど確認する。けどこっちに視線を送っているようには見えない。というかお互いの顔だって見ていない。ただハンバーガーを見つめているか、目の前の空間を見つめているかのどちらかだ。

「いやそうじゃない」メルは言う――「やつらわたしのオッパイを見ている」メルはオッパイにものすごく自信がある。左胸のふくらみの上にあるホクロがいちばんの売りらしい。それを見せつけるために、ワンダーブラと胸が開いた服を着ている。

「胸好きな男がいい」がメルの口ぐせだ。「尻好きはいらない。だってこのお尻好きじゃないもん」

「そうだよね」とわたしも合わせる。

「わたしは嫌いなのに」とメルはわざわざ付け足す。「男は好きなんだよね。いいねっていつも言ってくるし。それでもやっぱり尻好きはいらない。そういうやつって後ろからばっかりやりたがるし」

「そうそう」とふたたび合わせて言う。わたしとメルが一致するのは、足好きだけは無理ということだ。

自分は１日中セックスオーラを出しているからあの男たちの目を引きつけちゃうのも当然だ、というのがメルの理屈だ。それはわたしの理解をはるかに超えている。わかる範囲で言うとたぶん動物のフェロモンとか、宇宙のエネルギーみたいなものなんだと思う。だってメルはいつも、それが宇宙に関係あると言う。まず宇宙が彼女のオーラを受信する。つづいてそれを男女関係なく同じ感覚の人たちに転送する、という仕組みらしい。となりの男たちもセックスオーラを感じているんだよとメルは言う。じゃなきゃ全員がこっちを見るはずがない。余裕でわたしたちふたり分をカバーするくらいの量が出ていて、そのおかげでわたしにも視線のおこぼれがあったというわけだ。やつら絶対にわたしたちふたりをチェックしている、そうメルは言う。もちろん最初にチェックされたのはメルのほうで、そのあとわたしたち両方という順番らしい。

　わたしは聞く。「ほんとに？」

　彼女は答える。「絶対そう。なんかムラムラしてこない？」

　ムラムラという言葉も嫌いだ。汗とか鼻息とかちぢれ毛とかを想像してしまうから。

「うんそうかも」わたしは言う。本当はまったく1ミリもそんな気分にはならないのに。となりの男たちはたいして魅力的じゃない。もちろん魅力ゼロってわけじゃないんだけど。でもやけにまばたき多いし、いかにもビジネスマンって感じの目をしてるし、ひとりなんて頭に白髪がある。全員わたしの父親くらいの年齢に見える。家を出て行ってからほとんど会うことがなくなったけど、ガールフレンドがたくさんいることは知っている。だいたいは自分がマネージャーをやっているホテルの同僚の人たちだ。たまにアパートに遊びに行くだけのわたしでも女の影に気づく――丸まった男物の黒いソックスのそばにふわふわして複雑なデザインの下着が転がっていたり、シンクの下にタンポンの箱があったり。それから男の上半身の形をした父の香水のボトルのとなりには、吐きそうなくらい甘い香水が見つかるんだ。留守電にメッセージが残されていたこともある。あなたの体が恋しいの、ああ、とっても。父の体が恋しいだなんてまともじゃない。自分の父親だからそう思うんじゃない。となりの男たちだって絶対に無理だ。いつもよりムラムラしてくるなんてことはない。でもそうかもしれないと口では言う。だって合わせないとメルは怒るから。付き合っていられないくらいにうざいやつになるから。

「ねえ楽しいと思わない？」彼女は言う。「あいつらのところに行ってイイコトしようって誘ってみるの」

「イイコトって何？」わたしは言う。

「何って、それは、わかんないけど」彼女は息をもらしながら言う。「口でしてあげるとか。お金もらって。こっちはそれぞれ50ドルはもらうよって伝えてさ。１００ドルでもいいかもしれない」

メルは少しだけ軽い。でもそれを言葉にするわけにはいかない。彼女は軽いという言葉が大嫌いで、まわりの誰かがそう言うと怒りだす。仲良しだったキャサリンにも信じられないぐらい怒ったことがある。キャサリンは学校の友達でシスター志望で、気に食わない人をまとめて軽いと呼ぶ。メルによれば口いっぱいに憎しみをこめてそう言うらしい。神さまの手じゃなきゃ触られるのも無理な子なんだよ、仕方ないじゃんとたしなめてみても、そういう問題じゃない、友達でも嫌なものは嫌なのとメルは返す。

その昔まわりから軽いやつ呼ばわりされて、メルは転校しなくちゃならなくなった。たいていはウワサだけだったけど、面と向かって言われることもあったらしい。80年代の映画みたいに。メルのほうからすごく好きになって、その時にはガールフレンドがいたのにメルの気持ちを知ってメルのことが気になり始めたやつとかが、そうだったみたいだ。そいつはガールフレンドとは別れなかった。だからそいつが自分に気があるってわかると、メルは森まで行って口でしてあげた。でもそれがガールフレンドにばれて、正式に軽い子になった。メルを見かけるたびにそう呼んだ。たぶんそいつは森での出来事の罪悪感から白状しようと決めたんだと思う。じゃなきゃ逆に自慢したくなって黙っていられなかっただけかもしれない。理由はどうあれ、メルは耐えられなかった。だから転校してくることになった。結果、わたしとメルが出会って、ふたりで退屈し始めることになった。

　うちの学校でもメルは軽いやつと呼ばれる。制服じゃない時に彼女が着る服を見て、みんながそう言う。でも制服の時の着こなしも原因だ。校則では痒くなるウールのタイツを履くことになっているんだけど、メルのはナイロン素材で太もものところまでしかない。スカートをウエストで折りまげて、肌をちょっと見せている。だからみんなメルをそんなふうに呼ぶんだ、というのが母の意見だ。わたしの意見は違う。おばさんっぽく聞こえるかもしれないけど、最近の子たちを見てみるといい。足の付け根までスカートを巻き上げている子だっている。わたしはどうかというと、だいたい膝丈で着ている。学校に行く途中ほんの少し巻き上げることはあるけど、いつも勝手にずり下がってくる。まあそんなこと気にしていない。だってもう少し時間がたてば、わたしは本当におどろくほどの美人になるはずだから。この鼻にぴったりの大人の顔になって、普通の量の食べものすらうけつけなくなって、どんな時もお腹を空かせてイライラしていて、でもびっくりするほど幸せな時間を過ごすことになっているはず。

　もう何分も経ってしまった。けど、メルはまだ3人のビジネスマンがわたしたちにいくらまでなら出せるか、真剣に考えている。そしてふたりの若さとどちらもバージンだという事実――もちろんメルの場合は超厳密にはという状態だけど――を考えれば、はじめの予想よりも、もっとずっと高い値段がつくという結論がでる。

「安くても３００ドル」彼女は沈黙をやぶる。「どう思う？」

「ぎり値下げしてそのくらいだね」わたしは言う、もちろんメルに合わせて。ただ合わせているだけだよ、と伝わるような声で。

もういちど男たちをよく見る。ふたりはまあまあだ。でももうひとりは少し太っていて青白くて虫のぬけがらみたいな小さな唇で、目はビッグマックでも満たせない飢えをあふれさせている。そいつの顔全体からにじみ出るのはムラムラという言葉だ。もしも本当にこれを実行することになった場合、わたしはずっとこいつの相手をする羽目になるだろう。

「でもあんな男たちとどこへ行けっていうの？」わたしは聞く。

「思うんだけど、あいつらの誰かひとりくらいは大きくて黒い車に乗って来てるんじゃない」メルは言う。

「みんなが乗れるくらい大きいやつにさ」

メルは拭き残した洗剤が固まった窓から駐車場を見る。私ものぞきこむ。

駐車場にそんな車は1台もない。

「奥に別の駐車スペースがあるよ」彼女は言う。「ちょっと行って聞いてみてよ」

「自分で行って」わたしは言う。「そっちが言い出したんだから」

彼女はわたしを見つめて深くため息をつき「はいはい」と言い立ち上がる。「待って」とわたしは言う。

「何？」

「まずトイレに行っておこう」

席から立ちあがると、メルは3人の男たちの方にゆっくりと歩いていって「ねえ」と言う。最高にセクシーだと信じる声で。でもその声と普通の声の違いは、ただいつもより大きいというだけだ。わたしの耳にはそう聞こえる。彼女はそのままの声で、もしかして時間がわかったりしませんか、とたずねる。

3人とも腕時計をしているのに、確認してくれたのはたったひとり——太っていて青白くてムラムラしているやつだ。残りの男たちは目をチラチラ見合わせて食べ続けている。

「5時半くらいだよ」見上げて彼は言う。同時に彼の小さな目がこちらの顔と胸をすばやくスキャンするのに気づく。これ以上すばやいチラ見なんて想像できないくらいさりげなく。でもトイレに入ったメルの頭の中では、それ以外の話題はきれいさっぱり消えている。

「ちょっとちょっとちょっとあいつ信じられる？　気づいた？　あいつの目、あたしらを舐めまわしてたよ」

「ほんとほんと、気づいたよ。明らかに見てたって」とわたしは答える。

「やばいよねえ、リジー。あたしらやるしかないよ」と彼女は続ける。

そしてわたしはうなずく。そう、わたしたちはやるしかない。

今日、学校はカジュアルデーだった。だから学校の帰りだけど制服は着ていない。このカジュアルデーというやつには毎回テーマが決められている。テーマなんてだいたいばかばかしくて、メルもわたしもいつもは完全無視をつらぬく。でも今回のテーマは60年代で、けっこうまともなアイディアなんじゃないかって思っていた。普通の子たちはヒッピーの格好をした。わたしもそのひとり。でもメルは段違いにイケてた。彼女はバリュー・ビレッジで頭が飛んじゃった感じの赤と白の柄のミニワンピを見つけた。70ドルぐらいだったと思う。そのドレスに合わせて、シルバーのラメが入ったリップ。今、鏡を見ながら塗りなおしているやつだ。上まぶたには黒いリキッドライナーで念入りにアイラインが引いてある。今日は1日中みんながメルをほめた。キャサリン以外はみんな知らない人たちだったけど。ドレス本当にすてきとか言うために、わたしたちが嫌っている女の子たちがひっきりなしにやって来た。メルは「どうもありがとう」と答えておいて、相手が声の届かないところまで戻ったら「ビッチ」のひとことを付け加えた。ふたりともおかしくて笑った。

リップを塗り終える。片方の目を閉じてアイライナーをさらに上塗りしているメルを見ながら「でも最後まではやっちゃだめだよね」と聞く。

メルはアイライナーの表面が乾くように片方の手であおぐ。

「何言ってるの」彼女は答える。「だめに決まってるでしょ。大丈夫？」

胸でかたまっていた息がふっとほぐれる。「そうだよね、わかった」とわたしは言う。

「ただ車の中でいかせるだけだよ、口で」彼女は言う。「絶対あいつらの人生最高の思い出になるよ」

「了解」とわたしは言う。舌で歯をなぞる。

戻ったらビジネスマンたちがいなくなっていますように。わたしはそう祈る。でも男たちはまだ揃ってそこにいた。そのうちのひとり、さっきの時間男は「おかえり」と聞こえてきそうな微笑みまで浮かべている。メルは彼らのテーブルに向かって一歩踏み出す。下からの視線がメルに集まる。ひと呼吸のあといざ口を開けようという瞬間、わたしはその手をつかみ引きもどす。

「何？」彼女は小声で言う。

「運命ペーパーに聞いてみよう。一瞬でいいから」わたしも小声で返す。

メルはため息をついてもとの席に座る。

彼女の手がテーブルナプキンの切れ端を丸めて所在なげに動かす。わたしはじっと見つめる。つよくまぶたを閉じて、できるだけ大きな心の声で宇宙に祈る。

紙が落ちる。それをテーブルから拾って、広げる。

イエス――紫のインクで書かれたメルの丸い字がそう告げる。

メルにお願いして3回中2回のルールに変えてもらう。

でも宇宙は2回連続でしわくちゃのイエスをつきつけてくる。わたしたちはそれをじっと見つめる。

「さあ、どうする？」メルは言う。

気づくと、ビジネスマンたちは席を立ってトレイを片づけ始めている。あのムラムラ男だけはたっぷり時間を使い、出口に向かう途中でわたしに微笑みかける。それは父親っぽさをねらったのが裏目に出て、どちらかといえば不気味な叔父さんに近くなってしまった、としかいいようのない表情だ。メルとわたしは見つめ合って、顔をしかめて全身を寒気が吹き抜けたふりをする。そしてふたりで笑う。

この日からもう少しあとのことだ。メルはほとんど会ったばかりの男たちと、車やタクシーに乗りこむようになった。そしてわたしは、そんなメルを歩道に立ってただ眺める人になる。メルは50ドルもらってユニオン駅のそばのトイレの個室に入って男を口でいかせてあげる約束をし始める。高校をやめてかなりたってから、もういちどあのカトリックスクールの制服を着ることになる。『グーニーズ』に出てくるスロースにそっくりなサドバリー出身の男を満足させるためだけに。メルが高校をやめたあと、わたしたちはコーヒーショップで待ち合わせをするようになる。メルはその足でＳＭバーに行ったり男に会ったりするつもりだ。イヤホンから流れる音楽は、日に日によくわからないものばかりになっていく。メルの肩や腕は傷と打撲だらけになって、そのひとつひとつに男たちとのエピソードが残されていて、わたしはその男たちを「イックさん」と呼ぶことになる。だってそいつらの名前はいつもイックという音で終わるから。リック。ヴィック。ふたりのニック。メルは男たちのエピソードを話して、わたしはそれに耳をかたむける。メルの傷ひとつひとつを見ながら。まるで色があべこべになった銀河のように、ふちは黄色く中は青黒いあざがうずを巻く。

　さらにその先にはきっと、わたしは停まったワゴンの後ろの席で両手首を汚れたジム用ソックスでひとつに縛られて、しつこく舐められることになる。君がいくことができないのは心理的なものだ、とか言う政治学専攻の大学生が相手だ。10歳も年上のインド人物理学者と公園に行くんだ。ぶつかりそうになるくらい大きな手ぶりで共振現象について解説したあと、この男は水路に沿って並んだ岩と岩の間で、服を着たまま腰をすりつけてくる。それより何年か前にはすでに、となり町のはずれにあるホテルで、父親と同い年くらいの男を口でいかせてあげているはず——じつはわたしの母の友達だ。学校が終わってから会いに行くというのを毎日くりかえして、1週間くらいすると男は罪悪感に耐えられなくなって母にばらす。で、二度と顔を合わせることはない。その週、学校からホテルに通うタクシー代はそいつが出す。リップとマニキュアの色を合わせて、パンツと同じ柄のブラをつけてシートに座るわたしは、まるで映画の中の女の子になった気分。タクシーが停まる瞬間までは。ホテルに着くと、料金を払うためにエントランスまで出てきたあいつが手を振っていて、それを見ると本当の自分が戻ってくる。今日もいい感じだねえ――上の階に向かうエレベーターの中で、誰もいなければそう言ってくるはずだ。いい感じは、きれいだよ、にはならない。この人も他のどんな人も、きれいだよ、とわたしには言わない。そのまま、長い時間が過ぎる。本当に長い時間が過ぎていく。

「あぁ、あいつら絶対に乗り気だったのに。そう思うでしょ」メルはそう言いながらイヤホンをよこす。わたしたちは席を立つ。「特に最後のあいつ」

「うん」右の耳にイヤホンを差しこみながら、わたしはあいづちをうつ。

「それに運命ペーパーもイエスだったし」そう言って、彼女も反対のイヤホンを左の耳に差しこんでディスクマンの再生ボタンを押す。「サム・ベルベット・モーニング――」と歌う声がふたりの耳にひろがる。

「あれがどういうことかわかるよね？」彼女は言う。「宇宙はあたしらにあいつらを口でいかせてほしかったってわけよ」

「じゃあ宇宙にさからったらどうなるの？」とわたしは聞く。金色のゲートを通り過ぎると、うってかわって不吉な口をぽっかりと開けたミザリーサーガの夜が、わたしたちを飲みこんでいく。

「どうって」彼女は考えながら言う。「今までさからったことないし。でも、そのうちわかるでしょ」

暗くふくらんだ雲の下をメルの家に向かって歩きながら、わたしたちはその答えをあれこれ考える。肩をならべて、歩幅をぴったり合わせて。イヤホンのコードが、どちらかにピンと引っ張られたりしないように。

最大のファン

　ちょうどウォッカひと瓶を空にし、カミカゼ7杯とダーティマザー6杯をあおったところだ。そろそろあの時間帯になる。俺の最大のファンに連絡でもしようかなって気分になる頃合だ……そういやあのおでぶちゃんの名前は何だったけか？　覚えられないんだ。リズ？　ライザ？　エライザ？　なんとかイザな気がする。大事なのは、金曜の夜でめちゃめちゃ遅いのにあの子はぜったい家にいるってこと。おでぶちゃんはいつだって家にいる。家で、妖精物語と神話のコレクションをアルファベット順に並べている。キャンドルを灯してルーン文字の占いをしている。天体模様のベッドに寝そべって目をつむっていつものバンプっぽい音楽みたいなのを聴いている。要するに、俺様からの連絡を待っている。ほらやっぱり。いつもどおり、あんたからの電話にこっちがばかばかしくなるくらいうれしそうにする。おでぶちゃんの否定しがたいもうひとつの美点だ。あの子はあいつらとぜんぜん違う。声を聞いたとたん電話を切ったり、間違いなく家にいるってお見通しの時間なのに電話の呼び出し音が鳴るにまかせたり、そんなことばっかりするやつら。おでぶちゃんは違うんだ——あんただってわかると、マジにびっくりして息止めるんだ。ぷっくり小さな口が、驚いてふるふるしながらちょこんと丸まっていく音も聞こえてきそうだろ。リップの色はダークレッドだろうな。

「え、どうしよう、ロブなの？」なんて、おでぶちゃんは口走る。とにかく舞い上がっちゃってるから！　電話もらえるなんて信じられないんだ！

「よぅ」エレンだっけ？　エリーズだっけ？　なんとかイスだ。冒険はしないほうがいい。「よぅ元気してる？」

　俺はこんな遅くに電話して申し訳ないって言う。そんなことないってわかった上でね。おでぶちゃんにとっては、俺からの遅過ぎる電話なんてものは存在しない。

「ぜんぜん大丈夫！　遅くない！」あの子は懸命に答える。電話をもらってとにかくうれしいんだ。「ほんと言うと、どうしてるのかなって気になってたけど」と付け足す。

　気にかけてくれるおでぶちゃんは優しい。あいつらとは違って、真心がある。今夜だって、この俺が生きようが死のうがどうでもいいとか、あいつらの言葉はとことん素気なかった。

　まぁ何て言うかひどい日だったんだ、とか話す。最悪な日だった。「それでさ、今から行ってもいいかな」と聞いてみる。嫌だとは絶対に言わないし、むしろほんとは来てほしいってことは最初からわかっている。

「もちろん！」と彼女。ただ、ひとつ気をつけないといけない。あの子の母親が眠っているから、表じゃなくて勝手口から入るほうがいい。「この前は忘れちゃっててママ起こしちゃったでしょう？」

　キモノガウンの巨大な女が玄関から睨みつけてきたことをぼんやり思い出す。大岩のような女の後ろからおでぶちゃんが手を振っていたのも思い出す。「あぁ、そうだ、お母さんね」と、あんたはもごもご応じる。腕時計を確認する。そろそろ実家を出たっていい年頃じゃないか？

　おでぶちゃんのところに来るのは久しぶりだ。夜更けにひとり、暗い心を抱きしめながら愛車のケツをすべらせて、彼女の小さなスキップフロアの平屋を目指した。母親が手をかけていたトスカーナ陶器の植木鉢をひとつぐっしゃぐしゃにしたのはだいぶ前のことになる。玄関への階段をよろよろと上り、「足を拭くんだワン！」とかほざく玄関マットに崩れ落ち、ドアにヘッドバンギングをかまして、逆さ吊りになった樺の枝をカタカタ鳴らしたのも懐かしい。アーティストとしてのスランプに陥り、この庭で芸術的惨事を起こして以来、会いに来てない。あの時は一晩中カウチに寝そべり、母親のコアントロー全部と他にも何か飲み干して、あの子はわかるわってうなずいてくれたりファッジを作ってくれたりしたんだ。

　今夜もまた、玄関へ続く道はスイセンで飾られ、そこをふらつきながら進んでいく。何も変わっていなくて嬉しくなる。正面窓の温かい光の四角形がゆらゆらしている。ぱっちり整えられたバラの茂みがある。ここで吐いたことがある。窓台には、ちまちま小うるさい紫色の花が詰まったプランターがあって、なんか笑えてきていじりたくなる。勝手口のドア枠めいっぱいのおでぶちゃんが、玄関を迂回するように手を振っている。俺に会えるからってはしゃいでるんだよ。両腕を頭の上で振って、小さな声で一生懸命何か言っている。「玄関はだめって言ったでしょ！　こっちから！　こっちよ！　音立てないで！」

「しぃぃーっ！」と答える。勢いあまった俺の指2本が唇にぶつかる。

　おでぶちゃんは、覚えているよりも大きくて、覚えているよりも女っぽいレースでひらひらして、覚えているよりも幼い感じがする。ちょっと奇妙だ。俺たちは時間を後ろに進んでるんだろうか、それともちゃんと前向きに進んでるのか、なんて考えながら、着古したベルベット生地に包まれたぽっちゃりがエッシャーの絵みたいな階段を降りるあとをついて行く。リビングはほとんど地下だけど、どういう訳か地上一階ということになっている。まぁどうでもいい。とにかくこの子を見ろよ。俺が来たって、あいつらはポップタルトをもうひとつトースターに入れるなんてことはしない。でも、このおでぶちゃんは、俺が来る前にバニラとイチジクのにおいのキャンドル全部を灯しておいてくれた。小さな銅の器でセージとナグチャンパを焚いている。母親のポプリポットには新しいホリデイ・スパイスが入っている。オーブンの前にかがみ込んで、両手にシェフハット形のミトンをして、バナナブレッド好きだといいんだけど、と声に出して祈っている。

「好きだよ」と答えて、バラ模様のカウチになだれ込む。インドっぽいクッションが擦れて、かさかさと乾いた音を立てる。

　ほっこりした気分になるんだよね。おでぶちゃんがキッチンとリビングをちょこまか往復して、俺が好きだって言ったことあるものをたっぷりのっけた皿を運んでくれるんだ。ロッキーロードファッジ。ピーナッツバターとラズベリージャムのサンドイッチなんて、耳を落としてちゃんと三角形に揃っている。俺がパンの耳を憎んでいることを、ちゃんとわかっている。知ろうとも覚えておこうともしないあいつらとは、ぜんぜん違う。

「来てくれるってわかってたら、もっと作っておいたんだけど」なんて言うんだ。次はもうちょっと早めに連絡してもいいかもしれない。そしたらもっとばっちり準備できるからね。

「今度は連絡する」と言って、おでぶちゃんに安心してもらう。「ところで、何か飲むものある?」こんな日をやり過ごしたんだからきついのがいいはずだ。「ひどい日だった」と言ってみる。

「聞くから話して」と、おでぶちゃんはねだるみたいに答えながら、残っていた母親のロゼを全部注ぐ。この前飲み干さなかった唯一の酒だ。

「そんなたいしたことじゃなくて、その……誰もまともに聴いちゃいないというか」と胸の内を明かす。ちゃんと聴くやつなんてひとりもいない。とくにあいつらとか。そう言って、彼女のぷくぷくしたピンク色の手から冷えたグラスを取る。

　ほらね、あいつらって誰のことなのか、おでぶちゃんはちゃんとわかってくれる。この子もあいつらが嫌い。今だってあいつらと言うだけで、彼女のベティ・ブープみたいなおめめが暗黒面に堕ちていく。

「わたしちゃんと聴いてるよ」とおでぶちゃんが言う。

「キミは聴いてくれてる」と俺も答える。「キミが聴いてくれて幸せだ」と言って、よれよれの笑顔でウインクしてやると、首や胸元が赤くまだらに染まる。

「ていうか、実は」と言いながら、胸のほうに手を伸ばして、クモの巣みたいな黒いレースにくっついている赤いリボンをいじる。「ここに来る理由は、ひとつはそれなんだ」新しい曲をいくつか作った俺は、おでぶちゃんに最初に聴いてほしいと思っている。「いちはんしゃいしょだぜ」と、おでぶちゃんに向かって決めるけど、俺の指は2本上がっている。

「ほんと？」と、彼女ははっとする。ほら！　な！　今夜はというか今週はというか今月はというか残り1カ月の今年はサイコーだろ！

　この子の反応はあいつらの反応とまるで違う。俺がアルバム（とりあえずタイトルは『11月に想う』）

を披露しようとした時、あいつらはやれやれみたいな顔して「どうぞー」と小さくひとことだけ。どの曲も、固く絞ったぼろ切れをさらに絞るみたいにして、魂の最後のひとかけらから捻り出したものなのに、爪にやすりをかけながら眉をひそめていた。俺の最大のファンであるこのおでぶちゃん――この子は聴いている。ちゃんとわかってくれる。たぶん下唇を噛んで涙をこらえているんじゃないかなって思う。床に仰向けになり（「しっかり聴けるように」と言って）、目をつむり、ノイズのループとか粒の粗いディストーションとかひとつひとつにまじめにうなずいている。

「すごい」が最初の言葉。目を閉じたまま、熱っぽくささやく。すごい、すごい、すごーい。おでぶちゃんはつぶやいて、まだらに赤い胸元に手を当ててる。それから、もう少し聴きたいか確認すると、あいつらとは違ってあきれ顔なんかせずに、だけどあいつらと同じことを言う。「そんな、まだあるの？」じらされているみたいに、「すっごく聴きたい」なんて言う。

　雄大。宇宙の始まり。荒々しい意志の強さを感じる。圧倒的才能。どれもこれも、おでぶちゃんが与えてくれる無数の形容詞のほんの一部にすぎない。それらのかたわらには、バナナブレッドやロッキーロードファッジやピーナツバターとラズベリージャムの三角形が並んでいる。この子が言うには、レナード・コーエンっぽいリリックで、ダニエル・ジョンストンみたいに正直で、ランボー的な悲劇の雰囲気がして、でもニック・ケイヴの獰猛さがある感じ、らしい。あいつらと違って、昼間のアルバイトは辞めないほうがいいとか言わない。かわりに、絶対あきらめちゃだめだと助言してくれる。うるんだ黒い瞳で愛おしそうに見つめてきて、犬みたいだ。

　俺は、へたれたベルベット生地に包まれたおでぶちゃんの膝に頭を置く。俺のこと理解しないあいつらがいるから、あきらめないことがどんなに大変か……そうやってぼやく。

「でも、わたしはちゃんと見てるから」と明るく返される。ぽてっとした手でそっと、俺のさみしくなりつつある茶色い髪を梳かす。

「そうなんだけど、あいつらがさ」と答える。息をのむおでぶちゃんに驚きと怒りが充ちる。

「その人たちって分かってないね」と鼻であしらう。ずっと思っていたことだ。俺とおでぶちゃんはいつも同時に同じことを頭に浮かべるみたいで、ちょっと感動する。なんか俺ら脳みそつながってるみたいじゃん、とか言う。だね、という返事。

「わたしたちソウルメイトみたいな感じだよね」と、小さな声でささやいて目を伏せる。それから一瞬空いて、おでぶちゃんはまた俺を見つめる。恥ずかしそうに、「ちょっと書いてみたものがあるんだ、あなたに」と言う。

読むつもりはなかったんだけど。8番目の曲の雰囲気に合うかもなって気がしてきて。ひょっとして興味あったりするかな、だって。

「イイね」と俺。

おでぶちゃんは、ケルトの妖精が描かれたノートを持ち、震える声で悲しい詩を読み上げる。そんなの耳に入ってこない。この子を見るのに夢中になる。目が離せない。手は震え、頬や胸元の赤いまだらは広がり続けて鮮やかになり（俺のせいで緊張している！）、黒髪のすきまからときどき恥ずかしそうな上目づかい。まるい瞳がうるうるきらきらしている。そうすると、俺は何が何だかわからなくなる。ダーティマザーかウォッカかロゼか黒魔術のせいなのか、理由なんかわかんないけど、おでぶちゃんにくぎ付けになる。このくらい夜中になるとありがちで、わりとかわいく見えてくる。セックスしてやってもいいかなって気分になる。ただし1時間限定。

まだ読み終えてないけど、俺は「すごいね」と声をかける。そうするとおでぶちゃんは静かになる。「キミすごいよ」と続けて、赤く染まった頬にかかる黒髪をそっと払う。

ぐっとくるんだよね。ちょっと触っただけで、おでぶちゃんの身体は震える。

「あのさ」と、か細い声。有名になってもわたしのこと忘れないでいてくれたら、それだけでうれしい。

「忘れないさ」と答えて安心させる。おでぶちゃんを忘れられるわけないだろ？　今のところはやっぱり俺の最大のファンだから。最大のファンを忘れるなんてあり得ない。そんなのとんでもない礼儀知らず。まったく、ほんとに、礼儀知らず。耳元でささやくと、おでぶちゃんは真っ赤になって、ふるふる震える。

バニラとイチジクのにおいのキャンドルはすっかり燃え尽きた。三角形のサンドイッチもファッジもバナナブレッドも全部胃の中。媚薬も入っていたんだろうな。それで今、おでぶちゃんが3人に見えている。3人のおでぶちゃんたちとB面のベストソングに合わせて踊っている。かけるつもりはなかったけど、聴きたいって頼まれちゃったから。むっちりした手のひらを合わせてお願いなんて言うんだ。わかった、わかったよ、おでぶちゃん。

俺の両手はワインに操られている、あるいはそう言い聞かせる。やわらかくしっとりした脇腹をさすり、はち切れそうな胸を撫で、人間離れしたお腹や太ももの曲線美をなぞる。

「この曲はキミのために作ったんだ」とか言ってみる。でも、どの曲がかかっているかもわからないくらい朦朧としているし、どの曲にしたってたぶんあいつらのことを考えながら作ったはずだ。あいつらの赤い唇と白い手足、そのずるい魅力。

　俺も俺の曲も、あいつらにはもったいない。あるいは、今のところそんな気がしている。だからこうして、あいつらとはもう終わりにしようと思っているんだと、おでぶちゃんに告げる。

「本当に？　ほんと？」と、彼女が小声で言うので、ほらこのリボンをした仔犬とこれから一緒に暮らすんだよとか言ったみたいな気分になる。

「ほんとさ」と、温かいパン生地のような首元でささやく。少しの吐息が、おでぶちゃんの全身を木の葉のように震わせる。すげぇよな。

　灯りを暗くしたのは俺のほうだったか？　階段を上がって下がって、ポスターだらけでクリスマスの電飾が点いている彼女の小さなベッドルームに連れ込んだのも、俺だったのか？　確かなのは、朝、心臓が早鐘を打って、耳元で神の哄笑がガンガン響いてたこと。目が覚めたら裸で、彼女の天体模様のベッドカバーにくるまり、口の中には長い黒髪が詰っていた。

　エドワード・ゴーリーの便箋に、どうかしていたんだと書く。自分でも何を考えたんだか、よくわからない。アル中みたいなんだ。それか、たぶん自己肯定感の問題かもしれない——とにかくわかってくれるとありがたい。いい感じの手紙になったけど、何かが足りない気がする。そこで俺は、サイン入りの『11月に想う（仮題）』に「最大のファンへ」と雑に書き足して、置いていく。

　皿を洗った排水色の朝焼けの中を、酔ったまま家へ車を走らせているうちに、下手な言葉を選んでしまったことに気づく。「一番のファン」と書くべきだった。もちろん今さらどうしようもない。

あいつが玄関先で待っている。魔女みたいなブーツの先をコツコツ鳴らして、ほっそりと白い腰にあてた両手の指はせわしない。羽毛のような赤い前髪の奥で眉間にしわを寄せて俺を見ている。服に付いたネコの毛を一瞥、バナナブレッドと肉体のにおいを嗅ぎとり、俺がどこで何をしてきたのか理解する。

「ばかね」と彼女は言う。「ほんと吐きそう。あの子となんでしょ？　まだ子どもでしょ？　何なの、17歳とか？」

え、子ども？

彼女は目を閉じ、やれやれと頭を振り、ため息をつく。愛を込めてステッカーを貼りまくったケースから俺がギターを取り出す時と同じ。「信じらんない」と、ようやく口を開く。「まじで無理なんだけど」

もし、マリファナのせいで口が乾ききってなかったら、喉が枯れるまでおでぶちゃんの家でワインを飲んでいなかったら、俺にも言いたいことがあった。俺だって、俺だって信じられない。

1週間が過ぎる。おでぶちゃんは電話に出ない。地下のアパートで、俺はひとり座っている。たいがいは酔っぱらって、ときどきは酒を飲まずに、立て続けにメッセージを残し、すぐに折り返してくれるのを待っている。そして、かかってこないということが信じられない。

それから3週間後、俺は初めて素面でおでぶちゃんに会いに行く。理由はわからない。ただ、あの子に会わなくちゃならないってことはわかっている。

飲まずに会いに来たことなんてなかったし、そもそも昼間に来たこともなかったし、家がどことなく違って見える。思っていたよりも小さい。揺れていない。庭の装飾は凶器にならない。

玄関マットに足を置き、そっとノックする。それからノックして、またノックして、樺の枝が落ちてしまうが、それでも返事はない。しかし、俺はあきらめない。あの子が俺を見捨てたことなんてなかっただろ。いつも言われるとおりに、裏へ回る。そのとき、開いた窓からおぼつかないコードが聞こえてきて、ナグチャンパが焚かれ、バナナブレッドが焼き上がるにおいが漂ってくる。アジサイの花壇に身をかがめ、半開きの窓から覗く。

あの子はベッドに横たわり、制服みたいな格好をしている。なんてこった。高校の制服だ。となりには、ひょろ長くやせた長髪の男がいる。見た感じ、俺よりも歳くっている。もっとむさ苦しい。給料も劣る。そいつが、おでぶちゃんのだから俺のインドっぽいクッションにもたれて、膝のあたりで脚なんか組んで、アコースティックギターの弦をもてあそんでいる。おでぶちゃんは目をつむり、巨大なお腹の上で手を組み、横になっていて、なんか死んでるみたいだ。髪が広がっている。いつもみたいにうなずいている。ゆっくりと、真剣に、聞き惚れているようなうなずき。

「すごい」と、彼女は目を閉じたまま言う。「めっちゃ壮大だねこれ、サミュエル」

「本気で言ってる？」

あの子はゆっくりと、目は閉じたままうなずく。「うん、本気。ざらつく現実感っていうのかな。それから、すごく……何て言ったらいいんだろう？」

男はおでぶちゃんをじっと見下ろしている。お告げを待っているみたいだ。「何だろう？　こう、むきだしっていうか……？」

「現実離れしてる」と、ようやく言葉が出てくる。「輝きがある」

「おぉ、ほんと？　そう思うの？」

「わたしにはわかるよ」

「すげぇな。キミがサポートしてくれなかったら、俺、まじでどうしたらいいんだろう、エレノア」

「エリザベス。でもみんなリジーって呼ぶから」

「そうだった。ほんとわかってるね」

おでぶちゃんが、この俺のおでぶちゃんが、頬を桃色に染めている。「そんな、いつでも聴かせて、ほんとに」

野郎がバナナブレッド食い始めた。ナプキンくらい使えよ。

「わたしが書いた詩、聞いてみたい?」とあの子が聞いている。「あなたの曲とぴったりなんじゃないかなって思って」妖精のノートに手を伸ばすのが見える。もうちゃんとカウチの肘掛けに用意されている。

「聞きたい。でもあのさ、ずっといじってる新曲があって、それ先にいい?」

「もちろん」と彼女は答える。もういちど横になり、ふたたび目を閉じる。男はまた演奏し始める。ひどくでたらめなコード進行で、あの子の母親が手入れする花壇からふらふら立ち上がって、家へ戻る間もずっと、俺の耳にこびりつく。

全身写真

「社会における個人」のクラスをふたりでさぼる。かわりにチャイナがスモーキーなアイシャドウのやり方を教えてくれる。本当なら斜めに並んで席をとって、慈善運動と草の根活動の違いを説明するバットストーンの、わきの汗じみがどんどん濃くなっていくのを見ているはずだった。でも今わたしたちがいるのは教室じゃなくて、マリファナとかを吸う子たちが使う女子トイレの出入り口からいちばん遠い個室だ。わたしは故障中のトイレのふたの上に座っている。チャイナはカーテンみたいなわたしの髪を手ではらって、顔が見えるようにする。太陽を見るように顔を上げて目を閉じる。チャイナは閉じたまぶたにアイカラーをのせていく。少し力が強くて、痛い。めのうと石板と骨が合わさったようなシャドウの色は、彼女が自分で混ぜたものだ。まぶたがお祈りをする子どもみたいにこわばって震える。トイレにはタバコとマリファナの匂いがただよっていて、背中はひんやりした銀色のレバーにぎゅっと押しつけられているし。チャイナがおおいかぶさってきて、クイーン・ウエスト通りのもう営業していない魔術ショップのムスクのような香りがしてくるんだから、どうしようもない。

「まぶたの力をぬいて、リジー」なんてチャイナは言う。とてもじゃないけど無理だ。だって相手はチャイナだ。あのチャイナがトイレの個室でわたしにまたがるようにしてスモーキーなアイシャドウを実演してくれている。こんなの宇宙がひっくり返りそうだ。最近ふたりで遊ぶことが増えてきたとはいっても、バットストーンの教室の外に立つわたしの目には、世界の裏側にいる存在のように映っていた。2分前。「やってあげるよ」――こっちを見上げて言う彼女の声を聞いて初めて、「そのアイメイクってどうやるの」と声に出していたことに気がついた。

「どう、よくなった？」わたしは聞く。力を抜け、とにかく力を抜くんだとまぶたに言う。チャイナが教えてくれているんだから、スモーキーなアイシャドウの秘密を、ほかの誰も知らない秘密を。そう言い聞かせる。

「んー、もうちょっと」彼女はマトリックスっぽいコートからドリンク・ミー《わたしを飲んで》と書かれたボトルを取り出してこっちに渡す。中身はわからないけど受けとる。中身のわからないそれはのどを焦がす。彼女は魔法のブラシをまぶたから離してわたしの咳が止むのを待つ。

「上向いてくれる？」彼女は言う。見上げると天井にはひびわれと黒い水の染みがある。彼女はまつげに沿ってガシガシとブラシを動かしていく。ブラシが擦れるたびに、まぶたが震えるから怒るんじゃないかと気になってしまう。でもそれは余計な心配で、最近ヤバいくらいつきまとってくるあの男が、やっぱりヤバいという話をまた始める。男の名前はウォレン。でもわたしたちの間ではアラスカ。チャイナはつきまとってくる男たちに州の名前をつけるのが好きだから。

「いまだにヤバいって？」

「普通じゃなくヤバい」そう彼女は言いながら、ボサボサのブラシでわたしのまぶたをつつく。

「どのくらいヤバいの？」わたしは聞く。無理やり力を抜こうとした目に涙がにじむ。どのくらい——いつもいちばん気になるのはそれだ。たとえばユタ。こいつは雨が降るとかかさず、チャイナのお父さんが乗っているホンダの曇ったフロントグラスにチャイナチャイナと書き続けた。そしてニューハンプシャー。チャイナの背中の下のほうにはステッペンウルフのタトゥーがあるんだけど、それを発見したこいつは彼女の家まで来て玄関先の芝生に座って同じステッペンウルフでもバンドじゃなくて、ヘッセの小説のほうを1日中読み続けた。ドイツ語の原文で。チャイナが言うには気づいたら雪の中で凍えていて、左耳は凍傷になっていたらしい。でも何より傑作なのはメインだ。こいつはメディカルイラストレーター、つまり人体を描いてお金をもらう仕事をしていたんだけど、「君は完璧な女性だ」なんてチャイナに会うたび言っていた。チャイナのほうは「あんたの勘違い、絶対ない」と答え続けたんだけど、相手も完璧だと言ってゆずらなかった。だから結局チャイナは「わかった、いいよ、それならわたしの絵を描いてみて。メディカルイラストレーターなんだからできるでしょ」と言った。「ただ欠点もすべてもらさず描くこと」という条件つきで。つまり現実を見ろということ。で、チャイナが言うには、作業を始めると4時間ぶっ続けでそいつのあれが固くなっていたらしい。結局そいつが信じていたとおり、チャイナは本当に完璧の女だったというオチだ。

　でも今日の「どのくらいヤバいの？」にくれた答えはこんな感じ。「男がこっちの寝顔を見つめ出した時、それが終わりの始まりだっていうのは間違いないね」

　わかるわぁと言っているかのように、わたしはうなずく。これまで1000回ぐらいは同じことを経験してきましたという風に。

「ちょっと動かないで、ぐちゃぐちゃになるよ」チャイナは言う。わたしはうなずくのをやめる。１ミリも動かないようにする。

「あれはヤバいよね」わたしはそっと言う。

「うん。やつにはもう終わったって宣言してあるのにさ」と言いながら、彼女はアイラインの先を目じりの内側にまで食い込ませる。ひとつの目がすんだらもうひとつの目。塗油の儀式を思い出す。「わたしたちもう終わってる」がチャイナの決めゼリフで、男たちが本当にヤバくなるのはそれを聞いた瞬間だ。そしてそこからがわたしの大好物だ。ヴァーモントがそう。とどめのお別れをつきつけられて、やつはチャイナの写真をすべて燃やした。煙のあがる靴の紙箱を彼女の家の玄関に放置していった。「でも写真全体が焼けているわけじゃなかった」とチャイナ。ただ顔だけ。１枚１枚の写真で彼女の顔だけ。そこだけが焦げてなくなっていた。「うわぁ」とわたしは言った。「ある意味アート」とも。それを聞いた彼女は「アート？　サイコの間違いでしょ」と言い、わたしは「うん、両方かも」と答えた。

「それでさ、もう終わりって言われてアラスカはどうしたの？」

「泣いた」彼女は言う。「信じられないくらいはげしく。あれは見ているだけでもきついよ、わかるでしょ。」

反射的にうなずきそうになってぎりぎりで止める。

「聞いてるだけでもきついよ」わたしは言う。ブレイクのことが頭をよぎる。昨日の夜、彼は泣いた。ＡＯＬの会員プロフィール検索でわたしたちがお互いを見つけ出した奇跡に感きわまって。話すことになっている夜はだいたい泣く。理由はふたりの奇跡だったり、わたしの心と体とたましいの美しさだったり。

まだこっちの全身写真は送っていないんだけど、彼は心の目でそうはっきりと見えるらしい。もちろんこっちには、彼が泣いているところは見えない。向こうのスピーカーから届くざらざらした音を通して聞こえるだけだ。

「ネットで付き合ってる人がいるんだけどね」わたしはこのタイミングでチャイナに伝える。「彼ともかなりきつくてさ」

「動かないで」彼女は言う。

「どうしても全身の写真を見たがるの。お願いって何度もせがまれちゃってさ。夜話すと毎回かならずって感じで。何て答えればいいかわかんないんだよね」

彼女はセクシーなモデルの写真が全体にプリントされた化粧ポーチから、黒いリキッドライナーを取り出す。わたしはそれをじっと見る。こんなライナーがあるなんて想像できる人はいないだろう。とにかく黒くて真っ黒だ。彼女が満足するほど黒いのはこれだけだ。ターゲットに売っていると教えてくれた。でもどこを探しても見つからない。冷たくてとがった感触がまぶたの下を這う。細くて柔らかな線が引かれるたびに、まるでナイフの先でなぞられているような感じがしてびくびくしてしまう。

「全身写真なんてたいした問題じゃないよ」彼女は言う。

「そうなんだけどさ。なんていうか、まだ自分のことをきちんと話してないのが気になって」

「動かないで」

「体重とか、そういうこと」わたしは付け足す。体重という言葉は、石のようにずっしりと口から落ちる。

「ちょっと黙ってて」彼女は言う。

トイレに座ったままもぞもぞ動く。ふたのひび割れにテープが貼ってあるのが感触でわかる。その下からはトイレのいやな臭いがする。無駄にまだ体がひるんでいるのに気づく。片方の目を開けるとチャイナはもうわたしからは離れていて、水がふちまでたまった洗面台のひび割れた鏡を見つめている。

「終わったの？」私は聞く。

「うん」

「どんな感じ？　変じゃない？」

「自分で見てみなよ」横に並んだ鏡を指さして彼女は言う。でも見る気分にはまだならない。もう少しだけチャイナそっくりの自分をただ思い描いていたい。遊ぶようになったのはまだ最近だけど、チャイナはいつもわたしのことを妹みたいに思っていると言ってくれる。見た目だって姉妹みたいだと言う人たちがいることをわたしは教えてあげる。「どの人たち？」チャイナは聞く。思い浮かぶのはウォーホル展でチケットをもぎってくれた女の人。デスのクロークでこないだまで働いていた女の子。文学や政治の授業をさぼってたまに行くレトロ風喫茶店にいるあのウェイトレス。「あなたたちって姉妹？」と、あのウェイトレスは毎回聞いてくる。「いや、違うよ。そんなわけない」とチャイナは答える。そのあとわたしを見て言う。「あなたはあなたらしくきれいなんだから」それを聞くたびにわたしは微笑む。ひとつしかないボートで彼女が行ってしまい、ひとり無人島にとり残されたような気分になる。わたしらしくきれいなんて嫌、ひとりは無理だ。そう伝えたい。でもだいたい何も言わない。せいぜい、ありがとうとひとこと返すくらいだ。

　わたしはトイレに座ったままチャイナを見つめる。

「似合わないかな？」

「何言ってんの、ほら」赤いシルクに竜の模様がついたリップカラーパレットを差し出して、彼女は言う。

くもった小さな長方形の鏡に映る片方の目と見つめ合う。「何これ」わたしはささやく。

「何？」

「すごいよこれ」

「ああ、ならよかった」人差し指の腹でリップをなじませながら、彼女は言う。「じつはあなたがずっと動いているからかなり失敗しちゃったんだよね」

鏡の向きを変えてもう一方の目を見る。それからまた元の目に戻る。

「信じられない」彼女のほうを見る。「ありがとう。本当にうれしい」

彼女は肩をすくめて、黒のキャンバス地に修正液でガイコツ模様をほどこした肩掛けカバンにメイク道具を突っ込む。「気にしないで」彼女は言う。「まじで、ただ目をやってあげただけ」

そしてわたしのベッドルームで一緒に横たわる。スモーキーなアイメイクとドリンク・ミーのボトルのあとだ。英文学の授業の気分じゃない。わたしたちはベティ・ペイジのポスターを見上げる。普通よりかなり高いハイヒールを履いたベティが、縛り上げられて椅子に座っている。新しい目と、頭からかぶったタイツがどんな感じか想像する。やり方を教えてくれたのはチャイナだ。網タイツの股のところに穴を開けたら頭を突っ込んで、足を入れるべきところに腕をすべらせるだけ。どんなタイツでもうまくいくけど、網目から指を出せる網タイツがいちばんらしい。

スモーキーアイとぴったりとした網タイツのおかげで、わたしは最高にセクシーな女だ――そういう気分になってきてるのは認める。

となりで寝そべる彼女のほうを向く。「どうかな?」

「セクシーだよ」爪の甘皮を見て顔をしかめながら彼女は言う。「見てきなよ」

「もう少し」わたしは言う。「もう少しだけ時間がほしいの。太って見えないよね、わたし?」

「それやめて」チャイナは答える。本気で怒っているかのように。彼女はわたしのような髪に生まれたかったらしい。そんなすばらしい髪であなたは本当についている、タバコを吸う人なのにすごくいい匂いがする。足首もそう。素敵な足首、今すぐ切り取って交換したいくらいよとも言ってくれる。私の髪と足首を。今すぐに。早く彼女にナイフを。チャイナはアニー・レノックスのような髪だ。昔ジョーイ・ラモーンの髪型にしていた頃は、まだ話をするような仲じゃなかった。ホーリー・トリニティでは仲良くなかったけど、転校する前の彼女をホールで見かけたことはあった。両方の耳からクモがぶら下がっていた。メルは彼女をニセモノと呼んでいた。音楽好きでもないくせに、格好だけはそれっぽくしてるという意味で。チャイナは背が高くて棒みたいに細くて死体みたいに青白い。そのまま、ミュージックビデオの中で、舗装されていない道を歩いていたとしてもおかしくない。空も地面も灰色で見渡すかぎり何もないところを、破れたドレスで画面に向かって歩いてくる。黒い唇は微笑んでいるかのように曲がっていて、体の横の手はキリストのように指先までまっすぐ開いている。わたしがホーリー・トリニティをやめて、このオルタナティブスクールに移ってきた時に友達になった。文学の授業中、目が合ったんだった。イレーザーヘッドっぽい見た目で、ただヘッセを読むだけとかいう課題をやらせる人が担当だった。

「バットストーン、さぼったこと怒ってると思う?」わたしは聞く。

「あの人は気にしないよ。そもそもわたしは最近ほとんどさぼってないし。いい加減卒業したいし」彼女は真剣にそう思っている。ホーリー・トリニティの時に2学年上だったということは、今はもう20歳という計算になる。「来週休まないかぎりは大丈夫」彼女は言う。

　わたしたちは来週ハイチについてのプレゼンをすることになっている。

「来週だけは裏切らないでよ」彼女は言う。

「大丈夫」わたしはよくさぼる、これは本当だ。人から見られるのがいやで部屋を出られないまま、何日も経ってしまうことがたびたびある。

　彼女はわたしのハンドバッグからマチネ１００を1本取り出す。モンタナに出くわさないようにしているから、急いで帰る必要はないらしい。片手でマッチに火をつけるあの技を見せてと頼んでくる。それは簡単だ。ケースの外側に折りたたんで着火パッドのすぐ下から親指でこすりつける。でも見せてあげられるものがひとつでもあるというのはうれしい。

　それから彼女は言う。「じゃあネットの彼について聞かせてよ。名前は?」

　ほんの断片で止めておく。何週間かさかのぼって、彼にＡＯＬで出会った時のこと。ハンドルネームはコズミック・ダンサー《銀河の踊り手》で、これはヒンドゥー教の神さまであるシヴァを指しているということ。歳は47で手足がまひしていること――これは言わない。ＬＡの近くに住んでいて、ゴシックロック、インダストリアルロック、ダークウェイブが好きで、リンチとフォン・トリアーの映画のファンだということ。映画の中で生きられるならどの映画をえらぶかという話をした時のこと（わたしは『プロスペローズブック』

と『エキゾチカ』、彼は『ネイキッド』と『ノーウェア』)、ふたりの人生のサウンドトラックは何がいいかとか、デュラスが描いたベトナムに住んだらどんな感じかとか。最近はもっぱら、彼のあれをもういちど固くする奇跡の人にわたしがなるだろうって話ばかりしていること——これも言わない。ハイになった彼は、インドでわたしとセックスするという細かいところまでよくできた明晰夢を思いだして語る。わたしはサリーを着ている時もあれば骨と歯のネックレスだけの時もあるらしいが、それを見た瞬間に彼のあれが固くなって車椅子から立ち上がって、わたしめがけて一直線に歩いていって花がちりばめられた祭壇で交わる。背のひくいインド人の女たちがまわりでじっと見ているというあらすじらしい。わたしは全身写真をせがんでくる彼を待たせているという話題に戻す。でも永久に彼を待たせておくことはできないことは過去の経験からわかっている。もうじき送らなければいけなくなる。

「彼ってかわいい？」

　彼がこないだ送ってくれた写真のことを考える。1枚は事故の前の写真、もう1枚は事故後の写真だ。いちど見たきり見返すことはしていない。

「モリッシーになら似ているかも」これは言い過ぎじゃない。モリッシーだってはげてきているという点では、たぶん。

「モリッシーってもうそんなに格好よくないよ」彼女は言う。「それで写真送ってあげるの？」

「どれを送るかまだ考え中」わたしは言う。彼女にこれまで撮った写真を見てもらう。母のボーイフレンドが撮ったわたしは、枯れたオークに寄りかかって、何かを思いこがれるように左を見ている。自分で撮ったわたしは、体が見えないように花びらでいっぱいにした浴槽の中にいる。メルが撮ったわたしはリビングにいて、頭の上には母が買ったモネの睡蓮のレプリカがある。抱っこしたネコで上半身を隠して、インド風クッションをうまく配置して下半身を隠している。「どの写真もどこがだめなのかわからないんだけど」と、撮り終えたメルが言っていたことを思い出す。「どのあなたもきれいだよ」

チャイナは写真をぱらぱらとめくっていく。顔をしかめながら。「全部あなたがぼやけちゃってるよ。それにむっつりしてるように見える」

「ふっくらしてるようには?」

「むっつりしてる」

「むっつりしてるって?」

「なんていうか、むかついてる。腹の底からむかついてる感じ」彼女はまた写真をめくっていく。「これは怖がっているように見える」

写真をベッドの上に放りだして、彼女はわたしのとなりにどさっと背中をおろす。「ねえ、父親がすごくいいカメラ持っているんだけど」彼女は言う。

「そうなの?」彼女に顔を向ける。目も鼻も唇もあごも、切れそうなくらいするどい。体は折り紙みたいに触れればくずれてしまいそうだ。もし彼女が写真を撮ってくれるなら。目をやって、服を選んでくれるなら。アートにくわしい彼女なら、どのアングルがよくてどのアングルがだめかも全部わかっているかもしれない。わたしの中から、湧きあがってくるものがある。希望かもしれない。

彼女は天井を見上げながらうなずく。「思うんだけど、フラッシュだって使わなくていいかもよ、わたしたち」

わたしたち。そう聞いて心臓がはねあがる。「使わなくていいの、わたしたち？」

「ちょっとなんなの。リピート機能か何か？」

「ごめん。ただどうしようってずっと悩んでたことだったからさ」

彼女の顔がくもる。「なんで？」

「きちんと自分のことを話してないんだもん。正直に」

彼女は写真を手にとって、また指先でめくり始める。「自分のことって何？」

「だからさ、あの、体重」

彼女は片方の眉を釣り上げたまましばらく見つめてくる。写真を手渡すと仰向けに戻る。「お腹空いちゃった。花ズッキーニがあればいいのに。まとめてフライにしてやるのに。今はまってるの」

「へえ」わたしは言う。

「それか中華。すぐにでも中華食べたい」

「いつ？」わたしは聞く。

「いつって何が？」

「いつ撮ろうか？　写真のこと」

「いつだっていいよ」あくびをしながら、彼女は言う。

今日がいい。そう心の中で言う。今日みたいな目の時に。もちろん場所はよく考えなくちゃならない。服も。「土曜日はどうかな？」

「土曜日なら大丈夫だと思うけど」彼女は言う。閉じかけたまぶたがかすかに動いている。

「じゃあ、1時くらい？」

「1時ね」彼女は繰り返す。もう目は完全に閉じている。わたしは彼女を見る。そのうち寝たとはっきりわかる瞬間がくる。わたしは寝顔をじっと見つめるようなやつにはなりたくない。だからリビングに移って座る。しばらくすると、がさごそと起きる音が聞こえてくる。

夜の間、鏡を見ないようにする。どうしても見てみたい気持ちをおさえて。自分からチャイナの匂いがする。男たちに写真を燃やされるような子。気持ちに応えてくれよってみんなに恨まれるような子。わたしはドリンク・ミーのボトルと完璧なスモーキーアイで胸がいっぱいだ。食欲はない。チャイナみたいになれるんじゃないかという思いが湧いてくる。わたしだって素敵に足を組んで椅子に座れるんじゃないか。マジック・マッシュルームで意識をとばしたりできるんじゃないかって。昔いちどだけやったと教えてくれた。救急車とかいろいろ呼ばなくちゃいけなかったらしい。わたしは自分の部屋に行ってチャイナのために作っている途中のミックスＣＤをかける。そのうちにコズミック・ダンサーと話す時間になる。今日のネタは文学の授業に着ていったエナメルの服のこと。全身の様子がわかるようにこまかく説明していく。

「はあ、この目で見られたら最高だったのに」や「おお、リジー、学校の男みんながきみにゾッコンだと思うね」とかいう反応が返ってくる。

「そんなのわかんないよ」わたしは言う。「ぼくはわかる。だって君の口から君のことを聞くたびに、ぼくのものは固くなるからね。本当に固くなるんだよ」

もちろん麻痺した体がそうなるなんて物理的にありえない。ふたりともわかっている。でもわたしは

「やさしいね」とお礼を言う。

「やさしいかどうかなんて関係ないさ。だって本当のことなんだから」彼は言う。

それから、チャイナという友達がいて土曜日に全身写真を撮ってくれるんだよと伝える。姉妹みたいだと言ってくれる人たちもいて。まるでドッペルゲンガーとかそういうやつみたいだって。デスに連れていってもらった時のこと。わたしの口にくわえたタバコを彼女の指がパシッとうばいさった時のこと。そして今日わたしをトイレの個室につれこんで、30年代とか40年代の映画スターみたいな、完璧にスモーキーな感じの目にしてくれたことも。「なんだって、リジー、すぐにでもおがめたらいいのに」彼は言う。

「わたしもすぐに見てもらいたい」と答える。

「ぼくたちには特別なつながりがあるとしか思えないよ、わかるかな。なんていうか深い深いところでつながっている感じ」

わたしはその通りだと言う。深くつながっているよね、と。彼はわたしが例の奇跡の人になるという話を始める。わたしを一目見るだけで彼はふたたび歩けるようになって、あれも固くなってズボンをべちょべちょにする。そしてふたりでガンジス川に入って交わる。そこは人が生まれ変わる神聖な場所だから、ヒンドゥー教の神さまたちも勢ぞろいで見てくれている。こんな調子で彼の口からあふれてくる物語に、ただ耳をかたむける。明かりの消えた天井を見上げて、タバコのけむりを輪っかにして吐きだす。闇の奥にはエナメルの服を着て全身縛られたベティがいるはずだ。完璧なスモーキーアイを思い出す。帰って部屋にいるチャイナのことを考える。壁に描かれた竜の群れ。歴代の男たちが滝のオブジェのように涙を流してきたという、彼女の作品。

「今、送ってくれたりとか、無理？」彼は聞く。

ちょっと疲れていてと言い訳しようとした瞬間、部屋のドアが開く。「エリザベス、そこで誰と話しているの？」

ドアがあったところに服を着た母のかたちが浮かぶ。わたしはじっと見る。「べつに誰でもないよ」通話を切断して言う。

「あのインターネットの男たちじゃないわよね」

わたしは何も言わない。セックスでぐちゃぐちゃになったリズ・テイラーみたいな髪をただじっと見つめる。つやのある黒いシルクのフェンディが大きな体をつつんでいる。買えるはずがないのに、どうにかして買ったに違いない。買えるはずがないのにどうにかして買ってしまったものが、家にはたくさんある。抽象画とか、仮面の役割をはたさないアフリカの仮面とか。

「今まで話していたのは誰なの？」と母は聞く。

「ローズマリー」わたしは嘘をつく。

「ローズマリー」母は繰り返す。

いちどだけ、しかも学校へ迎えに来た時に一瞬会ったことがあるだけなのに、母はチャイナを気に入っている。彼女のことはローズマリーという本名で呼ぶ。メルとは大違いだ。母にとってメルは悪影響そのもので、愛するわが子の「堕落」とか呼んでいたやつの責任すべてを押しつけていた。ローズマリーをセンスのいい子と呼ぶのとは真逆だ。

母はベッドルームの明かりを点ける。わたしは顔をゆがめて目をおおう。はやくボーイフレンドのところに戻れぱと思う。あの人が母のベッドルームで待っていることなんてわかっている。でも母はそこから動かない。胸の前で手を組んだまま。

「学校はどうだった？」

「普通」目をおおっていた手を下ろしながら言う。

「ちゃんと行ったの？」

「もちろん」母の視線がわたしにつきささる。わたしも対抗する。ひるんだりまばたきしたりしないようにして。母のボーイフレンドが写真を撮ってくれたことがあった。ひとつ前にネットで付き合っていた男が欲しいと言ったからだ。色は白黒。すべて接写。森やベッドルームや公園を背景に。でも送ることはなかった。そのあと見返してもいない。はやく出て行ってよと全身であらわす。それでもまったく動く気配がない。

「この学校でもだめだったらもう行き場所はないのよ、エリザベス。わかっているわよね」

　ようやく母は目をそらす。写真の一件があったのに母があの人とよりを戻したことも、わたしは気にしていない。その裏で何があったかを全部知っているわけじゃないと思うし。それにさみしいんだ。それはわたしにも伝わってくる。父が出ていったのはわたしが5歳の時で、それから誰とも付き合ってこなかった。太っていて中年で心臓も悪い。今の人を逃したら次のチャンスはいつになるか？　面と向かって言ったことはないけど、母だってわたしが理解していることを知っている。なんとなくは。話題にしないのと引き換えに、母もあれこれ口出しはしないという暗黙の了解があるように思う。

「いろいろ前向きになれないのはわかっている」オードリー・ヘプバーンのポスターに視線を移して母は

言う。母がわたしの部屋の壁に画鋲でとめたその上から、わたしがゾンビのシールを張りつけていったやつだ。「ただ心配になるのよ。あなたが自分のことをまったく大切にしていないから。自分を見てみなさいよ。まるですすんでみじめになろうとしているみたい」わたしが巨大なお腹を見返していることに気づくと、母は黒いシルクのローブの上から隠すように腕をかさねる。

わたしは腕を組んでうつむく。太ももの下のベッドカバーに焦点を合わせる。必要に迫られないかぎり、自分の体は見ない。また一段と大きくなった。体重計や全身鏡をやめてから何カ月もたつけど、それは感覚でわかる。

「嫌いなの」わたしはつぶやく。

「何？」

「自分の体なんて嫌いだって言ったの」

「その目はどうしたの？」

「ただのメイクだよ」

母はこちらをしばらくじっと見てから部屋の明かりを消す。

「まるで殴られたあとみたい」

土曜日、彼女はまだ来ていない。でも不安にふたをする。できることはほとんどやった——いろいろな場所の景色を見てまわったし、衣装の候補もいくつかベッドに並べておいた。あとはチャイナに聞いて選べばいいだけだ。彼女のアドバイスとアイシャドウがあればすべてうまくいくはず。チャイナは間違った判断をしない。絶対に。7時近くになってようやく彼女はやって来る。タンクトップにスコットランドスカートを合わせて、仕上げにとげのついた首輪をつけている。ツンツンの髪型にぴったりだ。粘着テープをまるごとひとつ手に持っている。

　それを目にした瞬間に心が沸きたつ。チャイナもこんなに本気なんだ。

「テープ持ってきてくれたの！」

　彼女は手の中のかたまりを見る。その瞬間テープが現れたかのように。

「ああ、うん。これは自分用。あとでデスに行くんだけど、今日のドレスが踊ると擦れちゃうやつで。乳首に貼るんだ。ほらわたし踊るとすごいでしょ」

　彼女の踊り方はよく知っている。ひとことで言えばぶっ飛んでいる。ミラーボールの下で目を閉じたらぐるぐるとまわり続ける。だからそこだけ誰もいなくなる。「うん、そう、そうだよね」がっかりして答える。「テープって、よく思いついたね」

「それじゃ始めていい？」彼女はカメラをかまえる。そのままシャッターを切りそうないきおいで。

「始めていいって？」わたしは繰り返す。メイクはどうなるの？　衣装は？　背景は？　照明は？　と心でまくしたてる。でも「まだなんだ。どの服にするか、まだちゃんと決まってなくて」としか声にならない。

　彼女は黒いロングスカートと黒いTシャツを着たわたしを見る。その服でいくんじゃないの、という表情だ。

「これ？　まさか、それはないよ」と言ってベッドを指さす。よさそうな洋服のパターンがいくつかそこに置いてある。合いそうな靴まで選んである。「まずあなたの意見を聞きたくて」と伝える。

彼女はそちらにしばらく目をやる。基本すべてがゆったりした黒いトップスに黒いロングスカートという組み合わせだ。

「わたしの意見？」

「どれがいいか。いちばんいいと思うか」

彼女は一瞬ベッドの上を見わたしてから、肩をすくめて言う。「どれでも好きにすればいいよ」

ベッドに浅く腰かける姿は、いつでも立ち上がる準備はできているという合図に見える。母が買ったピアワンのクッションのふちを指先でさわり始める。ソファから移しておいたのは小道具にできるかもしれないからだ。おねがいだからこっちを見てよ、と思う。

「もしよければ」わたしは言う。「まずどこかでちょっとしゃべろうか、中華でも食べながら？」彼女を見る。あいかわらずクッションのふちをいじっている。

「それよりさっさと始めたい。こいつだって持ってきたし」彼女はそう言い、ミリタリーコートからアイシャドウの一式を取り出す。

チャイナのやさしさに胸がしめつけられる。すごい！　本当にありがとうと言おうとした瞬間、わたしの目を見上げるチャイナに気づく。「ちょっとまって、それって——まだわたしがやってあげたメイクのまま？　あれって、1週間前とか？」

「違うよ」わたしは言う。ほんとは図星だ。「自分のを使ってみたんだ」と嘘をかさねる。「実験してみたの。あなたが来る前に」

「ああ」彼女は言う。「そっか。その感じで似合ってるよ。そのままでいいよ。手直し必要ならやるけど？」

その言葉に甘えるのはずうずうしいような気がしてくる。

「いや、いいの、大丈夫。ていうか、これで似合ってるってあなたが思うなら――」

彼女はわたしを見る。まばたきをしながら。わたしが動き始めるのを待っているのが伝わってくる。だからひとりで着がえに行く。助けもアドバイスもなしで。溺れていく自分を感じる。

「よし、じゃあどこに立てばいいと思う？」彼女のところに戻って聞く。

「どこでもいいよ」

「ここはどうかなって思ってたんだけど」ブックケースと山積みのＣＤの間にある空間を指して言う。ちょうど『スクリーム』のポスターの下だ。

彼女はかすかにうなずく。それを見てわたしは体を椅子におさめる。首をできるかぎり前にのばし、顔を隠すように髪を下ろす。

「どう？」唇は動かさずに聞く。

「葬式にきたカズンイットって感じ。髪はかからないようにしたほうがいいかも。あと笑って」

ほっぺたの面積を小さく見せたいんだとは言えない。理解されないだろうし。カメラを向けられて顔は強張る。マヒしているような感覚。なんとか唇の片方だけを上に曲げる。

「これならどう？」

彼女はカメラを下げてベッドサイドのテーブルを見る。火をつけておいたザクロのアロマキャンドルがある。

「もうちょい明かりが欲しいかも」

「ちょっと前に出てみようか？」わたしは首だけを前にのばしてキャンドルの明かりがとどくようにする。

「うん、それじゃだめだな」

「お父さんのカメラは特別だって言ってなかったっけ。暗くても撮れるって」

「リジー、どんなカメラでもそれは無理」彼女は指先でスイッチを押し、またシャッターを切り始める。

さっきはなかったフラッシュがまたたく。何も見えない。わたしはよろめく。

「フラッシュはいらないって言ってたと思うんだけど」わたしは言う。

　でもシャッター音は鳴りやまない。「なんか言った？」

「どんな感じ？　って聞いたの」

「わたしがあなたのジャービルを殺しでもしたみたいな顔。少し力ぬいて」そう言うとまたシャッターボタンを押す。何回も。せきたてるように。ペースをゆるめてと言いたい。どんな感じかちゃんと答えてよ。服を替える時間をちょうだいよ。照明。場所も。アングルも。そう別のアングルも試してみる必要がある。

　ワンダーウーマンが描かれたわたしの携帯が鳴る。

「彼？」あごでそこを指して彼女は言う。

「そう」唇の端から声をだす。

「取りたかったらどうぞ」彼女は言う。

「いいの」わたしは答える。彼女との会話を聞かれるのは気がすすまない。それにやめたら、このまま撮影が終わってしまうかもしれない。

「取りなよ」彼女は言う。「そろそろ休憩もしたかったし」と続けながら、カメラを下げてわたしのタバコの箱をつかむ。

携帯を手に取りもしもしと言う。さっきまでとは違う声が出ているのがわかる。今のわたしは彼と一緒にカルカッタの奥地をさまよう性欲いっぱいの妖精だ。よけいな肉はなく骨みたいな腕にブレスレットをしているような。もの欲しげな声色が自分の耳に伝わってくる。どうしても息のこもったわざとらしい話し方になってしまう。背をむけて会話を続ける。

「写真を撮っているところかな？」彼は聞く。

チャイナがいるほうをみる。タバコを吸いながらネットをしている。

「うん」

「ああ、そうか。じゃまするつもりじゃなかったんだ。ただ写真を見るのが待ちきれなくて。考えるだけで固くなってきてる。こうしている間にもズボンはベトベトだよ」

「やさしいね」とささやく。

「え、なんて言った？　どうしてそんなに小声なの？」

「別に。やさしいねって言っただけ」

「またそれだよ。やさしさとかじゃないんだって言ってるだろう。本当に違うんだ」

「もう切らなきゃ」

「待って！　いつ送れそうかな？」

「今日あとで、たぶん。今夜とか。わかんないけど」

電話を切ってふりかえる。チャイナはまだわたしのパソコンのところに座っている。引き出しにしまっておいた、ブレイクが送ってくれた写真を1枚、見つけたところだ。

「これが彼？」

車椅子の彼が映った白黒の宣材写真を見る。彼は今でもこれを映画やテレビのプロデューサーたちに送っている。事故のあと、ソープオペラ俳優として続けていくのはあきらめなくちゃならなかった。でもエキストラの仕事はまだひきうけているし、ときどきは映画で1、2行のセリフがつくこともある。バイカージャケットを着た彼の肩のうしろに、ハンドルが映りこんでいる。ひときわ目立つのは、そのまま昼ドラから出てきたかのように力のこもった彼の顔だ。ちょうど爆弾が落とされたシーンで俳優の顔にカメラが寄ってそのあとすぐに画面が黒くなりＣＭ、みたいな瞬間のあの表情だ。でも、もっと見ていられないのはこれではないもう1枚のほう。チャイナはちょうどそれを取り出している。これが撮られたのは事故の前、つまりめちゃくちゃハイになった彼が40フィートのヤシの木に登って飛び降りることになるあの夜が来る前のことだ。この写真では、南アメリカのどこかにある滝の下で裸になって立って笑っている。足にはリーボック。今のわたしよりわずかに年をとっているくらいにしか見えない。この写真を見ると、ものすごく見てはいけないものを見ている感じがしてくる、けどなぜかはわからない。80年代っぽい髪型のせいか、リーボックのせいか、それとも日焼けした彼が陽気に見えるせいか。わたしの知らない、いばっているくらいに見える陽気さ。あるいは、かがやく陽射しを浴びながら幸せそうに立って、こんなふうに肌をさらす瞬間が、彼の人生にあったということ自体が理由かもしれない。すきだらけの笑みを顔いっぱいに広げて、声をあげてはしゃいでいるようにも見える。そして今の彼があえてこの写真を送ってくるということも。わたしは車椅子の写真のほうがずっと好きだ。ほとんど顔だけの1枚で、映画っぽい表情をつくろうと頑張ってはいるんだけど、実際はただうちひしがれてからっぽの姿が写っている。あごや肩の角度に残るわずかな自信をどう受けとればいいのかわからない。世界が違い過ぎて。送ってくれた時、わたしは言葉につまった。なんとか絞り出せたのはひとこと——あなたの目、好きだよ。

彼女はずっとじっと写真を見ている。それを力ずくで取りかえしたくなる。わたしの口で説明するために。もういちど言いたい。彼はデイヴィッド・リンチのファンで、モリッシーと共通点があるんだってことを。80年代にはかなり売れたソープオペラの人気俳優で。ラクエル・ウェルチと関係をもったこともあるんだって。

ようやく彼女は向きを変えこちらを見る。「中華でも頼もうかな」

「えっ」私は言う。「もう終わりなの？」

「今日の分はね」彼女は言う。いかにも面倒くさそうに。

中華料理がとどいて、ソースの小さい袋をひとつひとつゆっくりと開けていくチャイナをわたしは見る。彼女は食べるよりもずっと長い時間をこれに使う。

「食べ終わったらさ、ほかのことをふたりで試してみるのもいいかもよ」わたしは言う。

「ほかのことって？」

「ほかのアングルとかさ。あと違う場所も。それにたぶん明かりをつけて何枚か試しに撮ってみるといいかも」

「わかんないよ、リジー」彼女は言う。

「何が？」

「これ全部。なんか普通じゃなくない？」

「あなたに完全にいかれてたあの男はどうなの？　ヴァーモントだっけ？　写真を燃やしたやつ。普通だった？」

「どう考えても比較対象にならないと思うけど」

「そうかも。つまり、わたしの彼は遠距離だし」

「そして何、彼、60歳？」

「47」

「それに下半身まひ？」

「全身まひ」

「そもそも本当に会うの？　本当に彼が住んでいるアーバインだかどこかに飛んでいく気があるの？　どうやって空港まで迎えに来る？　してもらいたいと思う瞬間があるの？　そもそもできるの？」

「わたし――」

「これがうまくいくシナリオが思いつかないの、現実的にね。むこうは歳をとり過ぎている。で、普通じゃないし。髪型は『ベイウォッチ』に出てきそうなくらい古い。写真のことだって――」彼女は春巻を見つめながら頭を振る「正直、1ミリもあなたが心配することじゃないよ」

気まずい沈黙が続く中、わたしたちは中華料理をつまむ。

「もうジャヴァに行かなくちゃ。あそこでアンドリューって子と待ち合わせしてるんだ。ただの友達ね」彼女は言う。「もう十分撮ったよね、でしょ？　ほら――」お父さんのカメラを手渡して彼女は言う。「これ持ってていいから、現像もしなよ。次に会う時に持ってきて。月曜の授業には来るよね？」

「うん」

「プレゼンの日だからね」

「わかってる」

彼女は乳首に粘着テープを貼るためにトイレに行く。そのすきにわたしは液晶モニターで写真を確認する。前の写真よりもひどくなっているわけじゃないけれど、ましになっているわけでもない。だいたいがおどろいた顔をしている。明る過ぎるのもある。怒っているように見えるのも。メイクはひどい。目は殴られたようにしか見えない。

彼女が部屋に戻ってくる。お尻までしか隠れないドレス。胸には交差した粘着テープ。これがなかったら上は素っ裸だ。

「これってエックスに見える、それともバツじるしに見える？」

わたしはしばらく彼女を見つめる。

「プラスみたいに見えるんじゃない、たぶん」

「それなら大丈夫か」彼女は言う。「うしろ結んでもらってもいい？」彼女はくるりと背中を向けて、ホルターネックのひもを見せる。

ひもをぎゅっと引っ張りながら、縦に並んだ背中の漢字タトゥーを見つめる。ステッペンウルフと彫ってあるはずだ。けど、でたらめだったらどうするんだろう？　だまされているんだとしたら？

「今夜一緒に来ればいいのに」彼女は言う。「たぶん、入れてあげてって頼めるよ。エントランスにいるのがアラスカだったら」

「やめといたほうがいいかも」わたしは言う。「なんかあまり調子よくなくって。あとでやることあるし」言った瞬間に後悔する。あなたがあとで何をするのか全部わかっているけど、と聞こえてきそうなうなずき方で、彼女はうなずく。すべてお見通し、「リトルアースクエイク」をリピート再生にして食べ残しのテイクアウトにがっつくんでしょ。

「好きにして」彼女は言う。「もしデスの気分になったら来て。あと月曜日、わすれないで。絶対にさぼっちゃだめ、リジー」

「わかってるって言ったじゃん」


チャイナが行ってしまうと、わたしはすぐそばのカフェへと歩いていく彼女を思い浮かべる。アンドリューがやって来て、凍った足元にまごつくこともなく、さっと車に招き入れる。足は彼女の体の中で唯一大きなパーツだ。チャイナはそれをネタにさらっとおもしろいことを言ったりするだろう。「これよりちょっとでも小さかったら転んじゃうし、逆にちょっとでも大きかったら、あなたを踏んづけちゃうでしょ」

その間にも、イカれたストーカーたちのひとりが、チャイナの家の前の芝生で待ち伏せているはずだ。ネブラスカ。それかたぶんニューヨーク。みぞれの中、水でぐにゃぐにゃになった『ステッペンウルフ』

を持って、心底哀れな姿で立ちつくしている。そこで一晩中だって待ち続けるだろう。明るくなってきた頃にようやく彼女が帰ってきて、ひとことも発さないという条件でやつを部屋に招き入れるかもしれない。もちろんやつはそれで満足だ。そばにいるためならどんな条件でも飲む。彼女はベッドに寝そべる。壁紙には火を吐く竜。冷えきった長い手足の置き場をあちこち変えながら、昼間の用事について語る。写真のこと。ブレイクのこと。かわいそうだった、とか言うかもしれない。でもたぶんやつのほうは聞いてなんかいない。目の前にチャイナがいるという状況に舞い上がって、何も耳に入らない。あの長い手足はどんな話もかき消す。飛びはねて驚くようなネタだって陳腐にしてしまう。

　わたしはメルに電話をする。この何週間かはほとんど会っていなかった。呼びだし音が消え、遠くから声が聞こえてくる。

「別に用事はないんだけどさ」わたしは言う。「どうしてる？」メルの後ろでは暗い弦楽器がうねるように鳴っている。誰の曲かはわからないけど、オペラのとびきり悲しい場面のように泣き叫ぶ歌声がきこえる。

「別に。勉強してた」彼女は答える。メルは半期分の単位だけ残して学校をやめた。その分を通年のナイトスクールと、短期間のサマースクールで終わらせようとしているところだ。「そっちは？」

　今日チャイナに会っていたことを伝えると、あからさまにいっそうそっけなくなる。

「あの子、メルの言う通りだった」わたしは言う。

「ほらね。っていうかさ、気づかないほうがおかしいんだって。あの女はね――」

　私は息をのむ。

「なんていうか、本当に平凡。で、退屈。自分のセンスなんて1ミリもない！　ただ周りのマネして、仲いい人たちが好きなものを好きって言ってるだけ。あんな子どこにだっているよ」

「そうだよね」わたしは言う。メルが誰かをけなす決まり文句だ。ときどきはわたしにだってそう思っているんじゃないかって気がする。

「ねえ家に来る？　中華あるよ」

　無理、と彼女は答える。月曜日の夜がテストで、昼間は仕事らしいから、たぶん本当に集中しなくちゃならない。メルはドーナツ屋でアルバイトをしている。わたしもときどき授業をさぼって食べに行く。学校のあと、午後に行くこともある。休憩時間になるとメルがやって来て一緒に食べる。でもどちらもドーナツだけは絶対に食べない。ふたりともわかっているから。太った女子にドーナツなんて悲し過ぎる組み合わせだということを。だからそれ以外はなんでも食べる。カニカマのサラダ。きゅうりのディルピクルス。ブルーベリーマフィン。トーストして塩バターを塗ったベーグルは、クリームと甘味料たっぷりのコーヒーにひたして食べる。

「どうしても無理？　一瞬でも？　新作のミックスＣＤもあるよ」

「それチャイナには作らないほうがいい」

「作らないよ」

「わたしたちの音楽をあいつのものにさせちゃだめ、わかるよね」

「もちろん」

「まあ、あいつの耳じゃ良さが分かるはずないとは思うけど」メルは鼻で笑いながら言う。

メルの後ろではリュートみたいな音が鳴っている。ケルトドラムの音が強くなっていく。ハモりの効いた女性ヴォーカルが悲しげな声で歌いだす。サイレンのように。

「もうさ、クラブにあいつが来てたりするとそれだけでイラつく」このメルの気持ちはよくわかる。照明の下でチャイナの体がどんな風に見えるのか、直視するのはつらい。

電話が終わると、わたしは部屋を見わたす。パチパチ音を立てるベッド用マットレス。ベッドの上に散らかったプラスサイズのブラウスとスカート。昔、母が壁に飾ったハリウッドの美人女優の古びたポスター。ベッドの上に立って、手を伸ばし、ポスターを引き剝がしていく。ティアラにサングラスの姿で朝食をとるオードリー・ヘプバーン（でも横にゾンビたちがいる、わたし作の限定版）。セーターを着て笑ったジェーン・マンスフィールド。あの悪名高いホルターネックで風に吹かれたマリリン・モンロー。そしてまだノーマ・ジーンだった時代のマリリン。ペダルプッシャーを履いて、へこませたお腹の上でチェックシャツを結んでいる。ベティのポスターのところに来て手が止まる。これは買ったのも貼ったのもわたしだ。でもやはり、つま先立ちで手を伸ばして、剝がしていく。

この作業の最中に、ワンダーウーマンの電話が鳴る。手は光沢紙とテープのくずでいっぱいだ。メルだといいなと思う。でも彼だということもわかっている。全身写真を送ったかどうか知りたがっているブレイク。待ちきれないと言っていた。で、本当に待てなくなったんだ。「パソコンが調子悪くて」と伝えようかと考える――原因不明なんだけどさ。フリーズみたいな感じ。

電話は鳴り続ける。床に寝そべり、目を閉じる。そのまま、これはしないと決めていたことをする。頭の中で、バックルをひとつひとつ緩めて、ジッパーをはしから開けて、わたしが彼女の服の中に滑り込む。

そして皮膚の中にまで入り込む。あの手足が、あの長くてゆるやかに曲がった背中が、わたしになっていく。ごつごつした背骨のところにステッペンウルフのタトゥーが浮きあがる。あの唇が、細くスジが浮きあがった頬が、ラメの入ったグレイのアイシャドウの中に浮かぶ目が。部屋の反対側からこっちを見て片方だけ釣り上がる眉毛が。わたしになる。そしてもちろん目の前にいるかわいそうな元わたしに言う。やり方教えてあげようか、と。唯一そのままにしておくのは髪の毛で、水に浮かぶオフィーリアのように頭の周りに広がっている。部屋の隅には雨に打たれてたのを部屋に入れてあげたきれいな青髪の男の子。寝るとこ見てていいよ、と彼に言う。こっちのわたしはとてもやさしい。

月曜日、学校に行く間、引き返すことばかり考える。それはチャイナを裏切ることだ。いいところから映るよう準備したＤＶＤも、ピーター・ガブリエルの音楽も、上から吊るしてふたりで指さすはずのハイチの地図もないまま、チャイナは立ちつくすだろう。わたしの手の中にある大事なビジュアル資料は届かない。彼女はひとり溺れていく。1限のベルが聞こえたけど、あのマリファナをやる子たちが使うトイレで一服していく。鏡に映るほとんどノーメイクの目と、濃過ぎるくらいの赤いリップを見つめる。

プレゼンで、わたしはほとんど話さない。打ち合わせで決めたことだ。わたしがビジュアル資料を担当、で彼女が原稿を読む。すぐとなりで慈善運動と草の根活動の違いを解説するのを、ただただ聞いている。ハイチのとある団体について紹介するのにも口をはさまない――どの団体かは覚えていないんだけど、とにかくそれは草の根活動ではありません。この団体はどこかの町の真ん中にいきなり現れて井戸を掘ります。そしてすぐさま帰ってしまうのです。地下に本当に水源があるのかどうか確かめることもなく。

あ、ポンプだっけ？　そうそうポンプだったかもしれません。そう彼女は続ける。

　自分自身が何を話しているかまったくわかってないんだ、と思う。

「ねえ井戸だっけ？　ポンプだっけ？」と聞いてくる。あなたなら知ってるでしょという目つきで。この話を調べてきたのは自分なのに。今日はスモーキーなアイシャドウがまったくダマになっていない。きれいな4層のグラデーション。これは時間も技も必要だ。わたしのほうは、まぶたのしわのくすんだ残りかすみたいなシャドウ以外、すべて消えてしまった。さっき、鏡を見ると、そこには昔のわたしが映っていた。奥の個室につれていかれて、テープで補強されたトイレのふたに座らされる前の、あの女の子が。

「ねえ井戸？　ポンプ？」チャイナはせきたてる。

　その瞬間、教室中の視線がとなりにいるわたしにやって来る。そして沈黙。わたしもだまる。散らかった教室、質問は宙づりのまま。彼女を無視して、わたしはもうひと息つく。そしてようやく、口をひらく。

そんなことなら

そしてある夜、客足まばらな時間帯に、同じシフトのアーチボルドが、いきなり言い出した。最近キミにするの、想像してんだ。「何を？」と聞いたら小さい紙切れを渡してきて、それには赤いインクで書かれたcunnilingusの一語。

がたがたの字を眺める。全部小文字。クンニは気持ち悪いくらいまっすぐ、リングスはぐねぐねのたうって、しっぽが垂れるように右に下がっている。文字の間隔が空いていて、何かの言葉を略してあるみたいだ。

横の回転椅子に座るアーチボルドを見る。30くらいに見える顔は赤い。デスクの下に隠した大きなマグカップの中身が安ウィスキーだから。彼の2倍はあるこの体も、MUSIC！　BOOKS！　VIDEO！　とプリントされた汚物色のシャツも、その上の「豊富な品揃え!!」と主張する青いエプロンも、どれも存在しないかのような視線を向けてくる。まるでわたしがサヴェジ・ガーデンのフェティッシュ・ナイトに踊りに行くメルみたいな格好をしているかのように。黒いレース生地でちょっと上手いこと隠しましたみたいな服。

笑え、と自分に言う。ジョークだし、明らかに。でも、わたしがむせたような半笑いをしても、アーチボルドは笑わない。

「俺うまいよ、リジー」とアーチボルドは言う。「かなりうまいよ。ハーモニカはプロ並みだし。半音階できるし」

メモに目を戻す。デスクの金魚鉢に入っている適当な紙切れを使っている。取り寄せたい絶版本とか誰も知らなそうな本とかいろいろ書いてもらうために用意してある。古びたオスマントルコ史。ミュンヘンからパリまでを歩いたヘルツォークの旅行記。超クローズアップで撮られてもはや性器ではなく海洋植物みたいに見える女の人の性器写真集。

「キミみたいに魅力的な子は、ファンが山ほどいるんだろ」とアーチボルドは続ける。「ボーイフレンドがさ」

こちらを見る彼の目つきはいやらしいけれど、わたしは何も言わない。そのとおりすぎる、みたいな感じで、ただ左に目を逸らす。アーチボルドはたしかに、ファーギーがわたしとやりたがってると言ったことがあった。ファーギーは小児ポリオのせいで杖をついて歩く太った店員。わたしのおじいさんでもおかしくないくらいの年だと答えたら、ロランドだってわたしにムラムラしてると言った。ロランドは小柄でぶさいくな買取担当の店員。それで今ここ。

「からかってるんでしょ」と言い、首を振る。

「なんでさ？」彼はこっちをじっと見て答える。気持ち悪い真顔。ハーモニカの手入れについて話す時とか、全音階に比べ半音階がいかにすばらしいか熱弁する時と同じ。

ありがたいことに、客が入ってくる。くたびれたスーツにトレンチコートを羽織り、黄ばんだ紙切れを握りしめている。きっと、意味不明なことについての絶版本が10冊くらい並んでいるに違いない。この男はアーチボルドのお得意さんのひとりだ。わたしはこの男が出て行くまで待ってあげる。対応が終わる頃にはわたしのシフトは7分オーバーで、買ったばかりのＣＤを聞いてみようとメルをアパートで待たせているのに。やっと客が出て行って、アーチボルドに言う。「ちょっと考えさせてもらっていい？」

アーチボルドは口角を片方つりあげて笑う。

「指輪じゃないんだし、リジー。気楽にやろうよってこと」

次の日のシフト、気がない訳じゃない感じに、でもさりげなく。昨日の夜に段取りまで考えておいた。古英語とルネッサンス詩の講義中もバイトに行く道でも、ずっと想像していた。着いたら、そういえばみたいな感じでメモのお礼を言って、それからまたふと思いついたみたいにコーヒーでも？　って聞く。ちょっとコーヒーを飲むだけ。メルからケルト十字のペンダントを借りてきたし、仕事着のボタンは胸元そこそこまで外してあるし、中には母のレースのタンクトップを着てきた。ウィンター・デューのオーデコロンをたっぷりまとい、唇はいつもより丁寧にＭＡＣのRebelとLady Dangerを重ねて、Girl About Townのグロスで仕上げてある。ここまで来る地下鉄で、思い切って窓ガラスに映る自分を見てみたし、すぐに目を逸らすこともなかった。

アーチボルドは休憩室にいた。表紙の取れたハーレクイン小説が山積みになって今にもなだれ落ちそうなそばで、傾いたフトンソファの遠いほうの端に座り込んで、タッパーのバナナブレッドにがっついている。完全に酔っているみたいだ。

　わたしが入ってきたことに気がついていない。咳払いをしても、彼は夢中でバナナブレッドをむさぼっている。

「どうも」と声をかける。ちょっと媚びて、軽い感じ。

あ、いたの、とばかりに薄い反応で眉をつりあげ、もごもご言う。で、バナナブレッドを食べ続ける。

　フトンソファの上、彼のとなり、体半分を彼に向け、膝を抱えて座る。雰囲気ゼロ。裁判所にいるような、それか彼のセラピストになったような気分。組んでいた手をほどき、髪を梳かす。作戦通り、すべて作戦通り、びびるな。

「あのさ、あの話、考えてみたんだけど」

「あの話？」

　顔がまだらに赤くなるのがわかる。不本意。

「書いてくれたこと。昨日、紙の切れ端に」

「あぁ、そうだ、書いたことね」と古い友達のいたずらを懐かしんでるみたいに笑う。「それで？」

「あんな風に流すなんてすごく失礼だったかなって」

「気にすんな」

「それで、まぁ、その、たぶん……」

「たぶん？」

「その……何て言うか……」と声は小さくなる。その時ちょうどジャニスが入ってくる。キッズコーナー担当のおそろしく憂鬱そうな女。壊れているロッキングチェアに座って、わたしたちのほうをちらっと見て、眉間にしわ寄せながら安売りのフェンネルティーがはいったマグカップを覗き込む。

「あたしたちよかったら……」と声を落として言う。

「よかったら何？」

「その、今度、外で会ってみたり」

「まじで？」うれしそうだ。オーバーなくらい。

「メモのことじゃなくて。コーヒーでも飲みに行くってこと」

背後でジャニスの鼻息がマグカップに響く。

「コーヒー」と彼はくり返す。

この前と同じ表情で、じっとしつこく、わたしが書店の制服じゃなくて、何かやらしい格好をしているみたいに見つめてくる。

「今夜は？」と聞かれる。

「今夜？」デートはしばらく先だと思っていた。少なくとも準備に1週間。でも何の準備？　信じるべきはノリじゃない？　生きるってそういうことでしょ？　用心しすぎないこと。

「今夜はあたしのほうが遅いけど」と声をしぼりだす。

「待ってるよ」

「遅すぎないかな。つまり、コーヒー飲むには」

「じゃぁ、紅茶にすればいい」とアーチボルドは言う。

タクシー運転手の名前は、運転席の裏でライトアップされた免許証によると、ヘズース。香りのない松の枝がくもったバックミラーからぶら下がっている。ミラーに映るヘズースの目は泥の色で、重たそうなまぶたに、眉は濃くて険しい。

「気にしないって」と、タクシーに乗り込むなりシャツを脱がそうとしながら、アーチボルドは小声で言う。「タクシーなんだからこんなのしょっちゅうあるって」

わたしは首を振る。

「もったいぶるねえ、リジー。まあ、いいよ。一緒にいるだけでもラッキーだと思わないとな。そのまま行ってくれよ、ヘズース」と彼は声をかける。「俺らまだ見て回りたいから」

「どこへ行きますか？」

「その辺ぐるっと回ってくれるかな。しばらくぐるぐる、と。ダウンタウンのグランドツアーよ」

数分後、バックミラー越しにヘズースが向けてくる視線にわたしは微笑み返す。マキシスカートの中、脚の間にアーチボルドの頭なんてないふりをしているけど、こんな状態になってもうけっこう経っている。そっと声をもらす。アーチボルドをがっかりさせないよう声を出す。運転手を気まずくさせないよう控えめに。しゃっくりみたいなあえぎ声が出る。正直言うと、ヘズースや横を走る車やざわつく通りの人混みや街の灯りのまぶしさが気になって、大きく開いた脚の間で起こっていることをちゃんと意識できない。下半分のわたしと上半分のわたしはばらばらで、上半分のわたしは下半分のわたしを遠くから眺めている。そんな感じ。あたりさわりないこの男は、下着の上から股を舐めている。ごていねいに。下着を脱がされる。太ももに嚙みつく。ひそひそとうめく声が吹きかかる。ときどき強く嚙みつかれ、あえぐ息に肌をまさぐられ、下半分が上半分と溶け合う瞬間があったりもする。そのたびにわたしは息をのむ。そうしてわたしは、疑いなくそこにあって間違いなく触れられているひとつの身体になる。わたしのこの太ももは本当に存在していて、この太ももを舐める彼の舌も本当に存在して、本当に舐めていると実感する。愛してる、なんて口走る。けばけばしい蝶みたいに、飛び立っていった。

ヘズースがわたしを見る。彼には聞かれた。でもアーチボルドには聞こえてない、そう祈る。

メーターが20ドルになったところで、もっとはげしくあえいでみる。壁越しに聞いたボーイフレンドとセックスするメルの声みたいに息を荒く吐いては止め、いったふりをする。だいたい7分くらい。メルは7分でいかせてくれる男と知り合いだった。

アーチボルドは脚の間に突っ込んだままの頭を、スカートの下から持ち上げる。

「いった?」

脚の間の顔を見る。暗がりに溶け込まず浮いている。唇はてらてらとしていて、薄い赤毛はぼさぼさ。めがねを外すと、瞳の色が違って見える。もっと濃く、深い緑で、少し黄色がかかっているのはたぶん外の灯りを反射しているせい。

わたしはうなずく。

「嘘だね」

「嘘じゃない。ほんと」

「いいんだよ」わたしの膝を軽くたたいて、となりに座り直す。

「次は覚悟して。あ、ちょっと、音上げて！　ヘズース、おおきく。もっともっと！」運転手が言う通りにするまで、運転席の背面を殴り続けた。

「この曲好きなんだよ」とアーチボルドは言い、後部座席に身をあずける。「ペギー・リー。イズ・ザット・オール・ゼア・イズ。聞いたことある？」

「ううん。でもいい曲」と答える。いや、好きじゃない。古くさ過ぎる。ストリングスの安っぽい盛り上がり。トランペットは象の鳴き声。世の中に疲れましたって感じの女の歌声は、井戸のように低く暗い。そのくせ片眉を上げ、ルージュをひいた唇をななめにして、思うところありげに笑っていそう。

「サーカスっぽい」とわたしは言う。

「If that’s all there is《そんなことなら》, break out the booze and have a ball《酒でも出して踊ろう》」とアーチボルドは口ずさむ。わたしを熱っぽい、でも疲れ果てた目で見つめる。ランビアンスの大瓶を手にして、こちらへ差し出すけど、わたしは首を振る。「さっきまであんなことさせてくれてたなんて夢みたいだ」

「楽しかった。でも、あなたもおんなじかはわからないけど」

「いや、楽しかったさ。初めて会った時からこんな風にしてみたかった」

「本当？」

「ほかの妄想だってあるよ。山ほどね」

「そうなの？」

「もちろんさ。ありがとう、ほんとに。キミに感謝してるんだ。キミを見る。で、自分を見る。まるっきり釣り合わない。いいんだ。わかってるから。受け入れてるから。キミがこんなことさせてくれたのもさ？」彼は首を振る。「正直意外で驚いてる。でも本気だったのかなんて、もうかまわないね。降ってきたチャンスはいただく。この曲みたいにね。そんなことなら酒でも出して踊ろう、だろ」彼はワインボトルからすする。

「ここで始めちまったことは謝る。ヘズースもいるのに。我慢できなかった。興奮してた」

「いいの。またそのうちしてもいいかも」

「いつでも。そうしたい時はいつでも、電話くれよ。そしたらうれしい」彼はわたしの手をとり、少し悲しそうに微笑む。「ちょっとタバコくれないかな？」

家に戻り何があったか話すと、メルは「最低だったみたいね」と言う。

「ほんとそう」とわたしは答える。

でも、次の夜、電話をする。そして彼がやって来る。

彼はちょくちょくやって来るようになった。同じシフトの夜。そうじゃない夜。数週間して、ボーイフレンドみたいな存在と呼ぶようになる。メルに話す時だけ、「みたいな存在」を付け足す。セックスして、わたしはそれがよくって、文句なしでよくって、問題なんてない、まさかひどくなんてない、と自分に言い聞かせる。終わると彼はジャズハーモニカのことを延々と語る。彼に言わせれば、もっともナメられている楽器なんだそうだ。それから、冷凍しておいてあげているハッパをたっぷり巻いて吸ってラリって、ぼろぼろのビニール袋に入れて持ってきた酒で酔っ払う。ベッドルームをうろうろしながら、不協和音とか音階とか話し続けるこの男を、わたしは眺める。体のわりに大き過ぎる頭、顔のわりに大き過ぎる眼鏡。下着姿で熱く語る姿がかわいいんだって言い聞かせながら、目の前の講義は、とことん悲しくて不気味な映画でげらげら笑っているのを眺めるのに比べたらまだましだと思い直す。セックスのあとにする二番目に好きなことがそれ。今夜は電話しなくてもいいかなと思ったのに、結局してしまった。水曜も同じだった。それから日曜と月曜も。ほかに楽しいことないから。

　こういうことになって8週間くらい過ぎても、彼のどこがいいのかメルにちゃんと説明できない。メルはよくキッチンまでわたしを連れていって、彼がいかにさえないかをひそひそ声で言う。あの男と寝るなんて底辺だよ。底辺。アーチボルドが夜うちに来ると何気なく言うと、彼女は「来るの？」と言う。

「うん。なんかある？」

「別に。よく会ってるね」

「まぁ、本気じゃないけど。気に入られちゃったみたい」とわたしは、遊び慣れている感じで答える。何も返してこないので、「彼、わたしのこと好きだと思う？」と聞いてみる。

「彼のこと好きなの？」

「いっぱい触れてくれるところはね」と答えながら、この前の地下鉄でのことを考える。彼はシャツの上から胸をつかんできて、本当にものすごく恥ずかしかった。みんな見ていたから、見られてるって何度も言った。そしたら、見せてやれよって言われた。でも、わたしが言っているのはこういうことじゃない。彼のそばだとブラとパンツだけでいてもいいし、お腹を隠さなくてもいい。そういうこと。去年の夏、友達のカートと正真正銘ヴァージンを失った時、わたしはお腹を隠していた。カートも初めてだった。彼のお父さんのトラックの暗がりでわたしたちがしたのは、清らかなおこないだ。自分自身にも世界にも変人だって思われないための。次の日、彼は『RENT』を観に連れてってくれて、キング通りでシーフードのディナーを食べた。アーチボルドはディナーに連れてってはくれない。でも、彼の前だと裸になれる。まぶしいライトの下でも。陽射しが降りそそいでいても。何もまとわず。胸。太もも。むきだしのお腹。この体に彼は興奮する。バスルームやキッチンにつながる薄暗い廊下の鏡に自分の姿がちらっと見えても、目を逸らさなくていい。そのまま向き合う。鏡の中のわたしを見ていると、その魅力的なところがわかってきて、うっとりする。でも、そういうことをうまく説明できない。相手がメルでも。

「彼の触れ方って……」と声が小さくなる。「……わたしの体が好きだって言ってるみたいで。愛おしいみたいに」

「自分を見失ってないならいいんじゃない」とメルは言う。

わかっていると答える。だから彼に電話し続ける。ほとんど毎晩、電話する。ほとんど毎回、やって来る。

彼はちょうどこちらへ向かっているところ。たぶんまだ地下鉄か、それかもうそろそろバスの頃だったらいいんだけど。腕時計を見る。いつもより遅い。バスはときどき遅れることがある。乗り換えしそびれたのかもしれない。彼はよくそんなことになる。もう少ししたら着くはず。ドアベルを鳴らして。わたしの腰に腕を回して。キミみたいな子が俺みたいなやつに興味持ってくれるなんて、奇跡さ、と言うはず。ほんとそのとおりって感じでわたしはにっこりするはず。

ちょうど電話が鳴る。アーチボルドだと思って、取るなり「どこなの？」と聞く。

「そちらにアーチボルドいるんですか？」女の声だ。つんけんして、言うべきことを決めているような声。

「いいえ、いません」

「あなたがリジー？」と声が続く。女は含みのある感じで、リジーと言う。壁に投げつけられる寸前、手のひらに置かれたコップのように。

「そうです。どなたです？」

カリカリとした沈黙。犬がキャンキャン吠え、女が静かにさせようとしているのが聞こえてくる。犬はやめない。女はもういちどしーっと言う。さっきよりも強く。

それから「あの人と寝てるんでしょ？」

今度はわたしが黙る。電話が重く、手からすべり落ちそうだ。メルが声に出さずに聞く。「誰なの？」

「誰なんですか？」わたしも聞く。

「ブリッタです」と答える声は落ち着きつつある。「彼と付き合ってるの」

メルは眉を片方つり上げてわたしを見る。「付き合ってる」と女はくり返す。

電話線の先の女にも体があって、顔があって、ブロンドの髪で、爪をコツコツ鳴らしている。わたしは何も言わない。

「彼、そっち向かってるんでしょ？　そうなんでしょ？　ちょっと聞こえてます？　ねえ？」

「やっほぉー」と、玄関からアーチボルドの声。「誰かいんの？　遅くなってごめん。あ、電話中か」と声を落として言い、いそいそとわたしの部屋へ入っていく。

部屋に戻ると、アーチボルドはベッドに寝そべってハーモニカを吹きながら、ダークブルーの壁を蹴っている。いい年こいてウィンドブレーカーの男。血管の浮かぶこめかみに白髪が混じる。細くて白い足に短過ぎるパンツ。レースのスリップドレスを着た自分が、不意に、素っ裸の、太った、大ばか者に思えてくる。みじめさを隠したくて、ハウスコートを羽織る。デスクチェアに座り、ベッドにやってこないわたしに彼が気づくのを待つ。

ようやく吹くのを止めて、こっちを向く。「どうした?」

「ブリッタって人が電話してきたの。あなたと付き合ってるって言ってた。そうなの?」

彼は答えない。

「こっちはあんたと寝てあげてたんだよ? わざわざあんたみたいなやつと! なのに浮気? しかも笑ってる? 何がおかしいの?」

「いや。ただ、怒ってるキミもすごいセクシーだなって」そう言って、にやにやこらえている。

涙がこぼれる。

彼は膝をついて弁解している。くどくど言葉をならべる間、わたしは次々タバコに火を点ける。付き合っているわけじゃないんだ。そこまでじゃないんだ、と彼は言う。

「うちの5階にしばらく住んでただけのいかれた女なんだ。それで、何かちょっと気の毒になっちゃったっていうか。5階にたった独りだよ。こんな小さい犬を飼ってて、毎晩洗ってるんだ。信じられないと思うけど」と彼は言った。電話越しに吠えていた犬のことが浮かんだ。「終わりにしようって言ったら、つきまとってきた。マジな感じで。俺から離れようとしなくなったんだ。俺のテクにはまったみたいな感じなんだと思う。べったりだぜ。勘弁してくれよって感じ、わかるだろ?」

電話口のとげとげしい声が、ヒステリックな感じになって、それから一気に真剣になったのを思い出す。

もう一本火を点けて、自分の手が震えているのに気づく。

その手を彼の手が包む。すぐ振り払ったのに、彼はまた手を取り、それでそのままにさせておく。

「でもな」とアーチボルドは言う。「俺に必要なのはいつだってキミなんだ。キミみたいな子と付き合えるなんて思ってもみなかったんだ。な？　こんな幸せをドブに捨てるだなんて考えたくもない」

わたしの手にキスし始める。手のすみずみに、何度も。キミみたいな子。俺に必要なのはいつだってキミ。付き合えるなんて思ってもみなかった。また涙があふれてくる。部屋は歪み、かすんでいく。そしたら太ももにキスされ、彼の手がそっと脚を広げようとする。出ていって。今すぐここから出ていって。そんな言葉が胃液のように喉元まであがってくる。でも、そこで止まる。ただぼんやりと座ったまま、好きなようにさせておく。

終わらせるとメルに誓う。自分にも誓う。彼のところへ行ったり、彼が来たりするたび、いい雰囲気のつもりで情感たっぷりに響かせるハーモニカの物悲しい音を耳にするたび、わたしは思う。終わりにしよう。何週間も自分に言い聞かせている。何がなんでも終わり。そのひとことでいいんだから。でも、言葉になるのは、ねぇ会いたかった、なんで遅くなったの？　2、3週間は、彼を置いて立ち去る姿を思い描いた。あごを上げて。彼に背を向けて、軽やかに。

でも結局はベッドにいて、知らない番号から立て続けにかかってくる電話を無視しながら、彼がやって来るのを待っている。アパートを出ると眩暈を感じるようになる。授業はさぼりがちになる。バイトは病欠する。パニック発作だと医者は言い、処方された薬をアーチボルドと一緒に飲む。どちらかの部屋でごろごろしながら、照明は薄暗いまま。

「あたし死にそう」6カ月記念日に、そう静かに言う。

「かわいそうに、眩暈のリジー」と彼は言い、胸をわしづかみにする。

「愛してる」と、わたしは前よりもたくさん、気持ちを込めて言うようになった。捕まえて巻き戻す前に、口から滑り落ちていく。

「俺も愛してる」と彼は言い、わたしの太ももをさする。彼の手が触れると、わたしの心は嫌悪と感謝に染まる。

　セックスしながらわたしの涙は止まらない。

「ねぇ」と彼は言う。「大丈夫？」

「お腹空いた」とわたしは答える。

　ベッドで中華。テイクアウトディナーの2Bに春巻を追加。ピザとチキンウィングの時もある。たまにキッチンによろよろ行って、ぞっとするようなものを作って、酔いにまかせてふたりでむさぼる。その間、彼の好きなフリーク系映画を観る。最近わたしもよさがわかってきた。『エレファントマン』や『ノートルダムの鐘』、それか今観てる彼が好きな旅サーカスのドキュメンタリー。サイドショーの舞台裏、見世物になる人たちを淡々と見せている映画。ジャズを聴くこともある。これもわたしが水を向ける。スリップで寝そべり、不協和音についてしゃべりたいだけしゃべらせる。かわいくもおもしろくもない。ただ男がしゃべっているだけ。

バスルームやキッチンに行く途中、鏡に映る自分を見るのもやめた。寝る時もスリップを着て、彼の前では裸にならない。それからわたしなんていないみたいにハーモニカを吹く姿を眺める。なんかそれも大嫌いになった。耳ざわりで最悪なしょぼい音が部屋いっぱいに響く。彼がわたしのタバコを吸うのを眺める。しみのある薄っぺらい胸にまばらな胸毛。ふくらんではしぼむ。舌先にある別れようのひとこと。だけど、彼がベッドから起き上がり、もうそろそろ行かなきゃなと言うと、ガリガリのひどい猫背と耳元まですくめられた肩から目が離せなくなって、口を開いて出てくるのは、ついていってもいい？

　彼のベッドに横たわったまま、半裸のアーチボルドが向こう側の壁のレコードプレイヤーのほうによたよた歩いていくのを見ている。この地下のワンルームの低い天井は、メキシコ料理屋から盗んできたらしいトウガラシ型のライトで照らされている。ここに来てどのくらい経ったのだろう。数日？　1週間くらい？　ベッドにもテーブルにも中華のテイクアウトボックスが散らかっている。教科書は持ってきたまま開いていない。何時かわからないし、数日学校にもバイトにも行ってない。ペギー・リーのアルバムから、「イズ・ザット・オール・ゼア・イズ」がかかっている。わたしのリクエストはこれで9回目か90回目。ずっと遠くから、アーチボルドの声が聞こえてくる。「大丈夫？」

「どうしてこの曲好きなのかわかる。これはほんといい」

　今は嘘じゃない。低い天井から赤いライトがぶら下がってちかちかしてて、暗くて汚ないこの部屋でも、ペギー・リーの声でいっぱいになると、もやが晴れる。わたしがあふれ出てきて、漂う。サーカスの音、あのトランペットがわたしをつなぎとめる。

ここに来るときはいつも同じで、これを終わりにするためにやって来る。言おうとして二度、口を開いた。二度とも出てきたのは、中華頼もうよ。

それで今こうしてベッドの上に寝そべっている。開いた口は化学調味料で乾いている。ぼんやりとして動けない。二重にぼやけた彼が、わたしのほうへ歩いて戻ってくる。

いつからノックの音がしているんだろう。この曲とは別の音？　それとも曲の中にドアがある？　誰かがげんこつでガンガン叩くドアがあるんだろうか？　今まで気づかなかったなんて変だ。

「ドア、誰かノックしてる？」とたずねる。

「リンが開けてくれる」リンは５００万人いる彼のルームメイトのひとり。

でも、ノックは続く。

「何で俺が開けなくちゃなんないんだ」と、問いつめられてでもいるみたいに、声をまき散らす。「夜中の1時だぜ」

ノックは続き、低音も加わる。

「ほんとに出なくていいの？」と、ろれつの回らないわたし。

アーチボルドは立ち上がり、引き戸へ向かっていく。階段を上がる億劫そうな足音が聞こえる。「イズ・ザット・オール・ゼア・イズ」はまだリピートでかかっている。ペギー・リーが何度も何度もサーカスとか火事とか愛とか死にかこつけて人生を歌う。何回この曲を聴いたかな？　ゆらゆら漂い続けるわたしの目の前にひび割れたしっくいの天井が迫る。声がして、なだめたり怒ったりしながら、だんだん大きくなり近づいてくる。曲の音？　違う。階段の上からだ。起き上がって様子を見に行ったほうがいい、でも、手足が鉛のように重い。

不意に女がつかつかと向かってくる。アーチボルドが引きとめようとしても、彼女は止まらない。サーカスから、わたしのサーカスの悪夢から出てきたみたいに大きな人。でも、知らない人じゃない。客のひとりだった。アーチボルドが担当の。この前も店に来て、ダックスフントの世話についての本のことを質問された。タイトルはわかってなかった。キーワードから探してくれと言い張った。検索結果を読み上げている間上の空でうなずいていた。外ハネの汚い金髪、でっかい女。あの時も、今と同じように、キャンキャン吠える小さなダックスフントに無意味に短いリードを付けて連れていた。見た瞬間、電話をかけてきたのはこの女だとわかる。後ろで吠えていたのはこの犬だ。

わたしが横になったまま、まだ動けずにいると、女はベッド脇にあるアーチボルドの椅子に座る。座面におおきな焼けこげがあって、肘掛けの灰皿は灰と吸殻であふれている。みんなわたしが吸ったもので、ガール・アバウト・タウンのグロスが残っている。彼女は犬を腕に抱え、犬は悪魔にとり憑かれたソーセージみたいにくねくねと暴れ、狂ったようにキャンキャンわめいている。ケープらしき小さなツイードコートを着せられていた。

アーチボルドを探すけど、どこにも姿が見えない。

「あなたがリジーね」と、彼女がわたしの名前を口にする。もうコップのかたちをしていない。破片になって床に飛び散ってしまった。

「そう。ブリッタですよね」

「ちょっと確認なんだけど」と彼女が切り出して、「いまあたしたち付き合ってるんです。あなたと会ったあと、彼はいつもあたしに会いに来るの。今夜も会う約束だったの。なのに、ドタキャンしたの」と言う。落ち着いた声だったけど、あちこちで危うく揺れて震え、車道から今にも外れていきそうな車のようだ。

　彼女を見る。ぴったりとした黒のスラックスは犬の細かな毛にまみれている。アディション・エルによくある、わたしや母なら絶対に買わない趣味の悪いセーターを着ている。店の奥に陳列されているベルとかラッパとか安っぽい飾りがついたセーター、太った女でも自分を持っているなら絶対に選ばない。こだわりを捨て去った女のためのセーター。ただ体が隠れればいいと思う女のためのセーター。

「そう」とわたしは答える。脚も腕も鉛のようだ。心臓は胸を破って飛び出し、足を生やして部屋から走って逃げていきそう。

「ふたりとも。ねぇ。ちょっといいかな、いったん落ち着こう？　座って、この状況を整理して解決しよう」とアーチボルドが言う。部屋の隅に立って、真面目そうな表情を浮かべているけど、彼がまた笑いを堪えていることはわかる。ブリッタのことを初めて問いただした時に浮かべていた卑怯な笑いが、取りつくろった心配の下に、ちょうどぴくぴくしている口もとのあたりに、また忍び込んでいる。

「待って、あたしは完全に落ち着いてる」とブリッタは言うけど、こげ跡の残る椅子の体は軽く揺れる。彼女の白目はすっかりピンクになっている。ずっと泣いていたんだろう、隠しようがない。休憩室で彼がかぶりついていた、ぶにぶにとしたバナナブレッドのことを考える。マヨネーズだらけのキャベツとブロッコリーのサラダが詰まったタッパーのことも。ときどき冷蔵庫にあるのを見かけた。彼が欠かさないジフのピーナッツバターの業務用サイズのとなりにあった。初めて見た時、変なの、と思った。アーチボルドみたいな人間がブロッコリーを小房に分け、ベーコンを細かく刻み、クレイズンと削ったチェダーチーズとマヨネーズで和えるなんて、１００万年かけたって想像できない。オーブンからバナナブレッドを取り出すのだって、１００万年費しても思い描けない。何もかも、目が乾くことがほとんどなさそうなこの人がしてきたことだ。今日もずっとアーチボルドのことで泣いていたに違いないし、また絶対泣き出すと思う。ちょっと前にポケベルを鳴らしたのもこの人だ。彼がいったいどこに行ったのか探していたんだ。たぶんディナーも用意してあっただろう。きちんと整えられたふたり分のテーブルが頭に浮かぶ。照明の映るプレート、その間の野暮ったい一輪挿しにしみったれた花。彼がふた息で飲み干す安ワインのボトル。もしかしたら、おしゃれだってしていたかもしれない。もしかするとこれがそういうことなのかも。キャンドルだって灯していたかもしれない。まだ火は点いたままかな。それで今リビングルームが燃えていたりして。

「この女が何かしてくれたって言うの」と彼女。アーチボルドが何か言ったことに答えているんだろう。「この人に借りなんてないし。ていうか、何ならこの人があたしに感謝したっていいくらいでしょ。そっちがあたしに感謝すべきよ」

「その通りですね」とわたしは声に出す。「お礼をしなくちゃ。ありがとう」

どうにか体を起こす。ふたりは話し合いを続けていて、聞こえてくることもあれば、聞こえないこともある。

ブーツ。ブーツを見つけないと。ブーツを履いて歩いていく歌があったっけ。母が好きで、わたしもよく歌っていた。別の歌手の曲。ペギーじゃなくて、同じ年代の。クールな余裕があった。痩せていた。ヒールの高い白いブーツで、軽々とダンスしていた。ダン、ダン、ダン、ダン。白い雪、足を踏み鳴らして行こう。ダン、ダン、ダン。そして振り返らない。

ベッドから立ち上がって、コンバットブーツに足を突っ込む。靴ひもは締めていない。母のスリップの上にカーディガンを羽織る。

よろよろとドアのほうへ向かうけど、薬を飲んだせいでうまく歩けない。鼓動が大きくなり、自分のまわりの空気は見えない水のようで、湖の底でもつれた水草に足をとられ、前へ進みたくてあがいているような感じ。

地下から階段を上る時に2回転んで、つまずきながら玄関を出る。雪がやさしく降る中、バス停があるはずの、きっとない訳がないほうへ向かう。後ろでわたしを呼ぶ声がして、転ばないように歩調を早める。とにかく、あのブーツの曲を胸の中で歌っていればいい。ブーツは歩くためのもので、前に進ませることがブーツの役目で、それさえあればわたしは怪我しない。路面は見渡すかぎり凍っていて、ときどきすべりながら歩いていく。

彼の声が近づいてくるのが聞こえても止まらない。すべって、また進む。でも、彼の手を肩に感じる。振り返ると彼は雪にひざまずいている。そしてわたしを見上げる。

彼はたぶん語り始める。開いた口から出てくるのはでたらめな話だろう。キミを失いたくない、でももう顔も見たくないって言うなら、それも受け入れる。俺はキミにふさわしい男じゃない。ブリッタは頭がいかれているんだ。本当に必要なのは、キミなんだ――みたいな。

「リジー」と、わたしの膝にしがみつきながら彼は言い、わたしはそれをほどこうとする。

「くそやろう！」とブリッタが叫ぶ。

声のほうを見ると、そんなに離れていないところから突進して来る女が、ハーモニカを銃のように振り回している。そしてそれを放り投げ、見事に命中させる。彼の顔に直撃。ちょうど口に当たる。

数分間に感じられるそのひととき、わたしたちは立ち尽くす。彼の口から美しく、まがまがしく、血が流れ出るのを見つめる。気が動転しているのか彼は何かぶつぶつ言い、目をしばたたく。すると彼女が彼のそばに駆け寄って、あのださいカーディガンを脱ぐ。下には、わたしの家にもたくさんあるありふれたスクープネックのトップスを着ていた。カーディガンで彼の口を押さえ、趣味の悪いスカーフで全身を包む。そして、ごめんね、ほんとごめん、と言う。静止画みたいなふたりをじっと眺める。ふと、彼女がわたしを見ていることに気づく。「タクシー呼んでくれませんか？」と彼女は言って、携帯を差し出す。

病院の待合室、わたしたちは席をひとつ空けて、並んで座る。空いた席にバッグが置かれる。近くのストレッチャーで、意識がもうろうとしたアーチボルドが寝ている。たまに、ガーゼを詰められた口を動かして、ハーモニカがどうのこうの言っている。緊急救命室の様子だと、今夜は撃たれたり刺されたりした人がたくさんいる。たくさんの深い傷、胸の痛み。具合の悪い赤ちゃんたち。顔面にハーモニカをぶつけられるというのは、たとえ大きめのクロマチック型でも、医者にしてみれば優先順位はずいぶん下になる。看護師はしばらく待つようにと言った。

ブリッタは古い雑誌をぱらぱらめくって眺めるふりをしている。わたしはテレビをじっと見ている。

「帰っていいですよ」と彼女は言う。「ほんとに。ぶつけたのはわたしだし。それに、けっこうかかりそうですし」
「いえ、大丈夫です」とわたしは答えて、ここにいることで何かの犠牲を払っているかのように、自分もおなじく当事者ですから、という顔をする。だけど本当は、慌てて出てきたせいで、彼のアパートに財布を置いてきてしまったのだ。カギはもちろん、服も。身に着けているのは、玄関でよろよろしながら足を突っ込んで靴ひもがほどけたままのブーツと、中華のしみがついた母の赤いスリップと、アーチボルドの口の血が飛んだカーディガンだけ。ブリッタにお金を借りるなんて絶対したくないけど、自分のアパートに歩いて戻るには少なくとも一時間はかかる。病院の無料電話からメルに何回か連絡した。出なかった。それでメッセージを残したのに、折り返しもない。踊りに行っているのかもしれない。それか、当然の報いだと思っているのかもしれない。

　不格好な革張りソファに腰かけた病人たち、頭上の壁には無音のテレビ。画面では、ストレッチ素材のパンツを履いた太った女がふたり、絶叫しながら、椅子がひっくり返って散らかった舞台の上で、取っ組み合っている。見た感じ、どちらも相手を殺しそうな気配。すると黒いポロシャツを着たスキンヘッドの大柄な男性ふたりが現れ、彼女たちを引き離す。画面の下には「恋人の親友と浮気した男」とある。

　ブリッタを見ると、「ウーマンズ・ワールド」のバックナンバーをいそいそとめくっている。編み物に関心でもあるみたいに。大きなバッグから、アーチボルドの血を拭うのに使ったスカーフがはみ出している。バッグは素敵だ。わたしの母が買いそうなタイプだ。ブリッタは別の世界の住人なんだと、どこか遠くで生きている人なんだと言い聞かせる。わたしよりも大きい。年もとっていて。いっそう哀れで。もっと救いようがない。体も心も、彼女がぼろ屋敷だとしたら、わたしなんてちょっとしたワンルームくらい。

「アーチボルドがペギー・リーの『イズ・ザット・オール・ゼア・イズ』をかけてくれたこと、あります？」と聞いてみる。

しばらく彼女は何も言わず、雑誌に載っている深緑色の配管ブラシで作ったリースの写真を睨んでいる。

「アーチボルドはいろんな曲をかけてくれたから」とようやく答える。

わたしはテレビに視線を戻す。

太った女のひとりは警備員を振り切り、もうひとりにヘッドロックをかけている。その後ろでは、ひっくり返ったままの椅子に囲まれて、細くてフェレットみたいな男が平然と座っている。この男は、警備員が太った女の子たちをふたたび引き離すのを傍観している。彼女たちが空気につかみかかり蹴りを入れるのを、ただ見ている。ひどいことも惨めなこともそれが人生、なんて言うように薄ら笑いを浮かべて眺めている。不意に笑顔が大きくなったのは、たぶん太った女のどちらかが何か叫んだからだろう。切歯が一本無いのが見える。ぶつけられたあとの、アーチボルドのことを思い出す。ショックが収まると、彼は笑い出した。タクシーで病院へ向かう間もずっと笑っていた。ブリッタが口の中に布をあてがったけど、中途半端だったから血を全部吸わなくて、彼が笑うと、血があごのほうまでいきおいよく垂れてきた。

「彼にあの曲をかけてもらったことも、曲について話してもらったことも、ないんですか？　彼の哲学とかも？」わたしはもういちどブリッタにたずねる。彼女を見るけど、目を合わせようとしない。

「この話はもうやめにしたいんですけど。もしよかったら」

「そうですね」わたしは彼女を見る。あごが上を向いて、震えているのがわかる。「そう言えば、注文されてた本、入荷しました」

「どの本？」と、すぐに反応する。

「『お世話バッチリ。ダックスフント』わたしが注文を受けたやつです」

「あぁ」と、もうほとんど忘れていたかのような返事をする。「そうだった」

「受付に用意してありますから。いつでもお渡しできます」

笑えるほど太った子たちが相手に突進して、また引きはがされるのを見る。ふたりの脂肪たっぷりの腕は、相手の喉を締めようと伸びたまま。

ブリッタが突然立ち上がる。

「ちょっとカフェテリアで何か買ってきます」躊躇したあとで、わたしを見下ろす。「何かいります？」

食べもの。この数時間何も食べてなかったのに、食べもののことはすっかり忘れていた。彼女に聞かれた瞬間、自分のお腹が空っぽだったことを思い出す。遅れて空腹感がやって来る。

「ありがとうございます。でも大丈夫です」とわたしは答えて、首を振る。「今はお腹空いてないんで。もう少ししたらたぶん」

残念な体の丸い背中をこちらに向け、彼女は病院の廊下をのしのし歩いていく。スイングドアの向こうへ消えていくまで、わたしはじっと見ている。

わたしの嫌いなあの子

ということで、スコーンを食べている。嫌いな女子と一緒に。スコーンは向こうの提案。曰く、スコーンを食べるのはファックするのと似ているらしい。しかもノーマルなのじゃなく、鞭とか使う系の。彼女はスコーンを食べていて、わたしはそれを見ながら、砂糖なしのミルクティーをちびちび飲んでいる。正確に言うと彼女はまだ食べ始めてはいない。ふたつに割ったスコーンにクロテッドクリームを広げ、手作りジャムをのせる。手を動かしながら、食べる時にへんな声出ちゃうかもだけど、だって。いちおう、ほら、だからびっくりしないで。別に、と肩をすくめながら、苛立ち始めた自分に気づく。ティーカップを持ったままだった。小さ過ぎる取っ手に指をねじ込んでいたので、血の流れが止まりかけている。彼女がウサギみたいな前歯でスコーンをかじるのをじっと見つめる。クロテッドクリームが口の両端にべっとりつくのもちゃんと見ている。わずかにのけぞり、目を閉じた彼女は、へんな声とかいうやつに違いない音を出す。わたしは紅茶を注ぎ足し、両手でカップを包んで温まるふりをする。とっくに冷めているのに。それから窓の外に視線を移して、陰気な街並みを眺めている風を装う。「今朝はいろいろ忙しかったね」と話しかけ、このクソ女とつぶやく心の声はなんとか封印する。

なんだかんだ言っても、この子は友達で同僚だから。

「ん？」と、スコーンで口いっぱいにしながら聞き返してくる。うんうん言っている自分の声で、こっちの話は聞こえていない。

今朝はいろいろ忙しかったね。大きな声でおおげさにくり返す。頭の中ではクソ女とののしる。

「ん」と彼女は答える。でも、スコーンに夢中でちゃんとした会話なんてできない。すっかりごきげんで、小枝のような脚を子どもみたいにぶらぶらさせながら、頭を左右に揺らしている。何週間か前にタイフーンで、こんがり焼いたポークチョップをわたしの目の前で食べた時にも同じようなことをしていた。

この声、この小枝みたいな脚、凶器になりそうに浮き出た鎖骨。大好きな食べものの話をしたあとのクッキーモンスターのモノマネ（アムハムハム！）。大きなスコーンがよけいに際立たせる、あり得ないほど華奢な体。みんなひっくるめて、この子が存在しているというこの事実そのもの。

それからあのファッション。ヴィンテージショップで買う、たいてい個性派とイケイケをかけ合わせたような服。今日はゴールドフラップのミュージックビデオみたいなストレッチ素材のミニのオールインワンを着て、バックシームに小さな黒いハートをあしらった薄手のタイツを合わせている。上には、絵本で女の子がスケートする時に着てそうな赤いベルコート。似たコートなら、わたしも5歳の時に持っていた。ピンクだったけど。ミザリーサーガのどこかの駐車場一面に氷が張っていて、そのコートを着たわたしが父と手をつないでいる写真がある。父がいなくなる少し前のことだ。写真の父は、自分の手を握る小さな存在を見下ろしている。この存在――わたし――がこんなに小さいなんて信じられないような表情を浮かべている。そのわたしは、目の前にいるわたしの嫌いなこの子と同じくらいのサイズ。

視線に気づいた彼女は、「ん?」と言い、「別に」とわたしは答える。

わたしのカップの中で冷めた紅茶を見て、それからスコーンがないのに気づく。「どうしてスコーン頼んでないの? お腹空いてない?」

「あとでサラダ食べるから」とわたしは言う。

その様子がすぐに目に浮かぶ。幸い誰もいない休憩室で、春野菜いっぱいのタッパーと「ハロー!」のバックナンバーを取り出す。誰かが入ってきたら、読んでいるふりをする。照明は点けない。

肩をすくめて、スコーンをもう一口かじる。それから少し目を細めてわたしを見る。

「なんかサラダな人だよね」

「そうかな?」

食べ終えた彼女は、背もたれに寄りかかり、オールインワンの上からありもしないお腹のふくらみをなで、眠たくなってきたと言う。

「このあと仕事なかったらいいのに」

「ほんと」と答えながら、お会計の合図をして、椅子の後ろに置いておいたバッグをつかむ。彼女は手を伸ばしてきて、そのレオパード柄のふさふさした表面を自分のペットみたいになでる。

「かわいい」と彼女が言う。

オフィスへ戻りながら、今までていちばんひどかった派遣の仕事の話をする。わたしと同じように、彼女も1年ほど前に役に立たない人文学の学位とともに大学を卒業し、それからひと通り派遣の仕事をしてきた。最悪だったのはこのひとつ前の仕事、と彼女は言う。上司が体目当てでずっと付きまとってきて。

悪魔にとり憑かれているとしか思えないコピー機があって。しかも、おいしいランチの食べられるところが近くになかった。

「そっちは？」

「わたしもこのひとつ前」と答える。本当は、今の仕事。

「悪魔のコピー機？」と彼女は水を向ける。

「ファックス」と答えながら、彼女のすらりとした白い首を見つめる。ちゃちな黒いチョーカーが引き立てている。

「うわぁ、もっとやだぁ」と彼女。

オフィスに着いて、それぞれのデスクに向かおうとしたところで、彼女は振り返る。スコーンで満たされた唇と頬が、まだつやつやと赤い。「あとでメールしてね？」と言う。

「オッケー」と答える。彼女はちょこちょこと去っていく。ふくらはぎにハートがぴったりと並んでいるのを目で追う。

午後はずっと、彼女がスコーンでぶくぶくと太ったあげくに破裂する白昼夢を見る。

家では、サラダの残り半分を、添えられていたハニーマスタードドレッシングの残り半分で食べる。まずカーテンをきちんと閉める。そうするようになったのは、となりのトルコ料理店のオーナーが、タバコをふかしながら上の窓からのぞいてきたことがあったからだ。ちょうどサラダのあとの儀式の最中だった。食べ終えて空になったお皿を指のはらで丁寧に丹念にさらい、オイルのついた指を1本ずつきれいに舐める。そこを見られてしまった。それまでは町ですれ違うと挨拶をしてくれていた。今はわたしのいちばん残念な下着の細部まで知っているかのような目を向ける。ほつれたスカラップの縁取りに触れたことがあって。よれよれのピンクのリボンをいじったこともあって。カンボジア製のタグに噛みついたことすらあって。

　サラダランチのあとの儀式。フレンチ・コネクションのボディコンスーツを試してみる。そのあとはベティ・ペイジのペンシルスカートに、ストップ・ステアリング！　のホルターネック。どれにしても、ゴールに近づいたわけではなく、かといって遠く離れたわけでもない、ずっとこんな調子だ。25日。トムに会うためのフライトまでに残された時間だ。たぶん彼氏。２週間前、デートの日を決めようとせっつかれて、わたしはまだまだ先の未来の１日を選んだ。その日までには、前に彼が会ったわたしよりも、もっとゴールに近づいたわたしになれているはずだったから。でも、考えてみたら、前に会った時から57日は経っている。父の古いジーンズとメンズサイズでＸＸＬのジョイ・ディヴィジョンのＴシャツで搭乗口からこの手を振ったあの時から。57日前のわたしはもっとゴールから遠いところにいた。ペンシルスカートとボディコンスーツとホルターネックだけじゃなくて、体重計もメジャーも、ジムにあるあのぜい肉計測器もそう言ってくれている。57日前に彼が会ったあの子と、そこのあなたはだいぶ違う。比較にすらならないんじゃない？　別人。完全に別人。ちょっとマシかな、と考える。鏡の前でブラとショーツだけになって、毎晩こうやって、消えてはくれない現実をなんとか受け入れる努力をする。それから、亜麻のシリアルを一握り、を何回か。塩なし生アーモンド15粒。

　今日の進歩を記録して摂取カロリーの計算を済ませ、トムに電話して本当に飛行機を予約したか聞いてみることにする。

「したよ」と彼は答える。「ちょうど今日早くに」

「あぁよかった」とわたしは言う。「それはよかった」

「あんまりうれしそうじゃないけど」

「うれしいよもちろん。うれしくないわけないでしょ。久しぶりだし」

彼が何も言わないので、わたしは「57日ぶり」と付け足す。日々数えていることを伝えるために。会えないのは寂しいって。

「きみがそう決めたんだよ」

トムとは1年ほど前に、ダーティ・リストで出会った。アンダーワールドのファンサイトだ。それ以来、こうやって遠距離恋愛みたいなことを続けている。周りには、わたしの嫌いなあの子も含めて、アンダーワールドがツアーを休止する前の最後のニューヨーク公演で出会ったと言ってある。生身の彼とは初めてそこで会ったんだから、嘘じゃない。自分史上いちばん太っていたわたしを見てもトムは平然としていて、手を取り、並んだほうがいいねと言った。それ以来、会うのは数カ月にいちど。派遣の給料はほぼ家賃とフライトチケット代に消える。チケットの半分を、彼が出してくれてはいても。母に言わせれば、たいして知らない人――いや、たいして知らないと母が決めつける人に会うために、そんなお金をかけるなんてバカげているらしい。でも、わたしが痩せてきて、何も言わなくなった。どう見ても、トムと会うわたしはいい感じに変わってきている。でも、これを脱するまでは会いたくない。これが何であれ。停滞期。そんな風に呼ぶ覚悟はまだない。

「もっと早くって思わないはずない」今ならそうトムに言える。「ただ時間取れなくって。仕事たてこんでて」ランチ前のひまな時間は修正液でホチキスにビッチと書いていた。午後はペーパークリップを絡み合わせた。昨日はひたすらベティ・ペイジのスクリーンセーバーを検索して時間を潰した。拷問でしかなかった。

「わかってる」と彼は答える。「会えるのを楽しみにしてるよ」

　明かりは消してあるから、鏡は目に見えない。でも鏡は消えたわけじゃなく、体もまだここにあって、枠の中、暗くぼんやり存在している。

「わたしも」と返す。

　それから、電話を切ってベッドで横になっても眠れず、あの「サラダな人だよね」にどう切り返すのが正解だったか考える。ベーカリーの場面まで巻き戻し、クロテッドクリームを口の両端につけた彼女に「なんかサラダな人だよね」と言わせる。ただし今回は「そうかな?」ではなく、身を乗り出して低い声で言い返す。ねぇ、あんたみたいなクソチビにはわかんないかな?　みんながみんなスコーンを食べてさらにスリムになるはずないっつーの。あんたじゃない誰かは天井の低いワンルームで薄暗い中でベビーリーフのサラダばっか食べるはめになって、それでもなぜかおっきくなんの。そんな誰かは、気取った小さなお口にあんたがのほほんとごきげんに放り込むものを想像するだけで巨大化すんだよ。言い方も考える。こうやって屈みこんで、我慢ばかりの数カ月でたまった棘と闇すべてを声にしたら、あの子は心から悔いて首を垂れるしかなくなるはず。

翌日、職場へ向かいながら、誓う。わたしの嫌いなあの子がランチに誘ってきたら、断る絶対に断るきっと断る。そして11時頃、あの変なスウェーデンピザ！　アムハムハム！　とメールが来る。返信は☺だけ。彼女好みの北欧風カフェへ行く。それであっちは、自分の頭くらいの大きさのソーセージとラベンダーとタイムのピザに、カネルブッレというかつまりシナモンロールを別腹枠でオーダーする。こっちが頼んだザクロとフェンネルとディルのサラダは、ダイアモンド型の器にドレッシングなしで出てくる。ピザを食べながら、彼女は半月みたいなフェンネルを探してしなびたディルの葉をもそもそかき回すわたしを見ている。見んなよ。天気の話を振ってみる。今日って雨じゃなかったっけ、と顔を上げるよう仕向けても、その目はわたしとフォークと器をマークして離さない。

「そのサラダ、少なめだね」と彼女が言う。

「そうでもないかな」と答えて、器を引き寄せる。「少なく見えるだけでしょ」けれど、彼女は引き下がらない。ハート型のサングラスをあげて、身を乗り出してきて、器を覗きこむ。何かひどいにおいでも嗅いでしまったみたいに、鼻にちょっと皺がよる。

「少ないから少なく見えるんだよ」と言って、座り直す。そして小首をかしげる。変わっているね、とでも言いたげに「どうしてそれにしたの？」

ザクロの実が好きでさ、かわいくってルビーみたいでしょ、とか何とか答える。

じっと見つめられて、熱が首の後ろを這い上がってくる。そして彼女は肩をすくめる。肩ひもの細いタンクトップを着ているから、ガリガリの肩がむき出しになっている。全開の口で、当てつけるように入りきらないくらいのピザをほおばる。背もたれに寄りかかって口を動かし、小さな顔を太陽に向ける。

「たいひょうっていいよね」

その夜、華やかなサラダを出してくれるビストロでメルと食事をしながら、チビッコをボロクソに言う。嫌いなあの子がどれだけむかつくかジョークにする時、チビッコと呼ぶことにしている。飲みものを待つ時間も惜しい。大き過ぎるメニューを目の前に口火を切る。メルにはスコーンのこともスウェーデン風ピザのことも話す。サラダな人だよね発言も。スコーンでスリムになっていく人もいれば、サラダでなぜか太る人もいるんだって、チビッコにそう言ってやればよかったということも。今のメルは太っていて、わたしのかつてのピーク体重すら越えている。だから、あんな子は嫌って当然だとわかってくれる。メルのそういうところが何より大好き。

「チビッコ。なんか前にも言ってたね。ウォッカ・セブンのレモンスライス勝手に食べる子だよね？」

「それは豆乳ホイップ女。前の職場の拒食症の人。今話したのは別の人、今の職場にいる。そっちはもうそんなイラつかないから」

「チビッコのこと？」

「豆乳ホイップのこと」

豆乳ホイップ女はうっとうしかった、本当に。でも、理解はできた。初めは無理だった。初めは、経理部門のおそろしく華奢なその女がどこへランチに行ってもアメリカンの豆乳ホイップ添えを注文したあげく、スープでも飲むようにホイップをスプーンで口に運ぶのばかりがとにかく目についた。だけどある夜、ハッピーアワーで飲んでいて、わたしのカクテルの添えものを食べ尽くしたあげく、酔った彼女は生理が止まって2年になると告白してきた。しかも、早過ぎる閉経のせいでヒゲをそらなきゃいけなくなった。それ以来、わたしはそこまで彼女を憎んでいない。でも、チビッコはまた別だ。

「ごめん、リジー。んじゃあ、チビッコって?」

ベス、と訂正したい。今はベス、リジーじゃない。もうリジーとは呼ばれてないと何回言っても、メルはそっちに戻してしまう。

「チビッコは超痩せてる女。ハートのタイツの。クッキーモンスターの真似する子」

「あぁ」とメルは言う。「その人か。でも、嫌いなのにどうしてランチに行くの?」

「友達だから。ランチのこと以外はほんといい子なの」

忘れてはいない。今の職場に来て最初の週、彼女がやさしくいろいろ教えてくれたこと。コピー機の使い方を見せてくれた。紙詰まりからも救ってくれた。上蓋をガンガン叩いてくれなかったら、やぶれた報告書の残り半分は引っかかったままだった。緊張しきって頭が痛くなった時、親指と人差し指で手のひらをぎゅうぎゅうマッサージしてくれた。5分間。ネットに効くって書いてあったからって。それに、職場で同じ20代半ばなのは彼女だけだし。少なくとも、わたしに話しかけてくれる唯一の存在。しかも、ふたり揃って嫌いな女子もいる。あのプロバイオティクス&ヨガ信者、人事課のクソ女のこと。この人が休憩室でオイコスヨーグルトを食べながら、ビクラムヨガで人生変わりましたみたいな話を始めた時、わたしたちは勘弁してって顔で目を見合わせた。それ以来何となくつながっている。

「なるほどね」とメルは共感してくれる。「それって余計しんどいね」

ウェイトレスが来て、わたしはハートサラダを注文する。ポピーシードドレッシングを添える。

「ハートサラダって？」とメルが聞く。

「いろんな野菜の新芽のサラダ」と答える。「アーティチョークの芯。ロメインレタスの芯。パルミットのも。おいしいよ」

メルは、ローストビーフとハヴァティチーズのスクロールをオーダーし、スイートポテトフライも追加する。こんがり焼いたカマンベールの前菜をシェアしようよと誘われて、だけど断るとそれ以上は前みたいにしつこく言わない。かろうじて進み始めたわたしはここで止まるわけにはいかない。たぶん、メルもそういう感じをわかってくれている。頼みなよ、と言う。わたしは食べないけど。おいしそうだから。

「わたしだけなら、いいや。そんな食べないし。たぶん」

「一口もらうから」と誘う。

彼女はやめとくと答える。やっぱ、ちゃんとしなくちゃ。「あなたみたいに」と言って、ぎこちなく微笑む。

正直そんなちゃんとしてないよ、と答える。だってわたしなんか——

「してるって」とかぶせてくる。「そんな風にちゃんとできるって、うらやましい」

「長いことがんばってたじゃん」そう言って、わたしは視線を逸らす。

長いこと、メルはかなり真剣で、母親の古いエクササイクルに乗り、ダイエットコーラとミケリーナの低カロリーシリーズで生きていた。それで本当に、17歳のメルに戻りつつあった。誰にも止められない最強のメル。カトリックスクールの白いブラウスに黒いブラが透けていたあの子。わたしが誰か好きだと打ち明けると、片端からさらっていったあの子。無名ゴスバンドのポスターが貼ってあるベッドルームで口でしている間、わたしは下の小さな部屋で彼女の母親と膝をつき合わせて、ソリティアでズルする方法を教わっていたあの頃の姿。

一緒に住んでいた時の話、ほんの数年前のことだ。わたしはまだ広い海に怯えるクジラ同然で、英文学から、フランス文学、美術史、中世研究、映画研究へと、学期ごとに専攻を変えた。ベッドルームからなんとか出られた時には、でたらめに講義に行って、ゲール語とかの選択科目を取ってみたりやめてみたり、本当に訪れてみたいのかわからない観光地のパンフレットのようにシラバスばかりが増えていった。メルの体重が減り始めた時、わたしは応援しようとした。「いい感じだね、でもやりすぎないで」とか。だいたい友達がいかにも言いそうなこと。でも、そのたびにメルはダイエットコーラを一口、別にあなたにわかってもらわなくてもいいしという感じで、半分しか手をつけていないサラダをウェイトレスに下げてもらっていた。その勢いは数カ月で消えた。体重は増え始め、もとに戻り、もっと増えた。

「あの時はやりすぎてたかも」と目の前のメルは言う。

「やりすぎないでって言ったよ？」蒸し返してみる。「そのままできれいだし」とも付け加える。ほかにほめるところを探す。メルはもちろんきれいだ。だけど、体重がすっかり戻ってからは、見た目をあまり気にしなくなった。普段ならわたしと会う時でも口紅くらいはしてくる。そうじゃないとわたしが盛り下がるとわかっているから。それなのに、今日はかさかさの唇に何もつけていない。

「トップスかわいい」と、なんとかほめてみる。まともじゃない。テントにしか見えない、プラスサイズショップの酷い服。首回りには安っぽいラメ、キャップスリーブの先に申し訳程度のしょぼいレース。それがなかったら死装束に見えなくもない。

「袖、凝ってていいじゃん」

　メルは無意味なレースに目をやり、渋い顔をする。「まぁまぁかな」

「素敵だと思う。何でだろ？　わたしがそこでしか買えなかった頃より、もっとずっといい感じの服がありそう」

「相変わらず最低だよ」と彼女は吐き出すように言う。「種類が増えたってだけ」

　ふたり同時にグラスの氷をつつく。

「そっちこそ、トップスいいじゃん」と言って、メルはわたしのコルセット風タンクトップを見る。「サイレン？」

「ヘルズ・ベルズ」

「もう閉店したんだと思ってた」

「ううん。まだある。オーナーは変わったけど」

「へぇ。もうあんな街中行くことないと思うわ」大学へ戻ると決めた時、メルはアパートを出て行った。学費と家賃をレコード屋の給料だけで賄うのは難しかった。今はミザリーサーガで母親と暮らしている。

「あの店で買い物するの好きだったんだけどね」とメルが言う。

「だよね」

　メルがエナメルのコルセットをして、ハイウェストのベルベットのドレスを試着する間、わたしは外で待っていた。前のオーナーはグルヴェラという名前の死体みたいな人で、万引犯でも見張るかのように、わたしにスキムミルク色の目玉を向けてきた。あそこにあったもの何もかも、指なしの手袋だってあの日のわたしにフィットするはずなかったのに。ようやくモノクロストライプのカーテンが開く。メルが出てきて、くるくる回って見せた。わたしは鉤爪モチーフの肘掛けのある椅子に座って、「かわいい。超かわいい」と言った。

「あそこで黒いベルスリーブのドレス買ったよね？　クモの網タイツ合わせてプロムに着てったドレス」

「ベラドレスね。忘れてたし。よく覚えてんね」

　ウェイトレスが料理を運んでくる。ポピーシードドレッシングは別添えになっていない。このウェイトレスだとよくこうなる、というか、こうならないことあった？　ねえ？　わざとおちょくっているでしょ。指摘したら、「作り直すこともできますけど？」と返ってくる。「お願いできます？」と言って、メルには食べ始めてもらう。

「そいつ、かなりイラつくね」とメルが言う。「しかも、わかっててやってるよ」

「チビッコ？　絶対わざと」優越感に浸りたくて近づいてきたんじゃないかって、最近思うんだ。細さを倍楽しむために。何も食べていないわたしの目の前でたっぷり食べて、たっぷり食べながらあなた何も食べてないねとか言うなんて、ほんとは楽しんでるんだと思う。

「それあるかもしれない」とメルは言う。フォークとナイフを手に取り、また置こうとする。「先に食べるの、気が引ける。ポテトどう？　サラダ来るまで」

　やめとこうかな、と答える。このところあまり順調じゃないし。

　メルはスクロールにかぶりつく。「しょんな変わってなくない」と彼女は言う。「むしろ、やしぇたんじゃない」

「だといいんだけど。今これ絶対停滞期。もうすぐトムのとこ行くのに」

「トムのためにしてんなら、やめろって思うかも」

「違う。デートがあるって思うとちょうどいいから。それに向けて、みたいな」

メルはパンを食べたままだ。

「自分のためにしてる」とわたしは続ける。

「ならいいけど。そのままで愛されるべきだし」

「彼はそうしてくれてる」

「ならいいけど」とうなずき、パンをもう一口かじる。「オンラインのそれ、なんか上手くいってよかったじゃん。また変人だったらどうすんのって思ってた。車椅子のソープオペラ男とか。ああ、名前なんだったっけ？　ひどい感じの。ブレアみたいな」

「ブレイク」

「あと、あの人。コロラド出身で世界レベルのモデルとばっか付き合ったとか言ってたあいつ。どんだけ嘘つきなの。どこの負け犬って感じ」

「だねえ」アーティチョークの芯にナイフを突き刺しながら答える。「ヘンリーとはどう？」

メルは嫌そうな顔になる。「相変わらず。あんま話したくないんだけど、別の話でもいい？」

「もちろん。そっか。最近の嫌いな人とか？」

メルはパンを大きめにカットする。そして、イラつく人はいると答える。本当に、ひたすらイライラさせてくるやつらなら。だからって、嫌いってほどの人は誰もいない。嫌いになるってけっこう必死なことだし、最近ものすごい疲れちゃってて、らしい。

「わかる」と答える。「わたしも疲れた」

それで思い出した、とメルは言う。明日は朝の授業がある。食べたら車で送って行こうかと聞く。でも、いいやと答えが返ってくる。ぜんぜん大丈夫だから。

家に近いほうのバス乗り場でもいいよ、夜にバス2本を乗り継がせるなんてしたくない、と言ってみる。ミザリーサーガまではけっこうかかるし、もう二度と会えないような気がする。消えてなくなっちゃうんじゃないかって。

「わたし消えてないけど」と彼女は答える。「でも、その感じはわかる。わたしも二度と会えないような気がする」

乗り場までの間、彼女を笑わせたくて、いつも全裸女の話をする。同じジムで、ワークアウトのあとに素っ裸で身支度する女のこと。髪を梳かすのも。ヘアアイロンをあてるのも。ビューラーして、マスカラを塗るのも。指輪とネックレスをつけて、ブレスレットをはめるのさえ、すべて裸。全部終わってからじゃないと、服を着ない。

「イラっとくるでしょ?」

「くるね」とメルはうなずく。

「話してなかったなんてありえない。しかもさ、信じらんないような体なんだから。まるでね、体見れば英語しゃべれないってわかるみたいな。口を開いたら、デンマーク語とかが出てくるんだろうなって感じの」

「うわーもう無理」耳を覆うふりをしてメルは言う。「無理だって」

到着しても、バスが来るまでメルを車に引き留める。彼女は小ぶりの小銭入れから割引乗車券を出して、いつでも出て行ける準備。それかわいいね、とほめてみる。どこにでもありそうなのだけど。ただの小銭入れ。黒い革、ジッパーの小さいやつ。

家まで送らなくて本当にいいのか聞く。バスって最悪じゃん。ぜんぜん平気、実家戻ってから、バスに乗る間がひとりの時間だし、と言う。メルのひとりの時間は今でもダークファンタジー小説とiPodの異界ダークウェイブ音楽のための時間だ。ここはずっと変わっていなくて安心する。

当然、わたしが最近聴いている音楽を流しても、メルはそのほとんどを気に入らないだろう。でも、ふたりでよく聴いたミックスＣＤが1枚だけ車に残っていた。ここまでかけていたのはそれ。今、流れているのはフェイス・アンド・ザ・ミューズの「波の下の異世界」。しばらく聴いていないバンドだったけど、ボリュームを上げる。

「この曲いい」そう言って、彼女のほうを向く。

無言。

「このバンド、初めて観に行った時のこと、覚えてる？」

今度はフロントガラスに微笑む。「うん」

「ドアのところで昼の3時くらいから並んだよね。みんなこのバンドを観に来るよって、きっとすごい列になるからって。でも着いてみたらふたりだけで。そのまま歩道で何時間も待ったよね。そしたら7時くらいになるまで誰も来なかったし」

「早く行ったのはテーブル席とるためでしょ。ライブの時いつもそうしてた」

じっとドアの前に座って陽射しに溶けながら、そのあとライブで演奏されるアルバムをお互いディスクマンで延々と予習していた。そんな風だったと思ったんだけどな。あふれ出す汗、自分のサイズでもどうにかゴシックに見えるコーディネート。つまり、いつもの網タイツトップスに、母の黒いナイトスリップを重ねていた。メルは、サイレンのセットアップを着て、リップは黒、アイシャドウは赤。わたしの3倍は気合入っていた。

「うちらかわいかったね」とメルはつぶやく。本心だとわかる。

もっと話していたいのに、彼女は遠くにバスを見つけてしまう。仕方なくわたしは、そうだね、じゃぁ、と言い、あとでメールする、と続ける。でも彼女はもう車の外で、乗り場に向かって走っている。

今夜も、鏡と向き合い進歩を見定める。でも、受け入れるべき現実は昨日より増えたんじゃないかと思う。時々こういうことが起こる。どのぐらい増えたかは、たいてい照明の具合で決まる。明るさじゃなく、どうわたしに当たるか、どんな風に体のどこを照らしているのかの問題だ。フライトまで3週間と3日。今だってきみが好きだよと言ってくれる。アンダーワールドのライブで一目見た瞬間にもう大好きだったとまで言い張ってくれる。一目見た瞬間、わたしのほうは、明らかに彼の3倍はある自分の体のことを意識していた。細くて青白い彼は存在感が薄かった。幽霊のようで、わたしにしか見えない影のようだった。きれい、そう感じたのも覚えている。でもちゃんとは見ていなかった。実際、この日はあまりにも見ていなくて、別れてから、きちんと顔を思い出せなかった。記憶の中、彼の顔立ちはとらえどころなくぼんやりしていた。ニュー・オーダーの曲にあったみたいに、瞳の色すらころころ変わった。でも、彼はその時すでにわたしを愛していた、ばかりでなく、その前にもう実際に会うまでもなく夢中だったとゆずらない。１０３日前、音楽トークをするのにチャットから電話に切り替えた夜。わたしはこのワンルームで、汗ばんだ首に電話を挟み、あのバンドこの本その映画のどこにグッとくるのか、みたいなことを端から話していって、彼も同じことをした。もっと前、深夜3時でも彼が反応せずにはいられないダーティ・リストの意地悪な短いコメントだけがわたしだった頃から。ほぼ1年前のことで、ゴールは遥か遠く離れていた。あの頃は今のメルくらいだった。今のわたしはだいたいその半分。

減らした体重を記録して、部屋のベッドに寝そべる。カカオ72％の板チョコを1ブロックずつ食べながらメルのことを思い浮かべる。ミザリーサーガの実家、変わった品種の蘭に囲まれた暮らし。キーキー軋む階段を上って、子どもの頃と同じ血の色をしたベッドルームへと向かう。壁にならぶ無名のファンタジー小説、床に積み上がるさらに無名のダークウェイブ系CD、わたしも昔はどこに何があるか覚えていた。わたしはお腹に手を置いて、小さ過ぎるベッドで仰向けになるメルの姿を想像する。10代だったわたしたちの夜、このベッドで並んで眠った。ツインのマットレスは彼女の下でたわみ、窓から差す月明りに輪郭が浮かんだ。大きなお腹が穏やかに上下して、かすかないびきが聞こえてきて、わたしは目を閉じる。

翌朝、体重計に足をのせ、固唾をのんで針の動きを見守る——あのチョコ。でも、意外なことに、針は昨日よりもわずかに下を指す。

会社では、いつもどおり退屈な午前中の雑用。ブラックコーヒーを飲みながら、郵便物を開けるための７工程を繰り返す。チビッコはデスクでスケジュール調整をしながら、カルダモンのパンをこっそり口に運ぶ。こっそりだけど、わたしには見えるように、わたしを笑わせようとして、見てこの食欲ランチタイムなんて待ってらんないよ、とでも言いたげに。わざと紙袋の音を立てて、きょろきょろしてから口全開でかぶりつく。60年代風のミニワンピに合わせて白のゴーゴーブーツ。あの悪夢をつぎはぎしたみたい。こちらの視線に気づいて、手を振る。カルダモンのパンで頬ははち切れそう。手を振り返すと、底なしの嫌悪感がしのびよる。わたしたちふたりとも沈んでいくような嫌悪感。彼女はパンを飲みこみ、声を出さずに、ランチ、と言う。それはまるで質問のようで、わたしは仕方なくうなずく。

　父とわたしの写真——嫌いなこの子と同じくらい小さかったわたしと、愛おしさと戸惑いが綯《な》い交ぜになった目でわたしを見下ろしている父のいる写真。父が出て行く前に、わたしが母のように巨大化する前に撮った写真。あの中のわたしはカメラをまっすぐ見つめている。ためらいも照れもなく、カメラに向かって笑顔になれたのは、あれが最後だったかもしれない。父にこの写真を見せられたのは、前回のわたしの誕生日、気まずくランチを食べている時だった。まだ人生でいちばん大きかった頃、トムに会って、ダイエットを始める前だった。写真はアルバムに入っていて、それは誕生日プレゼントのひとつだった。わたしがいつも太っていたわけじゃないと示すために準備したのだろう。見てごらん。ね？　どうして君はそう思い込んできたんだろう？　と父は言った。たぶん、ママじゃないかな。もしかするとすべてママの影響かもしれない。彼女は、いつだって苦しんでいた。でも君はどうだい？　ほら見て——と。でも、わたしの目に入るのは写真の上、「毎日がたからもの」と書かれたメッセージシールのほうだった。父がこんなものを買う姿は想像できないし、アルバムを飾るために貼るなんてありえない。当然、父が自分でこれを作ったわけじゃないことになる。間違いなく秘書かつ愛人のひとりに作ってもらった。でなければ派遣社員の子に作らせたのかもしれない。わたしとか、この嫌いな女子のような誰かに。

電話が震える。彼女からのメール。「キリマンジャロでパイナップルづくし！　アームハムハム！😀」

前にも一緒に行ったことがある。サンドウィッチとケーキの店で、名前と飾りをのぞけばアフリカには何の関係もない。壁にはセレンゲティのツルたちをとらえたモノクロ写真、その下であの子がパイナップルチャツネ入りのハム&グリュイエールチーズ特大パニーニを口に運び、マンゴー&イチゴ&パイナップルスムージーを音を立てて飲み、パイナップルのアップサイドダウンケーキにがっつく。そんなのを見せつけられるのだろう。ウェイトレスが彼女の目の前にケーキを置く頃には、わたしのヘルシーベジラップは半分になっていることだろう。ゆっくり食べるのだって限界がある。向こうがケーキにナイフを入れる時、こっちの手は空のまま。だから、ケーキで口一杯のくせに、半分しか食べていないことについて何か言うだろう。指さすかもしれない。わざわざテーブルのこちら側に手を伸ばして、わびしく残された、食べかけの半分を指す。それでわたしは、残りはあとで食べようかな、みたいなことを言って気まずい感じになる。嘘なんだなって、お互いわかる。ウェイレスに持ち帰り用の袋を頼んでみるかもしれないけど、この子が騙されるわけない。ふぅん、と語る目をわたしに向けて、パイナップルケーキをまた口に運ぶ。わたしは😉だけ返信する。そうしたら、ほんと嫌いだなって気持ちが羽を震わせ、広がっていく。電流が駆け抜け、愛のようなものになる。

それって欲張り

わたし近いうちにトリクシーを殺すんじゃないかと思う。理由はちゃんとある。試着室のドアの向こうから、別の客にぎゃんぎゃんわめく彼女の声が聞こえてくる。ていうか、正しくはドアじゃなくてカーテンだ。デイヴィッド・リンチの映画で地獄に続くあの真っ赤なやつそっくりの。キュートなブーツに合わせれば、そのスカートがきっともっとキュートになりますよ、とカーテンの向こうでトリクシーは女性客に言っている。それからキュートなこのシャツ！　ねえキュートなシャツとかどうですか？　キュートなシャツとキュートなブーツなんていいんじゃないかしら？　ほんとキュートになりますって。

トリクシーがキュートという言葉を発するたび、わたしの体が反応する。肩がこわばって、腕がざわつくように熱くなっていく。カーテンの内側でそわそわしてきて、甲高いその声の矛先がこっちに向かってくるのを覚悟して待つ。だってもう逃げられない。すすめられたブルーグリーンのスパゲッティストラップのドレスはわたしの胸をぎゅっと締めつけている。様子を見にまもなく彼女がやって来る。ヒールがやさしいスタッカートで床を鳴らす。たっぷりのムースで整えた髪がカーテンにこすれ乾いた音をたてる。長い爪の手がカーテンをぐいと引く。

そのあとはだいたいこんな感じ。「試着はどうかしら？」

「大丈夫です」と、わたし。

その声色を聞けば、誰だって「えっ」と思うだろうし、失礼な奴と受けとられても文句は言えない。こんな感じ悪い態度は普通絶対にとらない。トリクシーが相手の時だけだ。でも彼女はすぐに気分を持ちなおす。

「そう」彼女は言う。そしてだいたいこう続ける。「じゃあ、見ましょうか？」

この「見ましょうか」のところで彼女の声は不自然に甲高くなる。こっちの歯の芯にまで響いてくるような「見ましょうか」の音。

「いいんです」わたしは答える。

だってトリクシーの意見なんてまったく参考にならない。そそのかされてお金を無駄にしたのはこれまでいちどどころじゃない。

「いいんですか？」彼女は聞き返す。

わたしのノーが本気のノーじゃないことを彼女は知っている。自分の役をやりたくないとぐずる子どものノーみたいなものだ。ばれている。これは認めなくちゃいけないが、服を買いに行くと、わたしは昔から決まってつまらなそうにしてしまう。母もずっとそれをつついてきた。「そんなつまらなそうにして。余計に選ぶのが難しくなるでしょう」と。特に最近わたしの体重が減り始めてきたこともあり、母はどんな服でもわたしに似合うと思っているようだ。で、なおさらこちらの不満げな態度が許せないというわけだ。

トリクシーはネコでも誘い出すかのようにささやく。おいで、ほら出ておいで。わたしはまんまと誘いに乗る。カーテンを開けて、スポットライトの明かりを浴びて、鏡の前に立つ。トリクシーは後ろからのぞき込む。

頭から足まで目でたどり、彼女は首をかしげる。

「キュート」とひとこと。でもそれは何も言っていないのと同じだ。トリクシーにかかれば、世界の破滅だってキュート。真っ黒焦げの大地。泡を吹きながら駆けまわる黒い馬の群れ。大鎌を振りあげて迫ってくる死神の暗い影。みんな「ほんとキュート」になる。

でもこのドレスがキュートなわけない。胸が締め上げられているせいで生地はパツンパツン。それでジッパーがかみ合わず、大きな隙間が空いてしまっている。ここは大丈夫なのかと聞くと、トリクシーは鼻にしわをよせるように、困ったとでも言いたげに目を細める。彼女の目だけに映る澄み切った世界に、わたしという暗雲が立ち込める。同じことは前にもあった。

「ここに隙間があるでしょう？」自分の胸を指さしながら、トリクシーに聞いてみる。

「え、そうですか？」トリクシーは答える。彼女にはそれが見えない。でも必死で見ようともする。ナゾだ。

「ここにありますよね？　ここわからないですか？」生地に圧迫された胸をなぐりながら言う。まさかこれが見えないとは言わないよね？

彼女は目を線にしてじっとわたしの胸を見て、わからないという感じで、かすかに首を振る。突然、目にかがやきが戻る。

「いいこと思いつきました」

トリクシーのいつものパターンだ。いつだって解決策を思いつく。

「キュートなネックレスを着けたらいいじゃないですか！　ペンダントでそこを隠すの！　スカーフだっていいかも。スカーフを巻いて、そこで結ぶっていうのはどうですか？」と彼女は言う。彼女の指先が広く開いたジッパーの隙間の上をただよう。スカーフ持ってきましょうか、と聞かれる。

心ではこう答える――トリクシー、どうしてわたしがここに来たかわかるよね？　なんでこんな恥ずかしい目に遭わなきゃならないの？　わたし頑張っているじゃない。1年中、ターキーを水栽培のレタスに包んで食べた。ガゼルだってしている。ねえガゼルって何か知っているの、トリクシー？　ただのカーディオマシンじゃなくて、トレッドミルとクロストレーナーの複合機だよ。そう言って彼女を見ると、どうみても天然じゃないまつげの奥にある目が、平和そうにまたたいている。何ひとつ伝わっていないのだとわかる。

だから、現実のわたしはこう言う。「じゃあスカーフ見せてもらえますか」

彼女はうれしそうに早足でスカーフを取りに行く。

店内にもうひとりトリクシーが接客している女の人がいる。お尻が大きくて、試着しているジーンズは尋常じゃなくパツンパツンだ。選んだのはトリクシーだ。断言できる。この人もカーテンの外から呼びかけられ、スポットライトの下に引きずり出されていた。降ってくるのは同じ光のはずなのに、トリクシーだけがきれいに見える。スカーフを取りに行く途中、この人のお腹がふくれたマフィンのようにジーンズに乗っているのを見て言う。キュートですね！　お尻大丈夫かなと聞かれると、トリクシーは答える。それならベルトはどうかしら？　ボリュームのあるベルトがいいですね！　それとキュートなブーツ。幅広のベルトとキュートなブーツでこの人は救われる、自分のお尻から、ということだろう。トリクシーはいくつかベルトも取りに行く。

でもこの人はわたしと違う。トリクシーに感謝している。彼女の解決策を信じきっている。くるくると体の向きを変えながら、急ぐ様子もなくベルトを待っている。わたしのお尻ってそんなに大きく見えないじゃない、っていうかそもそも大きくないよね、とか自分に言い聞かせているんだ。わかる。

でも本当は大きい。それが問題だ。

トリクシーがわたしの首にスカーフをかける。ゆるんだ首つり縄に見える。彼女の手の下で、胸が赤く、まだらに色づいて、熱くなっていくのを感じる。緊張する、そのくらい近い。彼女のいろいろな匂いを嗅ぎわけられるくらい。整髪料とギリシャ料理と仕事への情熱。

スカーフの柄とドレスの柄は完全にちぐはぐだ。ひとこと言ってやろうとしたところで、この反応を予測していたトリクシーは先手を打つ。

「これはちょっと見てもらおうとしただけなんです」スカーフを輪のように巻きつけながら、彼女は弁解する。「実際に見て、イメージできればいいなって思ったので」

ひとまわりさせたスカーフを結ぼうとして、彼女の爪がわたしの肌をひっかく。

「やだ。失礼」

ジッパーの隙間が見えなくはなった。でもこの合わせ方はどう見ても間抜けだ。思っていたとおりだけど。

　でもトリクシーのほうはひどく満足げ。わたしって何、天才？　また客の体の問題の解決策を見つけてあげちゃったじゃない、とでも思っているんだろう。このミスマッチな柄のスカーフを首に巻くことで。というか柄がどうこうというレベルじゃなく、そもそもこのドレスにスカーフっていう間抜けきわまりない根本的に間違った組み合わせによって。

「ほら、言ったとおり」

「そうですね」とわたしは言う。首を解放するかのように、スカーフを緩めながら。「でも。わたし、このドレスにスカーフを合わせなきゃいけないってのがいやで。ネックレスも。そもそも何か合わせるってのがちょっと。わたしはただ」

「ただ、あの、これだけを着て……」

　スレッディング脱毛した眉毛を上げて、トリクシーは待つ。

「あっ」と彼女は言う。おでこにしわが寄っている。顔がこう訴えている。たぶん体の大きさとかを考えると、それって欲張りなんじゃない？

　わたしは入り組んだ彼女の作品を無理やりほどく。ジッパーの隙間がまた顔を出す。大きな尻にピチピチジーンズのあの人は、ベルトですっかりご満悦のようだ。無駄な抵抗しているのね、とでも言いたげにわたしを見る。

「でもこれって絶対に小さ過ぎませんか、違います？　真面目に、そう思いませんか？」

　わたしは目に力をこめる。言えよ、トリクシー。わたしたちふたりに向かって、その通りだって。

彼女は微笑んで、オリに入れられた動物のような表情でわたしを見て、あの人のほうも見る。そして、目をじっとのぞきこんで、ほんのわずかにうなずく。よほど注意していないとわからないくらいかすかに首を動かして。普段はこんな風に本音を言えない、けど、今日だけは特別という合図でも送るかのように。

もちろんすぐに大きな声でそれをかき消す。「そんなことないと思いますけど。もしスカーフを合わせたら。でも着けたくないって、そうおっしゃるから……」

彼女は肩をすくめる。できることはもうすべてやりました、とでも言いたげだ。

くるりと向きを変え、あの尻でか女に見せる追加のベルトを小走りで取りに行く。

ふいに、取り残された気分になる。見放された。サイズが合わないドレスと同じように見捨てられた。そして、きらきらのトリクシーの視線を浴びたくなる。もういちど。まわって全身を見せてと言ってもらいたい。じっと見つめられたい。あの目の中でなら、どんな服でもわたしにぴったり合うし、正しいアクセサリーをつけて、間違った態度さえとらなければ、どんな問題も解決する。母とおんなじ目、それが必要だ。

すれ違い様に、トリクシーは尻でか女の肩に手を置き、ぎゅっと力を入れる。ベルト、お待たせしちゃってと告げる。女の顔がぽっと赤くなる。トリクシーの注目を浴びた高揚感。彼女は「ぜんぜん気にしないで」と答えて、また振り返る。鏡に映る巨大な尻に見とれるその目は、自分自身への愛でとろけている。

母にとってのセクシーな人

ターコイズ色のレース素材、ワンストラップ、おまけにヘソ出し。昼間、母がザ・ラックで買ってくれたばかりのこのトップスに、夜になって、言われるがまま袖を通した。これにペイレスで買ったピチピチのローライズと、ピンクの編み上げヒールを合わせる。フレデリクス・オブ・ハリウッドで売っている紐パンの、靴バージョンという感じのデザインだ。

「この服、どうかと思うんだけど」タコの足がにょきにょき生えたような左肩のデザインにしかめ面をしながら、母に言う。わたしのダイエットの秘訣は魚だと母は考えている。で、ふたりで港にあるシーフードレストランまで来た。港がここの見どころだ。母が西海岸のこの街に引っ越してきて、まだ日は浅い。母の友人たちがやって来るのが見えるように、窓際のテーブルをとった。斜めにカットされた裾から、でんと顔を出したお腹は、誰も救助にきてくれない非常事態と言っていいし、テーブルの下の足は、低級ポルノから切り取られたみたいだ。肩とお尻がずっとちくちくしている。プラスチックのタグを、母がバターナイフで切ったからだ。言えばよかったんだ。ママ、この服、アタマおかしいでしょ。わたしたち、店員にからかわれているだけだって。服なんて自分で決められるよ。26の女ができないはずないでしょ。でも、言えたのはこれだけ。「ねえ、さすがにやり過ぎかなとか思わない？」

母はわたしの正面に座っている。天井から網にプラスチックのエビとかカニとかの大群がぶらさがっている。真っ白な取り皿を覆うように指を組んで、目の前に置かれたパンのかごとクラブディップの前菜を無視するわたしをじっと見ている。まずレースのタコ足、そして露出したお腹へと、母の視線が動く。そして言う。「やり過ぎってどういうこと？　それのどこがやり過ぎなの？　ママを信じて」

母の指先はこれといった目当てもなしにパンのかごをあさっている。「その靴」頭を横に振って言う。「本当にいかしてる。もういっかい見せなさいよ」

テーブルに隠れていた足を投げ出して、母に見えるようにゆり動かす。「みんなあなたを見て驚くよ、エリザベス。ひっくり返っちゃう」

「これ痛いんだけど」

「もうすぐだから」

クラブディップをたっぷり塗った厚切りのサワードウが母の前に積み上がっていく。まだらに赤くなった顔。異様にギラギラかがやいた目。今日の血糖値、チェックしたの？　と喉元まで出かかる。でもそれをおさえて窓の外を見る。魚屋が大げさに魚を投げている。ベトナム人らしき女の人は、華奢な手で並んだ花のかたむき加減を調整している。わたしはテーブルの上に塩を盛って、フォークの先で線を描く。最近はこうして、何も食べないで食べた気持ちになる。「で、今夜会うのは誰なんだっけ？」

「ただ職場の人たちが何人か来るだけよ」ワンピースからパン屑を払い落としながら母は答える。ここに引っ越して来たのは大きな会社で働くためだ。わたしが生まれてから、母はほとんどいつだって上にも下にも気を使う中間管理職だった。今はそれよりずっと給料もいい。「ドーン、パム、デニス。もしかしたら他にもひとりかふたり」

「そう」わたしは言う。塩で気をまぎらすのはやめにして、タバコを口にねじこむ。そしてライターをさがしてバッグの中をあさる。母はキャンドルを手にして、火を待つタバコの先に近づける。

「それより、そんな座り方やめなさいよ」母は言う。

「そんなってどんな？」

「そんな猫背にするなってこと」母はわたしのまねをする。巨大な肩を丸めて前のめりになったせいで、安っぽい宝石がジャラジャラと音を立てる。今日は赤で統一している。リング、ネックレス、ブレスレット。大きめのイヤリングだけはさっき化粧室で外して、わたしの耳たぶにつけてきた。まだ何か足りない、という理由で。

　母のとがったの毛先から、レーン・ブライアントのレースに包まれた丸い腕まで見下ろす。反撃の言葉が口をついて出そうになる。でも飲みこむ。ただ背筋を伸ばすだけにする。

「これが娘」会社の人たちが到着すると母がそう告げる。こちらに注目、と手でうながしながら。ホイール・オブ・フォーチュンのくるりとひっくり返ったパネルがわたし。母はそれを披露するヴァンナ・ホワイトみたいな手つきだ。「すぐに行っちゃうんだけどね。ボーイフレンドに会いに行く途中で寄ってくれたの——あ、ごめん、フィアンセにね！　みんなにも言ったわよね」

「とても素敵なお洋服」ひとりがそう言ってくれる。全部で5人、ふたり増えた。聖餐式のパンに負けないくらい、薄っぺらの微笑みを浮かべている。向けられる視線に、思わず母のショールをひっつかんで、露出した肩を隠したくなる。せめて、丸見えのお腹を腕で覆うくらいは。でも母がそんなことを許すとは思えない。だから、わたしも微笑みを返す。

「素敵でしょ」得意げに母は言う。そして実際に音が唇を割って出てくる前に、こう続けるのがわたしには聞こえてくる――「見せてあげなさいよ」

「立ってね、もちろん。立ち上がって」死者をよみがえらせる司祭のように手でも合図する。茶色いガラスのブレスレットが手首に当たってガチャガチャ鳴る。「後ろも見えるようにまわってあげたら？」

かすかにふらつきながら、腕を左右にひろげてわたしはまわる。肩にあるターコイズのタコ足がふくらんでひらひら舞う。そのまま、きれいねという声がドーンという友人の口からゲップのように飛びだしてくるまで続ける。

「そうでしょう」と母が答える。

そうでしょう、は合図だ。わたしはどさりと椅子に戻る。タコの足は波打ってしずまる。母を除くわたしたちは、なんだかすみませんとでも言いたげに微笑み合う。わたしはダイエットコーラに口をつける。視界に入る母の顔は誇らしさでゆがんでいる。顔じゅう浮かれたリボン結びをされているみたいに見える。

「二の腕も見せてあげなさいよ」母は言う。

「ママ。やめてよ」見せびらかすなんてみっともない、という感じを出す。でも、実のところ、飛行機をおりてわたしが最初にしたのは、母に二の腕を見せびらかすことだった。

ねえ見てよ！

すごいすごい！

「今じゃいつだってワークアウト」母は続ける。「通りをはさんだジムでお試し会員の手続きをしてあげるまで、遊びに来てって頼んでもイエスと言わなかったほど」

「ママ。それは、ちが……」

「ウォーキングもね。1日に2回とか3回。湖畔をぐるりとひと回り」人差し指と中指を足に見立てて、目の前の空間をとことこ歩かせながら、母は続ける。「速いわよ。何度か一緒に行ってみたけど、置いてきぼり」

「大差ないって」そう言いながら、後ろでぜえぜえ言う母を気にもとめず、まっすぐ前だけを見て、ずんずん進んでいったのを思い出す。かわいそうな気がしてきて、ようやく振り返った。母は何メートルか後ろで、大きな肩で息をして、立ち止まっていた。足元の貝殻を観察しているふりをしていた。

「ほら、この足」わたしの買ったばかりのピンヒールを見下ろして、母は言う。「この足、これには敵わないでしょ」

わたしは窓から外を眺めている風を装う。でも、もう暗いから、猫背で肩からタコ足が生えたシルエットと、興奮した母の大げさな身振りと、広い心でそれにうなずく会社の人たちの姿が、映っているだけだ。お手洗いにと言って席を立って、ふらついた足取りでテーブルを離れる。全員の視線を浴びているのがわかる。

「とてもよかった、ほんとよかった」店を出たあと、腕を組んで市場をぶらつきながら、母が言う。新婦が新郎にリードされるかのように、母にみちびかれて、屋台の立ち並ぶ道を歩く。辺り一面の食べものにも無反応なわたしを愛おしそうに見る。ご自由にどうぞと置いてある試食品を端からたっぷり手にとっていく母の横で、鼻にしわをよせて、ＦＵＪＩのリンゴとあとで調理する魚以外、すべてに首を振って断る。魚屋で、なんでもいいから新鮮なものを、と4オンスの魚を買った。母は動きを止めてじっと見ていた。顔を焦がすくらいの視線を感じた。

「あなたお手洗いに行ったじゃない？　あなたがほんとキレイだってみんなずっと話していたのよ。ほんとずっと」

「みんなやさしいよね」

「本心でもあるのよ」花屋の方に案内しながら、母は言う。そこでスターゲイザーリリーをひと束買ってくれる。娘にね、と花が詰まったブリキバケツの列の後ろにいる女性店員に伝える。わたしは笑顔を作る。わたし、そうわたしが娘です、はい。店員が花の茎をひとつにまとめるのを、ふたりで見る。母はわたしの露出した肩をなでる、まるで魔法のランプにでも触れているかのように。

「でさ、明日の夜なんだけど。うちの会社まで来なさいよ。それからムール貝のお店に行きましょう」

反応をうかがうために母はこっちに顔を向けている。でもまっすぐフロントガラスを見つめる。家に向かう車の中、高速道路の風にあおられた髪が遠慮なく目にあたり、涙が出てくる。タバコに火をつけようとするけど、失敗して枝毛の先を何度も焦がしてしまう。「気をつけなさいよ」母は言う。わたしが来るのに合わせてレンタルした赤いセブリング・コンバーティブル。「風でたなびく髪なんて素敵でしょ」と理由を教えてくれた。強風でもぴったり動かない、ポマードで固めた黒髪のとがった毛先をつまみながら。

「そのムール貝のお店で会うんじゃだめなの？」少し遅れて聞く。

母は目を閉じて、もうこんなに疲れさせないでよ、と聞こえてきそうなため息をつく。いいからまず会社に来て。いい？　いろいろ言わなくて大丈夫。とにかくママの言うとおりにしてくれる？


ペプト・ビスモルと同じ色のバンデージドレス。ベッドの上に広げてあるのは、わたしのためなんだろう。仕事にでかける前の母が想像できる、ドアフレームの向こうにあるそれを、わたしはじっと見る。今つけてるフレンチカットの下着も、数日前にターゲットで買ってもらった。くわえタバコの先が燃え落ちる。朝イチのＦＵＪＩリンゴをぎゅっと握る。午後の間ずっと、母が飼っている肥満アビシニアンのミック・ジャガーをけしかけて、ワンピースの上を歩かせようとしていた。でも、やつは言うことを聞かない、わざわざ持ち上げてその上に置いてやっても。この前、母は黄色いインスタント・カメラで、それを着たわたしの写真を撮った。母が揃えたシェフがテーマのキッチン用品に囲まれて、コンロに寄りかかるわたし。バルコニーで燃えるようにかがやく湖をバックに、しおれた紫色の花の鉢たちと並んで立つわたし。どの写真にも、ドヤ顔で治るよとか言いながら、効果はあてにならない胃腸薬そっくりのわたしがいる。ベッドのそばの床には、セール品だったストラップのパンプスも置いてあって、こっちはゲロのように虹色にかがやいている。

「やだちょっと」夕方近くになり、ゲロパンプスを履いてよろよろ歩いてくるわたしを見て、母は言う。仕切られたデスクに着くと、母は値札のプラスチック紐にライターを近づける。家にいたわたしの頭からは、こんな細かいことへの関心は消え去っていた（あなたがいつもこういう細かいことを忘れるのはどうして、何がいけないの？　と、目で訴えてくる）。このギリギリのタイミングで口紅もRebelからCravingに変えるように言われる。「そっちのほうがいい」と母。「でも、少しふき取って。もう少し。よし」

背中まで見せようとしてお尻をテーブルにぶつける。衝撃で皿に盛られたムール貝がカランと音を立てる。昨日の人たちとは違って、今日の人たちはほとんどが男だ。まわりながらバランスを失いかけると、ひとりがたくましく支えてくれる。

「おっと」笑いながら彼は言う。「あぶないよ。エリザベス、だよね？　君のお母さんからたくさん話を聞いているよ」

ドサッと音をたてて椅子に戻って、唇にタバコをねじこむ。取り囲む母の上司たちに、酔いにまかせて微笑みかける。「そうなんですか？」彼はグラスに白ワインのおかわりを注いでくれる。視線はボディラインに沿って駆け下りていく。テーブルの下では、母がわたしの膝をやさしくたたく。

「今じゃダンスもやっているんです」母は上司たちに言う。このごろ一気に上司が増えたのだと、ここに来る前に言っていた。本当かどうかはわからないけど。化粧室で、エンジェルの香水をふりまいて、その中をくぐり抜けさせながら、誰が誰だか区別がつかないくらい、とも打ち明けてきた。「しかも、ベリーダンス。ベリー、よね、エリザベス？」

母はわたしを見る。スネ蹴り並みに強烈な視線。

「ベリー」わたしはうなずく。まだ火のついていないタバコが、口から垂れ下がる。上司のひとりがもう

1杯注いでくる。こっちは最初の2杯でくらくらしているというのに。

「へえエキゾチックね」今日の人たちの中でただひとりの女性が言ってくれる、かすかな皮肉をこめて。

「チャンスがあったら、こんど少し教えて欲しいわ」

「チャンスがあったら」

「何よ！　見せてあげなさいよ」母は言う。「昨晩、見せてくれたんです」スネークアームの奇妙なモノマネをしたせいで、レースのカバーオールの袖が肘までめくれあがる。母は袖をピンと伸ばして、ふたたび開いたムール貝をほじくり出し始める。「ねえ？」

「うん」

　昨日の夜、母の目の前で体を波のようにうねらせた。完全にどうにかしていた。母は花柄のソファに座り、じっとそれを見ていた。手はぎゅっと肘掛けを握りしめていた。ミック・ジャガーは母の大きな膝の上でみゃーと鳴いた。

「ぜひ見たいねえ」と上司のひとり。

「ちょうどここ空いてるよ」ほかの上司が続く。すぐ横の空間に手を差し出して揺らしている。

「ちょっとシャイなので」と言いながら、母はわたしの背中をいきおいよくさすり、そのあとでやさしくたたく。

　ぜひ見たいと言った上司は、風に揺れるろうそくの火みたいな笑顔で答える。「もったいないねえ」

　ありがたいことに、しばらくすると、みんなわたしのことは忘れてくれる。中身をえぐりだされたつややかな黒い殻の山の上で、それぞれ毛むくじゃらの手を組んでいる。アルコールも入り、仕事の話に夢中だ。わたしのグラスは空のまま。窓の向こうに水面を探すけど、見えるのは揺れ動くわたしの姿だけ。あなた誰よ、わたしの娘に何をしたの？　ここに来る前、魚屋で4オンス注文するわたしに、母はそう言った。魚の包みは、あとで食べるリンゴと一緒にまだカバンの中にある。あなたは誰だ、本当に？

　窓に反射した母は、もう職場トークの輪の中にはいない。ときどきうなずいたり、ねえと相づちを打ったりしながら、わたしが片手でマッチをするのを横目で見ている。

「1本もらうわ」タバコの箱を見ながら、テーブルの反対側から母が言う。

　わたしは見上げる。リズ・テイラーにウニを足したような、かがやくとがった黒髪。ポマードをつけた髪の束ひとつひとつが固くなめらかだ。白雪姫の肌、ずっとうらやましかった。ブラックプラム色の口、魚みたいにぷっくりとした唇。金色が不規則にちらばった瞳、左目はかすかにけだるげ。ほっそりとした鼻のラインはゆがんでいる。若い頃、よくマスクをつけずにキャッチャーをしていて、顔面に野球ボールを食らった。そのせいだ。さっと脱ぎ捨てるもの、母にとって顔はいつもそのくらいの存在だった。誰かにきれいだねと言われるたびに、母は頭をゆすり手を振りまわして、魚のような唇の片方の端をつり上げる。どうでもいい。やめよう。別の話題。おねがい、とでも言いたげに。

　どうぞ、とタバコの箱を振りながら差し出す。もちろん受けとるべきじゃないことはわかっている。心臓。肺にたまった水。でもその大半を隠していることもわかっている。昨日の夜、バルコニーで、手すりをぎゅっと握りしめていた。溺れた人みたいに、息を切らせていた。

　どうしたの？　わたしはソファから呼びかけた。

平気よ、平気。

本当に？

本当よ。

「タバコ減っちゃうけどいいの？」すでに1本引き抜いたタイミングで、母は聞く。

本当はよくない。残りはあと2、3本しかない。それに煙を吸いこまず口から吐きだすだけだから、なおさらイラつく。でもわたしは答える。「もちろん」

マッチを片手で擦る技で火をつけてあげる。母はかすかにのけぞる。

「ありがと」そう言って、葉巻のようにくゆらす。そして、ふたりでヨットに乗ったことはあるかい、と聞いてくる主任バイヤー、リッチの方に向き直ってうなずく。

「いちどもないんです」と、母は嘘をつく。横目でわたしを見ながら。

「いちども？」リッチは言う。ようし、それなら、どうにかしないといけないねえ。街を見てないも同然だからさあ。ちょうど僕の家にはボートがある。もし興味があればだけど。

ある、と答える。

家に帰る途中、母は高速を降りてウェンディーズのドライブスルーでフロスティのLサイズを買う。

「あなたは何かいる？」

「ダイエットコーラ、氷多め、氷たっぷり多めで」

「氷タップリ多メデ！」母はドライブスルーのカウンターに向かって大声で言う。そして顔をこちらに向ける。「リッチ、あなたを気に入ってたわ、わかったでしょう。彼は手ごわい相手よ、本当に。1年彼の下で働いてるけど、わたしのことだってどう思ってるのか、いまだにつかめない」

「たぶんただのお世辞でしょ」わたしは言う。

「今日あの人たちが言ってたことは、本心じゃなきゃ言えないこと。そりゃ人は社交辞令でいろいろ言うよ、でも今日は違う。言い方からもそうじゃないってわかった」と、母は主張する。

　ウェンディーズの駐車場に車を停めて、母はとなりで気まずそうにフロスティを食べる。わたしは助手席でふらふら揺れている。ワインのせいで海を漂っている気分。ブイのようにダイエットコーラを握る。糖尿病のことは聞かない。血糖値のことも。巨大なカップの縁に唇をつけてシャリシャリと食べるのも止めない。

　ため息ひとつ吐きだして、母はカップを揺らして見せつける。「これなら大丈夫、でしょ？　ミルクと氷だけだから」

「そうだね」わたしは言う。前の道路をじっと見つめる。

　車が駐車場から動きだすと、やけにスピードを抑えて運転をしながら、道路を睨みつける母の様子に気づく。

「なんでそんなゆっくり？」

　母は何も答えず、しばらく進んだところで「足の感覚がないの」と、フロントガラスを見たまま言う。

「さっきからずっと」

「まだ治ってなかったの？」視線を向ける。表情は固まっている。「ママ？　まだ治ってなかったの？

医者に診せにいくよね？」

　母は正面を向いたまま頭を左右に振る。「平気。明日の夜、踊りに行くのは大丈夫だから」

「踊りに行くって？　大人しくしてた方がいいよ」

「最後の夜でしょ、トムがあなたを迎えに来る前の。金曜日は夜までのんびり過ごすから。わたしとあなたふたりで。それならいい？」

　バナナイエローのミニワンピ。母が最後に着たのは、ストーンズが「サティスファクション」を出した頃だ。白のサイハイブーツ。15か16の時よ、どれだけわたしがイケていたか、想像できないでしょうね、と母。同じ色のヘッドバンドが洗面台の上に置いてある、でも言われないかぎりこれは着けない。母のナイトテーブルにある小さなステレオから「ペイント・イット・ブラック」が音飛びしながら流れてくる。ＢＧＭが必要ね、と言って母がかけた。あなたは大人の女、何を着るかはあなたが決めなさい、と鏡の中の自分に言い聞かせる。さあ見せて！　と、浴室のドアの向こうから呼びかけられる。母がいつもシンクのふちに置いているゾンビグラスをのぞく。食べ物のかすが浮くたっぷりの水の中には入れ歯が見えて、洗面台に置いた手にぎゅっと力が入る。石鹸置きには使いかけの軽石。母は毎晩これでかかとをごしごし擦る。その音は壁を伝って聞こえてくる、けどわたしは、これは何か別の音だと自分に言い聞かせる。足の感覚がなくなってどれくらい？　と、言葉にして聞くことはできていない。ほこりをかぶったカゴの中、新品同様のバスソルト、バスジェル、バスクリスタルは甘くて吐きそうになる匂いだ。洗ってないシンクのまわりにお飾りで並んでいる。隠しても隠しきれない病気の気配と、母が朝何度も首に吹きかけたフェンディの香りが、ここに充満している。窒息させる気か。この時はそう感じた。でも母が死んでしまったあと、町なかでほんのかすかでもこんな香りがすると、きっと追いかけずにはいられなくなる。

さあ見せて！

浴室のドアのこちら側にかかっているくすんだナイトガウンに目を向ける。むこうには母がいるんだ、真鍮のベッドで腹ばいになって、こぶしの上にあごをのせて待っているんだ。昔わたしが痩せ始めた時にも、母は同じベッドで横になって、まず年代物のサンローラン、そして年代物のディオールを着せた娘が、その場でまわるのを見ていた。どちらも、わたしを産んだあと、あごをワイヤーで固定した頃からずっと着ていなかったものだ。手術を受けたのは産後の体重を減らすためだった。抜けがらのような青ざめた顔で笑っていたのは最初の2、3週間だけで、結局ずっとリバウンド状態。でも、あのふたつはクローゼットの奥で眠らせてあった。鎖のようにずっしりくる単色のスーツたち。それぞれから同じ汗なのに別の匂いがする。染みついている香水はどちらも廃番になった。まわってみて。14歳のわたしが着替えて登場するのを見て、その時も母は言った。母が買ってきて、額に入れて壁に飾ったマリリンとオードリーのポスターを見ながら、わたしは何度もその通りにした。母は、今と同じようにほおづえをついて、首を左右に振っていた。アイルランドの地図と、蛇だらけのテラスでショットガンを抱えたトーリ・エイモスのポスターに貼り替える何年も前のことだ。

「見せてくれる？」飽きることなくベッドから何度も呼びかけてくる。

そのあと、ふたりでバルコニーに座る。わたしはあの4オンスのタラを食べて、ダンス前のカクテルをちびちび飲む。母がシェイクして、棚の奥から出してきた飾りのついたクリスタルのシャンパングラスに注いだフレンチ75。ナイフでこしらえた見事なレモンツイストが添えられている。「バーテンの素質あるでしょ、ね？」

「ママ飲まないの？」と聞く。

「わたしはいい」と母は答え、炭酸水を揺らしながら見せつける。気分を盛り上げるために、こっちもシャンパングラスに注いである。水をやるのをいつも忘れてしまうスターゲイザーリリーの花瓶に囲まれて、食べながらグラスに口をつけるわたしを、母はじっと見る。まるでひとときも目が離せないテレビ番組のように。

「ねえ何？」と、夕闇から視線を逸らさずに、わたしは聞く。きらきらかがやく湖を覆う空は、つぶれた桃の色だ。

「別に。どうおいしい？」

　わたしは肩をすくめる。「おいしいよ」

「よかった」母は食べてもないし、飲んでもない。ただじっと見ている。腕を組んで。また組み直して。わたしに合わせて、口を開けたり、閉じたりしている。ゆっくりね。味わって。「それで。トムだけど」

「うん」

「いつ迎えに来るんだったっけ？」

「金曜の夜」

「金曜の夜。明日」と母は言う。「パパはもう会ったの？」

「まだ」

これを聞いて母は嬉しそうだ。

「パパはどうしてる？」

「まあ、変わらず」

「あの人、絶対に、自慢の娘だって思ってるわ」

太っているのは人がみずから選びとるものだと、父はいつも感じていた。大学生の時、たまに一緒にランチをしたり、コーヒーを飲んだりして、こちらの余分な肉を目にすると、父はまるで自分を困らせるためにわたしが奇妙なデザインの洋服を着ているかのような表情になった。脂肪は、入り組んだターバン、メルがつけてたゾンビのティアラ、そして反抗期に父の目の前につき出して振ったアナキストの旗みたいなものだった。わたしの一部分というわけでもなく、それはただ、父に反抗して間違いを認めさせるために、あえて身に着ける何かだった。大学をやめると、会う回数はさらに減っていった。今、父がわたしを自慢の娘だなんて、思っていない気がする。少なくとも父にしてみれば、ようやくすべてが本来の状態に落ち着いたというだけだ。わたしはようやく旗を降ろした。ターバンも脱いだ。争いは終わった。わたしにとっていい形で。

「そうかもね」

「自覚してないだけ。でもなんとなくわかってるのよ。ねえランチしましょう。それかブランチ。海のそばのお店でさ。彼氏くんの都合でいいわ。何を着ていくつもり？」

前回、トムが空港に迎えに来た時は、黒のアンサンブルに、今ちょうど着ている赤のマーメイドスカートを合わせた。靴は分厚いラバーソールのドクターマーチン3ホールで、母を心底げんなりさせた。ねえ、そんなの履いてて暗い気持ちになってこない？　修正液でガイコツを描いたショルダーバッグのふたが、太ももにパタパタと当たった。

「まだ決めてない」

「本当に彼のところに引っ越すのよねえ？」

「いつかはね。ずっとこんな遠距離ってわけにはいかないから。それに仕事があるから、向こうがわたしのところに来るのは無理」

「あなたの仕事はどうなの？」

「派遣なんてどこでもできる。本屋だってあるし。カフェも」

「カフェ？　でもせっかく大学まで行って……なんだったっけ？　あの、中世なんとかも勉強したのに？」

　フランス文学、だったけど最後は美術史。でも正確に言うとそれも終えてない。

「まあそんな感じだけど、心配しないで、別の仕事見つけるから」

「それでも。ずっと遠い場所に行っちゃう」

　わたしは湖を見て、彼がいる南西部の、どこまでも続く真っ赤な砂漠を思い浮かべる。不気味な黄色い空、飛行機ですら浮かぶ塩の湖。わたしを見つめる彼の視線、透き通った、まっすぐなあの瞳。

「わたし、あそこ好きだよ」と母に言う。

「でも、魚しか食べないのに、どうやって砂漠で生きてくのよ？」母はわたしが買ったタラを見る。「なんていう種類だったっけ？」

なんでもいいから4オンス、とわたしは魚屋に言った。彼は、魚のひらきや、タコやイカの足や、生きたままの甲殻類が、氷と一緒に盛られたトレイの後ろにいた。茶色い紙にタラを包みながら、彼はわたしの知らないほっそりとした魚も、まっぷたつにして1枚放りこんだ。頭はついたまま。白く濁ったそいつの目、小さな鉤爪のような歯がぎっしり並んだ半開きの口、それから、にやついた彼の顔を見た。

変なものじゃないよ、と彼は言った。

「とにかく」母はわたしに言う。「そろそろ支度しようか？」

その夜遅く、寝室で、母はチャンネルを回して、わたしが初めて見る古いヘプバーン映画が映ったところで止める。「これ見たことないの？」

大好きな映画だと母は言う、けれど、画面は見ていない。かわりにこっちを見て、かわいい仕草や自分が憶えている台詞のひとつひとつを、わたしが見逃してないかチェックしている。わたしは表情を変えない。母のクリスタルの灰皿をまたぐ姿勢で、バルコニーに面した横開きのガラスドアのそばに座って、ドアとフレームの間にできた隙間からタバコの煙を輪っかにして吐き出す。見られていることには、気づいていないふりをする。「これ、ほんと素敵よね」と、母は息をのんで言う。「わかってるって。ぼーっと見てるの」

ねえここに座ったままでいいの？　今夜、サルサクラブで母にそう聞いた。わたしの汗があごをつたって、母のライム入りクランベリー・ソーダに落ちた。

楽しんでるわ。そう母は答えて、つま先で小さなステップを踏みながら、グラスに口をつけた。どれだけ楽しいか実演するかのように。ほらあっちに戻って。はやく、ほら！　結局ずっと、ダンスフロアの隅っこのテーブルにいて、わたしが相手を変えていくのを見ているだけだった。いつもの無料サルサレッスンでは教えてくれないターンが出てくると、わたしの足はもたついた。でもなんとか合わせようと努力はした。ほら合わせてごらん、簡単だって、みたいなことをパンサーみたいな足の男たちみんながのたまう。そんなに無理しないで。真っ赤な炎がプリントされたキューバシャツの男は、わたしがスピンしてよろめくと、そう言った。力が入り過ぎだよ、とも付け加えた。ほら全身をセクシーに。腰を使って。音楽を聴いてごらん。ビートに合わせてごらん。こいつに嫌気が差し、母のところに戻った。

おねがい、もう家に帰ってもいい？

でも母は、フロアから男たちの姿が消えて、バンドが撤収し始めるまで、動こうとはしなかった。それが終われば、当然、家に帰る気になるだろうと思って聞いてみると、えっ冗談でしょ？　夜はこれからじゃない！　と返ってきた。ママがいなくて、お友達と一緒だったら行くような場所にして。友達と一緒でも、わたしが向かったのは家だっただろう。結局、母はフロアの隅にあるゴミ箱から街の週間情報誌を拾ってきて、わたしはキャピトル・ヒルのゴシックナイトを見つけ出すはめになった。

ねえほんとに入るの？　と聞く。母は拘束具をつけた男の人に5ドル札を2枚手渡したところで、わたしたちの手には黒いヘビのスタンプが押された。

進んでよ。うなりを上げるドイツのインダストリアルミュージックの中で母はそう言って、わたしの背中を軽く押した。目の前では、ただよう埃を照らし出す光の柱が何本も、ぐるぐる動いていた。ミラーボールの下でスモークを切り裂いて踊るわたしを、母は見ていた。フロアのすぐそばのテーブルで、重ねた手の甲に顔をのせて。手も足も痛いけどわたしはまわった。頭では曲数を数えて、母が満足するまでとはいかなくても、5ドル札2枚分の元は取った気がしてくるまでは続けた。

　母はみゃーみゃー鳴いているネコをすくい上げ、ベッドに並んで座らせる。「首輪はどこいったんだろう？」

　あのぞっとするくらい醜いラインストーンのかたまりをこの子の首からはぎ取って、母が仕事に行っている間にバルコニーの手すりの向こうに投げ捨てたのは、わたしだ。そいつが背の高いマツの木の中に吸い込まれてって、暗い水にぽちゃんと落ちるのを見届けた。沈むまでずっと、鈴はちりんちりんときれいな音で鳴っていた。

「知らない」と答える。「外しちゃったんでしょ」

「この子には無理。ひとりじゃできない。外れないようにつけた」

「じゃあたぶん緩んじゃったとか。ねえ足はどう？」と、ケッズを履いたままの足を見てたずねる。わたしの首からテレビへと母の視線がさっと移る。オードリーのアイスクリームがちょうどセーヌ川に落ちたところだ。

「大丈夫」母はこっちを見ずに答える。

　ここに立ってどのくらい過ぎただろう。血を流した魚や生きたままの甲殻類が大量に寝かされた氷のべッドは、危うく感じるくらいすぐ目の前だ。魚屋がサケやカワマスのはらわたを取って分厚い切り身を洗うのを、じっと見る。ほら何かこっちに飛ばしてみろ、と無言でケンカをふっかけながら。昼過ぎ。わたしはひとり。頭の上で灰色の空がぐるぐる回る。でもそれを無視して、アスファルトがひどく波打つように感じるのも無視して、立ったままでいる。

ちょっとお手洗いに行ってくる。そう言い残してきた。ふたりは今、海に面した窓際のテーブルでわたしの帰りを待っている。

で、あなたこの先のことは考えているのよねえ、と母はトムにたずねた。それは考えてなくちゃねえ。

すぐ戻る、と言ったんだった。

とうとう後ろに倒れそうになってヒールに力がかかる。朝、母が用意しておいてくれたのとは違うハイヒール。ワンピースも違う。『裏窓』のグレイス・ケリーみたいな白と黒のマックス・アズリアのドレス。これを着て試着室から出ると、母は一分間だまりこんだあとで言った。男たちが襲いかかるわ。深くあいた胸元は、背筋を伸ばしたままでいないとどんどんずり落ちていく。試着室にいる間、すでに2回引き上げていた。凝ったデザイン、とカーテンの隙間から覗きこんで母は言った。着こなしが上手くできればねえ？　うるさい。わたしはカーディガンを合わせたかった、でも母に言わせれば、それはもったいない――背筋をピンと伸ばすだけ、腕を両側に近づけて、こういう風に。こうだよ。そうそう。そしてGUESSの5インチ、エナメルハイヒール。値段のシールだけは剝がし忘れないでよ、と母。わたしは忘れた。靴底に貼りっぱなしのシールの、もとの数字には黒のシャーピーで斜線が引いてあって、赤のインクで付け足してあるのは半額の数字。

ふらつきながら陳列台にもっと近づいて、ガラスケースの向こうにいる男の人たちを、ひとりひとり品定めしていく。魚を放り投げて歌う、放り投げて歌うを繰り返す彼らの二の腕には、筋が浮き出ている。

　ヘルレイザーみたいな髪型で、前歯が1本だけなくて、目がまったく海の色じゃない男に決める。氷ととれたての魚いっぱいのトラックの暗闇の中、わたしたちはする。彼は熱い唇で首にキスをして、魚のはらわたに触れたあの手で髪を引っ張る。ドレスには水っぽい血の跡がにじむ。へそまでずり落ちた襟もとにも。わたしは彼のとがった髪の束をぎゅっと握る。彼はとてもはげしく体を動かす。おかげで母から借りたイヤリングは失くなり、赤いヒールの片足が折れる。耳は軽く、片足は低くなったわたしは、ふらつきながらトラックを離れ、母とトムが待っている少し先の上品なオイスターバーを目指す。母が買ってくれたバッグは血まみれだ。ラインストーンで覆われた取っ手をつかむ。髪にははらわた。血と氷はピンクの小川になって、二の腕を流れる。でもにんまりと、顔全体に笑顔が浮かぶ。痛いくらいに顔に力を入れて、にんまりする。

　途中、花屋に寄って、店員がスターゲイザーリリーをきれいに並べるのを見る。ベトナム人の女性店員にわたしは言う。すみません、ひとつブーケにしてください。母に贈るんです。おそろしく力の入らない指で茎を持って、花を引きずったまま歩道を進む。港の先端に着く。ここでキリなくリンゴを食べ続けるわたしを、母が見守っていたことがある。ベンチではホームレスが丸まって寝ていて、会社勤めの男たちがチーズのホットサンドを食べている。音がするくらい強い風で、ネクタイは男たちの頭の後ろへとたなびく。わたしは湿った芝生に寝転がる。花は太ももに横たえる。白と黒のタフタ生地に、黄色い花粉が落ちる。ディテールがほんとすばらしいわ――見て、このディテール。ドレスの端をつまみながら、母はそう言っていた。わたしはリンゴを食べたまま、前に向かって開いた傷だらけの足に笑いかける。唇の端からリンゴの汁が流れるのを無視して、まっすぐ、灰色の海の上で踊る光をただ見つめる。そしてこのリンゴの味、冷たくて、甘くて、まるでバラのような。それが口の中で血と塩と魚と混ざり合うと、この世のものじゃないとしか言いようがない。

いったいどうしたのよ？　わたしがスターゲイザーリリーを差し出すと、母はそう言うだろう。

転んだの、とわたしは答えるはずだ。

「ご注文は？」と、店員のひとりから呼びかけられているのに気づく。

「注文って？」

「この中から何か欲しいんじゃないんですか？」と、彼はゴム手袋の手でガラスケースをこつこつ叩きながら言う。

男たちから視線を下げると、変わりなく陳列された魚の開きが目に入る。「あれにします」指をさしながら伝える。この前買ったやつよりも大きい。開いた大きな口からのぞく曲がった歯を見て、わたしは微笑む。少しはみ出した舌は灰色がかった白。見事なまでに醜い顔の両側で、黒光りしたうろこが剥がれかけている。

「あれ、今日は4オンスいらないんです？」

「うんそれだけで。どうも」

歩き出すと、さっきまでずっとそこに立っていたのに、ワンピースに一滴も血が付いていないことがわかる。ピンクがかった水の染みでさえ見つからない。レストランに戻ろうとして振り返る。魚の匂いはしてこない、でも包みはバッグの中だ。ただリンゴと、母が胸もとに塗りつけたエンジェルの香りがする。

テーブルに近づき、母のカヴァのグラスを手にとろうとして、氷の上に並んだカキに体ごと突っ込みそうになる。そこを、彼がぎゅっと握って支えてくれる。

「ほら気をつけて」トムが口の中で言う。

「どこに消えてたのよ？」母はわたしに聞く。

「言ったと思うけど。トイレ」椅子に腰を下ろしながら答える。座っても眩暈はやまない。全面ガラスの向こうの暗い海に吸いこまれそうになる。彼の横顔を見つめて、こっちを向いて安心させてと願う。でも彼は母を見て、窓を見て、どこだかわからない遠くを見つめている。わたしはライターを探してバッグをかきまわす。消え去りたいくらい恥ずかしい気持ちで。

「倒れるのかと思った、ねえ」トムを見て、母は言う。トムは調子を合わせて微笑んでいる。母はテーブルの端に手を伸ばし、ティーキャンドルを持ち上げ、火を待つわたしのタバコの先に近づける。

「ええ、そう思いました」とトムは答える。わたしの手は握っても、目は合わさずに。

もうしばらくして、まだ空が明るいうちに母の使い捨てカメラでわたしと母の写真を撮ろうと、トムが言いだす。

「いいの？」と母。

「はい、それじゃあもっと寄ってください。これじゃ入らないので、もう少し近くに」トムの手がわたしたちを近づけようとする、でも、母とわたしの体は最後まで触れ合わない。

「彼、手放しちゃだめよ」日曜の朝、荷物を詰めていくわたしを見ながら母は言う。二度と出番は来ない、つやつやの紐みたいな靴たち。素材も、色も、この肌とけんかするしかない服の数々。母はずっとそこにいて、パッキングするわたしが音楽の一部であるかのように、つま先をパタパタ鳴らし、手を叩き続けている。いちばん好きな曲が流れてきた一瞬だけ、静かになる。パッキングが済むと、母の部屋のバルコニーに移動してコーヒーを飲む。腐った緑色の水の中で萎れたスターゲイザーリリーが、わたしたちを取り囲む。リビングに続くガラスのスライドドアから、ソファベッドで丸くなって寝ている彼の体が見える。数日前、母と行った動物園のチンパンジーを思い出す。「彼にずっとついてくのよ」と母は言う。

「そうする」とわたしは答える。昨日の夜、母が寝てから、手を指し出すと彼はくるりと背を向けた。そのまま、彼の横で眠れずに、目の前の影が静かに上下するのを見ていた。となりの部屋の今にも止まりそうな息遣いにも耳をすましていた。母にとってのセクシーな人のイメージを着せられて、フックだらけの壁に押しつけられた自分を想像した。彼に頼んで、ガーゼやらレースやらを1枚のこらず手と口で引き裂いてもらおう。剝けるところまで剝いて、ただ赤々とした肌になるまで。彼のほうは、かつてのわたしの抜け殻なんて気にしない、あるいは、見えてない。腫れた皮膚も、たるんだ皮膚も。見えてないんだとすれば、トラックの暗闇のせいだ。それか単に見たいと思ってないだけ。セクシーだよ、彼の言葉がわたしの耳の渦巻きに当たるだろう。それはまるで生き物。くりぬかれたばかりの真珠。無理やり引きあげた秘密。井戸の底に眠る甘い水のような。

「最初、あなただって気づかなかったはず、絶対そう」いろいろ聞きだそうとして母は言う。

どうでもいいけど、それって何着てるの？　新しいドレス？　あのディナーのあと、ふたりだけで母の部屋のバルコニーに出ると彼はそう聞いた。わたしはタバコを吸っていて、彼は湖をじっと見ながら、わたしに付き合ってくれていた。

好きじゃない？

いや好きさ。ただそういうのを着た君を見たことなかったから。なんだろう……キツイ感じ。彼は笑顔を作る。ただあまり君っぽくないという、それだけなんだ。

ひたすら湖面を見つめる彼、それを見つめるわたし。着替えられるよ、と言った。

着替えないでくれよ。そんな必要ないだろう？

自分が泣きそうになるのがわかった。だから体の向きを変え、湖を見た。トムは手を伸ばし、わたしのタバコをうばった。スモーカーじゃない人みたいに、煙をほんの少しだけ吸いこんで、軽く咳をした。妙な持ち方だった。

子どもの時なんだけど、と彼は語り始めた。４週間にいちど親父に床屋に連れてかれてさ、あの人が空軍にいた頃にしてたみたいな丸刈りにされたんだよ。それがマジでいやでさ、とうとうある日、言ってやったの。父さん、これマジでいやなんだって。

どうなった？

トムはタバコをもういちど吸った。クソガキって怒鳴られた。床屋の真ん前で、おっさんたちがみんな髪切ってるところでさ。

えっ？　でも、あなた、まだ子どもだったのに。砂の色をした彼の髪を見る。あごまでとどく長さ。とかしてない。

　そういう父親だったんだ。さらに吸って咳き込む。それからわたしに手渡す。その色、似合ってるよ。本当に。

「ほぼ終了」と、母に言う。最後に残ったドレスをたたんでスーツケースにしまうのを母は見ている。

「ねえ何よ」とわたしはたずねる。

「なんでもない」母は答える。音を立ててスーツケースが閉まるのを見とどけながら。手にはクロワッサン。「家に着いたら電話くれるでしょう?」

「うん」でも結局、電話しないまま。長い時間が過ぎることになる。

　母はクロワッサンを真ん中で割って、それぞれが薄い破片になっても指でつまみ、ホコリでも食べるかのように口に運んでいく。その姿を見返す。「ママ?　わたしが知っておいたほうがいいこと、何かない?」

　母は下を向く。お皿に指を押しつけて、パン屑を集める。

「何かって、たとえば?」

　まず、いつも息苦しいとか。足の感覚がぼやけているとか。「ママのこと」とだけ答える。

「わたし?」母は肩をすくめ、頭を横に振る。そして腕を組み直してテーブルに置く。リネンのカバーオールの下、くびれのないスリップドレスは、わたしがここに来てからほぼ毎日着ている。昨日のムール貝のソースがこびりついている。足はくたびれたケッズにおさまったまま。黒いレースのボレロと安物の宝石以外は、日が変わっても、何も変わらない。すみれ色のイタリアの吹きガラスのアクセサリーが一式、テーブルマットの上に重ねて置いてある。宝石を外しただけで、丸裸になったみたいな感じだ。てかてかに固める前の髪は、まとわりつくように顔を縁どって、いつもより明るく、赤に近いくらいに見える。母はバターナイフについたばらのジャムを、舌でさっと舐める。指を押しつけて、まだパン屑を集めようとしている。皿にはもう何も残ってないのに。

母が亡くなって、何年か過ぎてからのことだ。休暇で海辺の小さな町に行き、屋外のカフェで、母みたいな人を見つける。ジャッキー・オーのサングラスに黒い服。ほっそりしているという点をのぞけば、瓜ふたつだ。ふたり掛けのテーブルにひとり座っている。昼下がりの陽を浴びて赤く染まった髪を、わたしは時間を忘れて、じっと見つめる。下を向いた鼻の先には開いた本。上品な仕草でエスプレッソに口をつけるたび、ふっくらとしたプラム色がカップに移る。テーブルの上のチョコレートトルテは手つかずのまま。わたしは口をあんぐりと開け、涙をためながら目を凝らす。とつぜん、その人は立ち上がり、歩き出す。わたしはその背中を追う。カフェを出て肉屋に行き、そのあとで花屋、さいごに市場。そこで見失う。屋台が立ち並ぶ路地で、わたしはぐるぐるまわる。そのまま何時間も経った気がしてきて、ようやく諦めがつく。そして、ホテルを目指して歩いていく。

「あなたきれいよ。それだけ」空いた皿に向かって母は言う。「さみしくなるわ」母は手を伸ばし、わたしの頬をなでおろしながら、目にかかった髪の束をかき分ける。そして耳の後ろにかける。ほら、とささやきながら。

Fit4U

女性はドライクリーニングの引換券を受け取ると、ビニールに包まれたコートやどのくらい前のものなのか見当もつかないような黄ばんだウェディングドレスの向こうへ消えた。カウンターの側で、タバコをくわえたまま待つ。がらんとした水槽のような古い店内。化学薬品や古びた衣類のにおいを嗅がないようにする。何年も前に捨てるなり、手放すなり、もしかすると燃やすなりしておくべきだった古い衣類。小汚い壁やうさんくさい証明書を見ているふりをしながら、何だか知らないけれど母が数日前に持ち込んで、そのまま受け取り損ねてしまったものを待つ。

グッチの模造品の小銭入れを警察署で渡された。中には、クリーニングの半券。小銭入れは水浸しになったメインポケットに入っていて、むきだしの小銭とシャネルのリップスティックとカードでぱんぱんになった使い古しの革の財布も一緒だった。丁寧に折りたたまれた半券。キャップの外れたシャネルのプラムカラーのリップが、その角にあたって傷だらけになっていた。半券にはFit4Uとあった。お受け取り：月曜－金曜、5時30分以降。土曜、2時30分。その下に住所と電話番号の赤いスタンプ。

Fit4Uは郊外の小さなショッピングモールにあった。閉まっている様子のホリスティック・センターと、絶賛開業中のタイ式マッサージ店にはさまれている。店舗の正面は狭く、ガラスは薄汚れている。ふくよかな小さい仏像が、模造グリーンのジャングルの中、格子ガラスの向こうから横目でこちらをうかがう。カウンターにはジョン・ウォーターズ的ヘアスタイルとアイメイクの女性がいて、年季のはいったメジャーを首から下げている。眼鏡がほっそりした鼻先にのっかっている。あれでちゃんと見えるんだろうか。クリスマスツリー柄のセーターを着ている。6月なのに。手のひらはカウンターの上に押し広げられ、ショットガンを隠していてもおかしくない。カウンター脇の色褪せたふたり掛けソファに男性がいて、目を大きく見開いたまま、微動だにしない。もうこの女の手にかかったのかもしれない。本気でそう思っていたら、男性がまばたきしたのが見えた。

ドライクリーニングとか寸法直しが目的で、こんなところに母が来るはずがないと思っていた。間違いなくもっといいお店が他にあったから。引換券をもういちど見たら、やっぱり確かにここの住所が書いてあった。半券をカウンターの女性に手渡すと、女性はまばたきもせずにくるりと向きを変えてお店の奥へ入って行った。

というのが、1時間前のこと。それから、二日酔いのままこの小さなモールをぶらぶらしている。母のタウロスの窓を少し下げて、タバコを5本と半分、雨で汚れたフロントガラス越しに、店の格子ガラスの入口を眺めている。シャツ・ランドリー・寸法直し。看板の文字が削れてしまっているのを眺めている。頭の中から追い出したい。葬儀社の人からの留守電のこと。落ち着いた老賢者のように、いつでも引き取りにお越しください、と言う。引き取るのは、つまり母。

店内へ戻ってみたら、女性がどこにも見当たらない。

カウンターの近くに立ち、足をコツコツと鳴らし、古めかしいレジの側のほこりだらけのベルをじっと見つめる。鳴らしたくなって、指がむずむずする。「すみませーん」と声をかける。

携帯が鳴り始める。たぶん、わたしがどこにいるのか気にしている夫か、もしかするとまた葬儀社の人。昨日、磨き上げられたテーブルで向かい合って、その人のむくんだ両手の小指に金の指輪があるのを眺めながら、火葬の段取りを説明された。海の波のような声で、永遠の眠りにふさわしい落ち着きを装っていた。わたしは指輪から目を離さなかった。葬儀社の人の言葉で粉々に吹き飛ばされたくなかったから。うなずいたりもしていた。はい、わかりました、なるほど、燃焼は科学的に言うとどのようなプロセスなのか興味がありますね、なるほど、みたいな感じ。わたしが知りたかったのは、母の身体が箱の中でどんな風に爆発するのか。集められた灰には母のではないものも混じっている可能性があるのか。でも、集められた灰はすべてわたしのものになり、わたしがもちろん保管する。わたしが選んだ骨壺に納められて。「わたくしどもは、お選びいただけるよう数種類ご用意しております。いずれもたいへん趣があり、お気に召すものが見つかるのではないかと思います。こちらでございます」そう言って、光沢紙のカタログをテーブルに広げ、わたしに選ばせる。ひどいものばかり。今やらなくちゃならないのは、的外れなオプションの中から、最もマシなものを選ぶこと。そういうことには慣れている。母もそうだった。

携帯は鳴らしっぱなしにする。

「すみませーん」とお店の奥に向かって声をかける。

反応はなく、吊るされた衣類の砦の中に動きもない。ふたり掛けソファの人もまばたきしない。

レジの側のベルを鳴らす。何も起きない。もういちど、強めに鳴らす。

「はいはい、すみません」と女性の声がして、ようやく奥から現われる。我に返って、ベルを連打していた自分に気づく。手を止める。またいつでも鳴らせるようにベルの上に手をかざしたままだった。

「娘さんですか？」

「そうです」

値踏みするように視線を投げてくる。でも、どこまでがお尻で、どこまでがウエストで、どこから胸なのか見分けられないようなワンピースを着ているから、今日のわたしの体はブラックホールに跡形なく消えている。

ビニールに包まれた濃い色のドレスを指先に引っかけているのが見える。腕をのばして、体から遠ざけるようにしている。前に派遣で勤めた事務所で、モルモン教徒の受付係が上司にブラックコーヒーを運んでいるのを見かけたことがあった。ちょうどそういう感じだ。女性はそのワンピースを、わたしたちの間にあるクロム合金のラックにかける。ラックにかけてくれる前に、あのドレスだとわかった。黄昏時のような深い紺色。人目を惹くスクープネック。上品な丈でカットされた袖と裾。慎み深く結ばれた唇のような背中のボタン。しなやかなはりのある生地。きちんと裏地が付いている。ハンガーにかかっていると侘びしい暗い色のサックドレスに過ぎないのに、身に纏うと見違えるようなドラマのあるワンピース。アクセサリーとも本当にとてもよくなじむ。母はこういうドレスを好んだ。どんな体重の時にも。母は順繰りに、痩せたり太ったり中くらいになったりしていた。このワンピースを仕事に着て行っていたし、友人とのランチにも、デートにも、映画に行く時も、パーティや葬儀の時にも着ていた。アパートにひとりでいる時、何日も続けて着ていたこともあった。胸元についたしみをふき取ろうとする姿。「いやんなっちゃう」裾がほつれてくる。「ほんと最低だわ。安全ピン持ってない？」脇の下に穴が開き始める。「最悪」袖が擦り切れてくる。「まぁ、これも寿命ね」本当に擦り切れるまでよく着倒したから、また別のワンピースを探し出さなければならなかった。プラスサイズのコーナーを手際よく見て回り、しっかりフィットするものを見つけなければならなかった。それまで着ていたのと同じくらいきちんとしていて、深みのある濃紺がすっきりと上品でありながら、甘さもあるようなもの。

ビニールに包まれてラックにかかるワンピースを見る。泣き出したい衝動は、正方形の黄色い紙が襟元に安全ピンで留められ、そこにぐちゃぐちゃとした赤い手書きの書き込みが見えた時、すうっと引いてしまう。このワンピースに黄色い紙が安全ピンで留められているのを前にも見たことがあった。あるいはこれと似たワンピースだったかもしれない。体が勝手に動く。母の手がメモを指して、答えを要求している。

「これは何でしょうか」

女性はため息をつく。ワンピースをハンガーから外し、目の前のカウンターの上に広げる。香水と染み込んだ汗のにおいが立ちのぼる。母が現れる。アパートでは靴を履かず裸足で、自分の部屋でソリティアをし、膝を開きスカートを広げ、テーブルの下でつま先をくるくる動かしていた母。仕事のある長い平日を終え、真鍮のたわんだベッドに寝そべり、いろいろなチャンネルに飛びながら、疲れすぎて着替えずじまいの母。口を開けたまま眠りに落ち、呼吸はときどき乱れ、ワンピースの裾は引きつって脚に絡まる。目の前で女性が生地を伸ばしている。裾をめくりあげ、スリップにできた無数のほつれを晒す。

わたしの顔を見て、女性は言う。「この箇所については依頼されていません。表からはわかりませんし。でも、裾丈は直しておきました。こんな感じです」

「ほんと最低だわ。安全ピン持ってない？」

「でも、これについては無理でした」女性は腰部分のぎざぎざの穴を指差す。

「最悪」

「これはお直しできませんでした。縫い合わせになっていないので」そう言って、女性は穴に指を入れて動かし、首を振る。

「やめてよ！」母の怒る声が喉元へせり上がる。母の手がわたしの手にむずむずと重なり、女性が動かしている指を引っ叩きたくなる。「なるほど」

　女性の指が、ぼろぼろになった袖、だらんとした襟元、脇の下のほころびをなぞっていくのを見つめる。どれも彼女にとっては、手の施しようのないもの。

「ここはもうどうしようもありません」と、裂けやほつれや穴を指さすたびに言い、あごを上げて、細くて小さな眼鏡のフレーム越しにわたしを見る。「お母さまにもお伝えしました」

　わたしはうなずく。怒りと恥ずかしさが猛烈に入り混じり、胸に燃え広がっていく。

「それからこちらです」女性はワンピースを裏返して、背中を示す。

　背の中心線に沿って縫い付けられた新しい黒いボタンを目にする。もともとのボタンは、下のほうにふたつだけ残されている。小さく華奢な、真珠のようにつややかに光る球体。「こういうものはないかもしれませんとお伝えしました」と言って、女性は真珠風のふたつのボタンを揺すってみせる。凝ってはいるけれど、しょせんイミテーションでしょ、と言うかのように。

「触らないでください」咳込むみたいに、そんな言葉が口から飛び出す。母の低いうなり声がわたし自身のかすれた声に覆いかぶさる。

「はい？」

ボタンホールを見つめる。ボタンの掛け外しを耐え抜き、擦り切れている。母の大きな背中が目に浮かぶ。背骨に沿って、ファスナーやボタンの食い込んだ跡が赤く残っていた。

「ボタン留めてくれる？」

背中を向け、逮捕される人のように両手を上げる。

「やっぱ無理か」

しばらくするとそう言って、上げていた腕が下がり、背筋がだらけ始める。

「もうちょっと」いつもそう答えた。

「そう。息止めるから。ほら。これでどう？」

「でも、いちばんの問題は」と女性は続ける。ウエストが穴だらけになっているのを指さす。フレディ・クルーガーにめった刺しされたみたいに見える。「なんて言うか、どうしてこんなになったんですか？」

非難がましい声。

ふいに、怒りが消える、一瞬。

「わかりません」

「そうですか」と言って、ワンピースをこちらへ寄越す。「これは直せませんので」

「直せないってどういうことですか？」わたしはワンピースを女性のほうへ押し返す。「何ともできないんですか？」と、もう少し穏やかな声で付け足す。それはわたしの声だった。

「まったくだめです」と言って、女性はワンピースを突き返してくる。

「まったくだめ」そんな言葉が石のように口からこぼれ落ちる。

その瞬間、３Ｄ映画のようによみがえってくる。いろいろな体型の母。ヘアスタイルもいろいろだった。80年代はパーマをかけていたし、90年代は束感のある前髪を作っていたし、晩年はざっくりカットにしていた。だけど、どんな時も同じプラム色の口を歪め、憤りと恥ずかしさで引きつったあの顔をして、こんな風に傷んだ濃紺のワンピースを丸めて握りしめ、ガラス戸から飛び出してくる。車の後部座席に放り込み、乱暴にドアを閉める。わたしは飛び上がりそうになる。母が駐車場からキーキー喚いているのに、カウンターの仕立屋はこのメジャーを首にかけ、鼻先に眼鏡を引っかけておきながら、窓の外を見たり見なかったり。母はシートベルトをせずに家まで車を走らせ、車から金属を打つような音がしているのを無視した。

「別に何も」どうしたのと聞くと、いつもそう返ってきた。首を振り、ラジオのダイヤルをせかせかと回して、何か音楽を探し、何でもいいから車を満たしてしまおうとした。

また携帯が鳴り始める。もしかしたら、ずっと鳴り続けていたのかもしれない。

「他をあたってみてください」と女性は言う。「今申し上げたのと同じことを言われますよ」逆なでするような、挑発的な視線。

ワンピースをつかんで出口に向かってもいいかもしれない。本当に他のお店に行くつもりみたいに。目の前で母が女性を見つめて、また苦情を言おうとしているみたいに。それとも、ここまで言われたらもう、あきらめるのだろうか。

「まぁ、これも寿命ね」

わたしはうなずく。どっと疲れてしまった。１００年くらい眠れそうだ。

「あの、裾の直しについてはお代は要りません。クリーニング代のみですから」少し和らいだ声で言われる。

「わかりました」だけど、ふたりともこのワンピースはクリーニングしたところでどうにもならないのはわかっている。女性がビニールを外さなくても、母のにおいがした。ビニールをかけ直すのを見守る。

「試してみたとお伝えください。でも、またこれを持ち込むのはご遠慮いただければと思います」

「よいものを選ばれましたね」と、わたしが無造作に選んだ骨壺を指さしたとき、葬儀社の人は言った。

「気品がありますし、洗練されています。青がお好きでない人はいないでしょうし」

女性はラックからワンピースを外し、やさしく腕に抱えた。汚れなき乙女を、ガラスの棺で目覚めたばかりの白雪姫を、そっと抱きかかえるように。その動作には細やかな心づかいが感じられて、また別の母の姿を思い出す。あんまり見ることのなかった母。幸せな母。自分の体とけんかしていない母。「伝えます」とわたしは答える。

あの子はなんでもしてくれる

男たちが揃って2杯目を飲み終えた時、最近よくやらせてもらっている、あの太った子について話したいという欲求が、ディッキーの中にふつふつと沸いてくる。彼のことだ、話が生々しくなる前にやめとこうなんていうたしなみはない。後ろから攻めると彼女の胸がパチパチ拍手するんだ、とか。みんな決めてかかるんだよ、その子はゆるいだろうって、わかるだろう、あれがな——おれだってそうだった——でもふたを開けてみれば、サプライズ、サプライズ、とか話し続ける。「ガストロ・セックスはさ」と言って、ディッキーはファイアボールを飲み干す。「オレ史上最高、ぶっちぎりでね」

「その子のお腹の下の方にはでかい傷があんだよ、1年だかそんぐらい前のな、胃《ガストリック》バイパス手術でついたのが」とディッキーは言う。彼は上半身をカウンターから引き離して、サテンのシャツの胸のあたりを、縦に線を引くように、細くて長い指でなぞる。「まあ上手く行かなかったんじゃないかと思うんだ、だってまだ——」

「かんべんしろよディッキー」とトムは言う。「食事中だ」視線の先には、とろけたモントレー・ジャック・チーズがかかったチップスが、しんなりした以外は運ばれてきたままの状態で積み上がっている。ここデッド・ゴートのマッチョ・ナチョス以上に彼を暗い気持ちにするものがあるとしたら、それはただひとつ、キッチンを出たこいつの旅路が問題なく進むよう管理するソフトウェアを開発したのが、自分自身だという事実だ。援護を求めてホットポケットのほうを見る——なんだかんだ言っても、グループを仕切っているのはこの男だ——でも彼は口元で傾けたショットグラス越しにディッキーを見て、にやにやしながら「イっちゃってるなあ、ディッキー」と言う。あえてやらかすのはディッキーの十八番だ。ゴム製のヴァギナを買って、1週間後に返品した話を事細かにしたあの時のように。さんざん使い込んでベビーオイルにまみれたそいつを持って、ポルノショップの中で大騒ぎした。このブツ「ほんものと違うだろ」と。変態の一歩手前まで深く攻め込んでも、無事に帰還するという不思議な才能が、この男にはある。結局、ポロシャツの襟を立てて、ビールのCMに出ている俳優みたいなにやけ顔をして終わる。オレらの人生、ビッグに楽しくいこうぜ、とでも言いたげに。

　この話を続けるならもう1杯必要だとホットポケットはみんなに言う。彼自身はすでに運転できないくらい酔いが回っていて、しかも、これで捕まったら2度目になる。彼はウェイトレスに合図する。

「でぇ、そもそもどんくらい大きいのを想像すりゃいいんだよ？」ホットポケットは聞く。

　ディッキーはきちんと考えて答えを出そうとしているように見える。あ、真面目に考えているんだ、とトムも思う。まるで禅の難問に取り組むように。片手でする拍手の音は何か、みたいな。

「〈どこでもいいから擦りつけて〉とか書いてあるバースデーカードあるだろ、あれに写ってるやつらほどじゃない」悩んだ末に彼は言う。「でも、うん、それに近いな」

「あれはやばいだろ」ホットポケットは言う。

「ああ、腹はあまりそそられない」肩をすくめるディッキーは、カルト教団のリーダーのような雰囲気だ。凡人たちの理解が及ばない高みにいる。「でもな、あの尻をせっせと攻めてるとＰＵＰが治る気がするんだよ」ＰＵＰとは、ディッキーだけが使っている略語で、Potentially Unable to Perform《タタナイ可能性あります》を意味する。

「それでだ、あの子とすると何が最高かって？」ディッキーは話し続ける。トムの暗い表情もおかまいなしに。「なんでもしてくれるってことだ」

トムはテーブルの向かいからディッキーをじっと見る。彼は満足げに座っている。真上の壁には枝角が生えたヤギの頭蓋骨が飾ってある。「なんでもしてくれるって、どういうことだ？」

「なんでもってことだよ」ディッキーは笑いながら言う。

ウェイトレスがテーブルに近づいてきて、飲み物を置く間だけ、場がシーンと静まる。

「おれ1回ジュディとやったことあんだよ」ホットポケットは息をひそめて告白する。ウェイトレスは持ち場に戻った。彼が話しているのは、ＩＴ業界で働いている例の哀れな女のことだ。体型について言えば、元ストリッパー現フリーランス・インテリア・コーディネーターである彼の妻、ブリンディの対極にいる女性。ホットポケットはつい先日、費用は自分持ちで豊胸手術を受けさせた。

「ジュディなんて数に入らないってぇの」とディッキーは言う。この分野の目利きみたいな口ぶりだ。

「数に入らないってどういうことだよ？」

「ジュディってのは何、せいぜい、サイズにすりゃ12とかだろ。おれが言ってんのは、ほんもののファットガールのことなの」

「おい頼むから、声を下げてくれ」カウンターの奥でやあねえ信じられるあいつ？　という視線を交わしているウェイトレスたちを見やりながら、トムは言う。

「要はな、文句たれるならいちど試してからにしろってことなんだ」とディッキーは言う。「マジだぜ、ふたりともやってみたほうがいい。あの子も絶対ノってくる。リアルに来るもの拒まずなんだ、これは嘘じゃない」

「おれはパス」ホットポケットは言う。

「わかんないかねえ、もったいない。トムはわかってくれてる。てか、言われなくてもわかってたか——なあ、トム？」

「まったくわからん」とトムは答える。目ではしょーもねえと言っている。

高速道路を猛スピードで蛇行しながら、トムはフロントガラスに向かって延々とヘンタイ、しょーもねえんだよ、とつぶやく。夏の嵐と落雷の中を進む彼の目には、黄色い分離線もぼんやりとしか映らない。でもディッキーのおかげで、例のファットガールの尻なら冬の夜の満月みたいにはっきりと見える。

トムは妻とふたり、高速を降りたところの心底気に食わない集合住宅で暮らしている。クソいまいましいお偉いさん連中にほぼ占拠されているということに加え、マウンテンビューが楽しめますよという口車に乗せられてひと月95ドルも多く家賃を払ってみたはいいものの、実は道の向かい側にあるステーキハウスのけばけばしい照明を浴びた山のふもとの端っこがせいぜい見えるくらいだったというのがオチだ。契約の時にフラペチーノやビスコッティが振る舞われる場所に、普通なら彼だって住もうとは言わない。でもベス、いやエリザベスだった、今の彼女はそう呼ばれたがっていることを忘れてはいけない。エリザベスはここがいいと思っていた。なぜなら、街にある数少ないジムつき集合住宅のひとつがここだったからだ。古びた2台のトレッドミルと、足を載せると死にかけのコヨーテのように鳴くステアマスター、そして棚に並んだ大昔のダンベル。そんなものたちのためだけに、自分はどこかにある居心地いい家で暮らすことをあきらめなければならないなんて、今でも受け入れ難い、とトムは感じている。「ただ君がすぐそこのゴールド・ジムにほんの5分運転して行くのがいやだから、僕にこんなアホだらけの場所に暮らせっていうのかよ?」と言ってやりたかった。でもそれを飲みこんだのは、妻の支えになろうとしていたからだ。

彼が家に帰ると、ベスはキッチンで、少量ずつ盛られた千切り野菜にとり囲まれて、不機嫌そうにクズイモをスライサーに擦りつけている。着ているのは暗い色のとてもタイトなカクテルドレスだ。たぶん新しい。仕事の休憩中に買ったものか、あるいは、夜ネットで注文したものかもしれない。目標を達成してから2、3カ月が過ぎ、妻が言うところのスランプにぶち当たった頃、不安にさせられるほどの速度と頻度で彼女はこのタイプのドレスを買うようになった。これは買いまくるな、という確信が彼にはあった。似たような暗い色のオーダーメイドのドレスを、お金が続くかぎり。2週間にいちどだけ彼女が自らに許すチップスやアイスクリームを食いまくるのと同じように。こういう服装の妻を見ると、いまだにトムは、どこか出掛けたいのか、と思ってしまう。しかし、単にこれが今の妻の普段着なのだという事実に、ようやく慣れてきてもいる。なにせ常にこれだ。やり過ぎかな? と毎回聞かれる。ああ、と彼は答えたい。とても似合っているよ、と答えてしまうのだが。本当にとても似合っているかって? それはそうだ。間違いなくそう――彼女を見てみるといい。つやがあって美しくて若々しい、28歳の頃よりも若く見える、もちろん目の周りをのぞけば。彼自身が、この3年間の彼女の変わりようをすぐそばで見てきた。けれどもまだ、余計な肉がそぎ落とされたあごの先や、皮膚に浮かぶ首の骨格、そして昔はまあるかった体の輪郭が突如としてナイフの刃のように鋭利になり始めたことへの違和感と折り合いがついていない。彼には、そのひとつひとつが、絶え間なく静かな非難を投げかけてくるように思われてならない。

今や1年以上、毎晩くりかえされてきたように、今日もキッチンには煮立った納屋と焦げた野菜の匂いが充満している。母なる自然が火あぶりにされているような匂いだ。

「いい匂いがするねえ、ベス」と彼は言う。ホットポケットと一緒の時に出すようなわざとらしく陽気な声を使う。

彼女は彼を見る。

「え、なんだい？」

「その呼び方やめてって言ったの、忘れた？」

「ごめん」銃でも向けられたかのように彼は両手を上げる。「いい匂いだ、エリザベス」

「もう少しで終わる」と彼女は言う。オーブンから引き出したトレイには焦げた糞にしか見えない物体がある。毎晩、彼女はむっつりとした顔で、キャベツ類の野菜にこういう形での拷問を加える。昔は彼のために何か作ると言ってくれたものだった――ハムとチーズのスコーンとか、ポテトとリーキのスープとか――彼女が自分自身のためにこしらえた得体の知れない罰ゲーム的な、穀物と豆腐とスプラウトのごった煮とは別に。しかし、このところ彼女は「すべり坂」とか言う状況にぶち当たっている。それがどんな坂なのか、厳密には彼も理解していなかったが「もっとちゃんと支えになる」と約束をした。

「すごくおいしそうだ」ロバの足みたいな匂いで芋虫みたいな見た目の穀物が自分の皿に盛られるのを見て、彼は喉の奥でつぶやく。おそるおそるフォークの先で、山をなしたそいつをつつく。

「この小さな虫みたいなのって何て言ったっけ？」

「キヌア」

「え、何ア？」

彼女はチリワインの白に口をつける。まず計量カップに注いでからグラスに移したものだ。そして彼が幼虫に似たつぶつぶをフォークで転がすのを見る。「普通にチーズサンド作ってあげられるけど」と言う。

「君が食べるものを食べる、って言っただろ。それ新しいドレス？」

「これ？　そう」

「似合ってる」

「そう思う？　やり過ぎじゃない？」

両袖についた妙なリボン、アシンメトリーの襟もと、ぴったり仕立てられた腰回りの細くて小さなベルト。彼はじっと見る。

「ええと、やり過ぎって何を？」

「わかんないけど。タイト過ぎとか？」

正面で不気味なまでにピンと背中を伸ばして座る彼女に目を向ける。ドレスが異様にタイトなので、椅子に座ったらそのまま固まっていなくてはならない。

「大丈夫だよ」そう言って、彼は幼虫をたっぷりすくったフォークを口に突っ込む。そのまま飲みこむと彼の顔はひきつる。これは本人の意図とは無関係だ。

「やだ、トム。いいからサンドイッチを作らせて、ね？」

「いや、これは興味深い。嘘じゃない」彼はもうひと口食べる。今度は間髪入れず、テーブルに持って来ておいたファット・タイヤを流し込む。

彼女はワインを飲みながら鼻息交じりに何か言う。

「なんだよ」

「いいの。で、仕事はどうだった？」

彼はファット・タイヤを勢いよく飲む。太っていた頃の彼女は遠くから会いに来てくれて、とやかく言わず夕食を楽しんでくれた。居心地よく感じられる沈黙に包まれ、古いモンスター映画をつけたままテイクアウトをむさぼる彼のそばで、キャメルライトをふかしていた。キャンドルを灯してゆでた穀物を食べるようになった今、彼女は会話することを夕食中の決まりにしている。1日のあれこれをひたすら垂れ流す間、だいたい彼の声は小さくなっていくのだが、他には？　と短く言って彼女のほうが急き立ててくる。そんな時、自分は無理やり宙返りをさせられる、あのよくある子犬の玩具だ、などと感じたりする。

この日、3度目の「他には？」が出たところで、とうとう彼はディッキーがガストロ・セックスにまで手を出したことを口走る。「あいつ、その子を紹介するよとまで、おれたちに言ったんだぞ。それって狂ってないか？」

「どうしてそれをわたしに言うの？」

「いやただ、君も可笑しいって言うかと思って」と、ふたたびファット・タイヤをぐいと飲んで、彼は答える。

本当は彼も、最後のディッキーの誘いのところまで口に出すつもりはなかった。でも、もうそれは彼女の知るところとなった。今さら戻れと言っても手遅れだ。彼の目に映る妻は、口いっぱいのスプラウトと一緒に、この新たな知らせを噛みしめつつ、不気味な沈黙を続けている。

「どうかな」と、タバコに火をつけて、皿に灰を落としたあとで、ようやく彼女は言う。「彼の誘いに乗ったらいいんじゃないの？」

「ベス」

「楽しいかもよ。昔を思い出して」

彼はため息をついて、しなびたカリフォルニア野菜がどっさり盛られた付け合わせのサラダから、小さくて黄色い球をつまみ上げる。指先で転がしたあと、ミニチュア地球儀でも見るように目を細める。まるで全世界がそれに収まっているかのように。

「ところでこれって何かね、金柑？」

彼はこうして会話の流れを変えようとした。しかし、彼女の顔、あるいは顔だった場所は、今や脈打つ赤いしみそのものである。「違うけど」

「なるほど」もういちど、それを指先で転がしながら彼は言う。「似てるねえ」

「だから違うっていってるでしょ、ねえ？」

「そうか。ようやくわかった。これは金柑じゃない。そのとおり。誰かみたいな天才シェフじゃなくてスミマセン」

彼は妻が笑うだろうと考える、しかし彼女の目には涙があふれる。

「どうした？」

「どうもしない」

ふたたびため息をついて、彼はファット・タイヤをすする。そのまましばらく彼女が泣くにまかせる。

妻の左側に立つドーリア式の柱が視界に入る。それを見ながら、世界でもっとも意味不明な柱だ、と彼は考える。この柱は何も支えていない。ただリビングルームとダイニングルームとの境目のしるしとして、そこにある。しかし、無料のビスコッティとジムつきのアパートに夢中になるようなばかものたちを感動させるのは、こういうたぐいのガラクタだ。彼女はそれに紫色のクリスマス用ライトを巻きつけていた。スイッチを入れたことはない。ただあほらしさだけが増大した。

「あなたがそうやってわたしを見るのが嫌なの、ただそれだけ」と彼女は言う。ハエを相手にするように涙を手ではらう。でも無駄だ——涙はとめどなくあふれてきて、あごの先はいかにも哀れっぽく震える。

「僕がどうやって君を見るって？」彼はまっすぐな視線を妻に向ける。どろどろたぷたぷした酔いの感覚にまみれながらも、つとめて冷静に。その瞬間、彼女は下を向いて、顔を背ける。カーテンのように黒く長い前髪で表情が隠れる。こうやって自分を守るのは太っていた頃から変わらない。

「わかんない」爪を見ているふりをしながら、彼女は言う。「なんていうか……あの……一生金柑食ってろよ、みたいな目で」

「ばか言うなよ」彼は言う。「何言ってんだよ」

彼女はテーブルから立ち上がる。彼は耳をすます。棚の食器がぶつかり合って、冷蔵庫のドアがいきおいよく閉まり、追加のワインが計量カップに注がれ、グラスに移される。２オンスはあろうかと思われる白ワイン、そして彼女の夜の儀式、アル中がジンの瓶を隠すように食器棚の奥に保管したビターの板チョコひとマス。それらを手に、彼女は戻ってくる。この小さな四角形を全身で覆う彼女の姿は、糞のような野菜や、幼虫のような穀物、そしてきっちり計った超辛口の白ワイン以上に、彼を悲しくさせる。冬場にナッツと間違えて、ゴミくずの上で丸くなる悲惨なリスを見るような気分になる。

「してみたいんでしょう、ねえ」永遠に続きそうな沈黙を破り、彼女は静かに言う。

「何をだよ」彼は聞き返す。答えはもちろん知っている。しかし彼女の口からそれを聞きたいのだ。

「やっぱいい」彼女は言う。

「何だよ、言うんだ、エリザベス。ぼくは何をしてみたいんだ？」彼はじっと見るが、彼女の視線は灰がたまった皿から動かない。

「そのファットガールとしたいんでしょ」

なんてことだ。妻に言わせた、しかも大声で。彼は自身の耳をまだ疑ってもいる。ピシャリと平手打ちを食らったような感じだった。彼は適度に音が響くようにドアを閉めて部屋を出る。戻ってきてと、彼の名前を２回くりかえして叫ぶ声も空しく。

デル・タコの空いた駐車場で、ホンダのシートに腰を下ろしてスーパーサイズのコーラを飲む。しなびたチリフライを息もつかずに口へと放りこみ、死んだ虫がこびりついたフロントグラスも、星のない夜空も見ずに、ただまっすぐ前を向いている。ベスの体重が減り始めた頃、彼女は２週間に一度のチーズフライプレートを自分に許していて、その日が来るとイートインができるファストフード店にふたりで出かけていった。フェイクレザー張りの広いブースがある店で、注文をする時には備え付けの電話を使うことになっていた。料理が来ると、彼女はケチャップとマヨネーズを混ぜて使った。この作法が発明された州で彼は育ったが、彼女が赤と白のねちょねちょにマッチ棒サイズのポテトフライを次々となでつけた結果、身の毛もよだつピンクの血糊が出来上がっていくのを眺めていると、かすかに気分が悪くなった。いちど、顔に出てしまったこともある。それを見て彼女は泣いた。そして数カ月間は、彼の目の前でいつもの過酷なメニュー以外を口にすることはなかった。

　助手席に置いてある携帯電話が、ベスからの着信で振動する。4度目だ。彼は無視する。電話がシートの間に落ちていて。帰ったら、そう言い訳するだけだ。

　彼が戻ると、妻はカウチで丸くなって『ローストチキンとそのほかの物語』という料理本をめくりながら「アメリカズ・ネクスト・トップ・モデル」を観ている。彼女がこうしている時、彼は平常心ではいられなくなる。フード・ネットワークをつけて、絶対に作るはずがない超豪華料理のレシピを膝に置いたメモ帳に書きこんでいるのに次いで、最悪なのがこれだ。

「ウェンディーズに行ってきたんでしょ、違う？」

「もちろん違う」これは嘘じゃない。

　彼はカウチに行き、妻のとなりに腰を下ろす。ついているのはシーズン10だ。そうだとわかるのは、唯一iTunesで買ったのがこのシーズンだからだ。彼女はどのシーズンよりも頻繁にこれを観る。最後、あるプラスサイズのモデルが勝ち残る。このファットガールが勝つのを初めてみた時――とは言っても、ノートパソコンでワールド・オブ・ウォークラフトをやりながら、ときどき顔を上げる程度だったが――彼でさえ心が揺さぶられた。むくわれたね彼女、社会にとってもいいニュースだ、と考えた。狂喜している姿を想像してベスに目をやると、彼は驚いた。救いようのない痛みに打ちひしがれたかのような表情が、彼女の顔に浮かんでいた。

「おい、ベス。どうしたの？」

「いや、わたしソマリアの子が勝つんだと思ってたから。彼女のほうが見た目かわいいし。全体的に」

こういう意見ではあったが、今でもたびたび、彼女は同じエピソードを観る。毎回、やましさを感じつつ引き戻されるといった具合だ。エンディングが終わると、彼女はテレビを消して、『ローストチキンとそのほかの物語』を閉じる。そして彼を見る。

「ベッド、来る？」

「ちょっと待ってくれ。先にパソコンでいろいろやらなくちゃならないことがあって」

ディッキーはあのファットガールの話をやめそうにない。2、3週間もすればやつもまた別の分野に移るだろうというのが、トムの考えだった。すぐにまた、ホットな受付嬢のおくちのテクニックは凡人以下だったとか、近くのゴールドマンサックスの子はティトーズのウォッカで酔っぱらって、動物コスプレまでしてくれたとか話し出すだろうと予想していた。でも甘かった、口から出てくるのはあの子の話ばかりだ。どれだけ彼女とのセックスがサイコーかって。そんなのマジで言葉にできないんだ、そのくらいスゲェんだ。ふたりで一段上のレベルまでイッちゃったって感じよ。ホント、あんなのどんな奴だって頭おかしくなるぜ。彼はそんな調子で話し続ける。デッド・ゴートでファイアボールを飲みながら。イタリアンヴィレッジでカルツォーネを食べていても。近くのストリップ・バー、サザン・エクスポージャーの無料ランチバイキングで、ホットだけど内面は死んでいると彼がけなす、まばゆいダンサーたちの引きしまった体の起伏を目でなぞっている時でさえも。オフィスの駐車場で一服している時、すぐそばの高速道路から来る世界の終わりのような排気ガスの風を顔面に浴びながら、ディッキーは彼らに言う。おれたち真剣になってきた。正直、おれ恋してるんだと思う。昨日なんて一夜の最高記録だった、間違いない。そのあと、ハイになったふたりはバタータルトを焼いた。今日、彼がタッパーにつめてオフィスに持ってきたものだ。太った秘書たちに差し出すと、全員が遠慮なくどっさり手にとった、やだおいしいとか言いながら。

「そのとおりなんだから、仕方ないさ」と、ディッキーはウィンクした。

トムにもひとつ差し出すが、彼はいらんとつっぱねる。

土曜日。7月4日。彼とベスはホットポケットの家で開かれる会社のバーベキューパーティーに向かう車中にいる。彼女はむっつりとした表情で、前のめりになって助手席に座っている。膝の上にはベジタリアン・プレート、その真ん中には無脂肪のフムスを盛ったラムカン。無理して猫背にしているのは、この前とは別のタイト過ぎるドレスを着ているからだ。これも買ったばかり。葬式に行くような黒。その上の花柄はひとつひとつが小さくて落ち着いた肌色だ。そして網タイツ。ヒール。バーベキューウェアにふさわしいではないか。

「やり過ぎかな？」出掛けに彼女は聞いた。

もちろん答えはイエス。

「似合ってるよ」

そして今はだんまりを決め込んで、ただまっすぐフロントガラスを見つめている。彼は聴きたい曲をたずねるが、彼女は「なんでもどうぞ」と答える。彼の手は向こうの膝をなで、向こうの手は彼の手をなでる。でも、フロントガラスから目は動かない。

「いいから、あなたが選んで」彼女はガラスに向かって言う。腹を立てているのはおそらく、彼女が呼ぶところの「ご褒美デイ」が台無しになったからだ。2週間にいちど、土曜日の夜だけ、ブルーイグアナでマルガリータのダブルを飲み、グリーン・エンチラーダを食べていいことにしている。しかもベン&ジェリーズのブラウニーがたっぷり入ったアイスで締める。無料で出てくるトルティーヤ・チップスの小さなカゴにまでがっつく妻の姿には、一抹の怖さと悲しさがあったが、彼もそういう土曜の夜を楽しみにしている。その時ばかりは彼女の見下すような笑みもやわらいで、あの我慢という名の縄がゆるむから、顔全体がほぐれる。ようやくベルトで締めつけられていた美しさが自由になる。指をすばやく動かしてカゴのチップスをつまむ彼女は、いつにもましてゆったりとかまえて気楽に会話をしてくれる。指を見ないことがコツだと彼はわかっている。指を見ると、彼女は止まる。そういう夜に話すのは、かつて長電話でおしゃべりしていた頃、そして彼女が会いにくるようになった頃、盛り上がっていたのと同じ話題だ。映画と本、そしてふたりが最高だと思う音楽、ゴミだと思う音楽。素敵な時間が続く、しばらくは。気が重いのは、チップスのラスト1枚がなくなった瞬間、アイスクリームのラスト一口を飲みこんだ瞬間、むき出しの落胆が彼女の顔に広がるのを見ることだ。またスプラウトだけの2週間が待っているという事実が、その顔を嵐の前の空のように曇らせる。それから、当然だが、帰り道では気持ちが悪くなってくる。食べ過ぎた。しなきゃよかった。楽しくもなかったのに。家にペリエ買ってあったかな？ 険しい顔をして、ボトルのままペリエを飲んでいるうちに夜は過ぎる。食べ過ぎと気持ち悪さで、セックスどころではない。

「ホットポケットのところにチップスとサルサがあるよ」と彼女に言う。「アイスクリームも。いろいろ楽しいことも」もういちど、膝をさすろうと手を伸ばすが、彼女の体は逃げる。

彼女はベジタブル・プレートに載せたクズイモとウイキョウの位置を整える。ベジタブル・プレートにクズイモを載せるなんて誰が考えつくのだろう。ホワイトニング後の真っ白な歯を見せたシェフがカメラに向かって説明する姿を、彼は思い浮かべる。「ベジタブル・プレートはニンジンとセロリとグレープトマトだけなんて思わなくていいんだねぇ！ クズイモとウイキョウと、春タマネギを足して、ビックリ！を演出してみてはいかがかな？」ベスがカウチに丸まっている姿も想像できる。うんうんとうなずきながら、いつかやってみようとメモ帳に走り書きをする。そこには他にも、彼にとってまったく馴染みがないのに、突如として生活のあちこちで姿を現わすようになり、彼の冷蔵庫を占領して、妻の骨という骨がすべてくっきり浮き出るほどにしてしまった、金柑とかそういう食材のことも書いてある。

「向こうじゃ食べられないし」

「なんでよ？」

「なんでかわかるでしょ」

ふたたび雨が降り出す、でもよくある夏の猛烈な通り雨だ。

「なんでだよ、ほんとわかんないけど」

「あの人の前じゃ食べられないの」

あの人とはブリンディのことだ。ホットポケットが結婚した元ストリッパー。トレイに載ったソーセージのパイ包みを取り分ける彼女の胸元から、トムが視線を逸らすのがほんの一瞬遅れたあの時以来、ベスはずっと目のかたきにしている。

「これをバーベキューにするのって、みんな大丈夫かな?」突然、ベスは言う。Yves のふやけた野菜バーガーが入ったビニール袋を持ち上げている。にせの焦げ目、そして湿った茶色いパテから顔を出す哀れなほど小さいコーンや豆の粒を見て、トムは顔をしかめる。

「だめな理由がわからないけど」

「あぁ、ブリンディに失礼なことしたくないから。もう少しだけ暗い曲に変えていい?」

「これ嫌い? 君のなんだけど。君が集めたCDの1枚だよ」彼がかけていたのは古いデッド・カン・ダンスのアルバムだ。出会った頃の彼女は、これだけをほとんどぶっ続けで何度も聴いていた。曲が流れる中、ぴくりとも動かず、死人のように、仰向けになって天井を見ていた。

今、彼女は車内のスピーカーを見ている。いなくなって欲しいが自分でつぶす勇気は湧かない蜘蛛を見る目つきだ。彼は音楽を消す。「じゃあ、何が聴きたい?」

「なんでもお好きに。でも盛り上がり過ぎるのは嫌。暗過ぎるのも無理」これが仄めかすのは、エレクトロニカ、クラシック、そして彼女がかつて愛し、彼が今でも愛している音楽全般がだめだということだ。

「これ暗くないだろ。ただ悲しいだけだ。悲しみは美しい。悲しみは、僕を幸せな気持ちにする」

「あっそ、わたしは悲しくなるだけ」

ほっそりした首に巻いたショールの位置を直す妻を見る。彼の部屋に遊びに来るようになった頃、ニック・ケイヴのアルバムを流しながら、涙が瞼のふちからあふれて耳にたまっていくのも気にせず、そのまま木の床に寝転んでいた。かつてはその時間を何より大切にするような女だった。

「あの人のオッパイって偽物、ねえ」と彼女は言う。「ブリンディのオッパイ」そう念押しするのはいつものことだ。

「そう聞いてるけど」彼は答える。

「あれって漏れたりもするんだよ。自分でそう言ってた。治すためにさ、なんか１００万回ぐらい手術しなきゃいけないんだって。漏れるから。それって悲しいよね、本気で」

「ああ」道路を見たまま彼は答える。「とても悲しい」

ブリンディがドアを開ける。切りっ放しのデニムショーツにノースリーブのＴシャツ。わたしをばかにするためにあえて選んだんだと、後日ベスが彼に愚痴ることになる服装だ。

「トム！」ブリンディは叫び、彼に抱きつく。

「別人かと思ったわ、エリザベス」ベスには笑いかけながら、そう告げる。挑発してきたとベスは訴えるだろう。「すっごくきれい。いつもほんとオシャレで、最高ね」

でさあ、オシャレなのがいいねとかいうノリであんな言葉発するなんて、信じられる？　彼女は後日そう話すことになる。ほらあれ、ああおそろしい。まあきれいにめかしこんだメスネコねえ、だなんて。

光が失せた目でベスに睨みつけられて、トムは慎重になる。親友の妻の長くしなやかな足、弾力のある胸、必要以上にそちらを見ないよう最大限の注意を払う。

キッチンに入ると、ブリンディはふたりにウォーターメロン・ダイキリを差し出す。「これは飲まなきゃだめ。本当においしいから」彼の視界の隅にあるベスの顔は、摂取した糖分と炭水化物の計算に集中しているせいで曇っている。見てはいられず、彼は女ふたりを残しキッチンを離れる。辛口の白ワインとかありますか？　とたずねる妻の声が聞こえてくる前に。

外ではオークリーのサングラスをかけたホットポケットがバーベキュー台でTボーンステーキをひっくり返している。左にある巨大なアルミ皿の上には、山をなした漬けこみ肉。リブ。テンダーロイン。追加のTボーン。ホットポケットは下にバミューダショーツを履き、上にはよくあるゲームオーバーと書かれたTシャツ。結婚間近のカップルが並び立っていて、新郎の両目に小さなバツ印というデザインだ。

「トム」と彼は言って、クーラーボックスからすくい上げたファット・タイヤを投げてよこす。

「うちからも、えと、焼くための食材を持ってきたんだ」トムはそう言って、死んだスカンクの尻尾でもつかむような格好で、野菜バーガーの湿った箱を手渡す。

「おいおい」ホットポケットはオークリーを額にずらし箱を日にかざす。「焼くって、そもそもこれはなんなんだよ？」

トムは肩をすくめる。「トーフの何か。ベス用だ」と彼はそっと低い声で付け加える。

ホットポケットは、2本のポリネシア松明の間でしかめ面をして、おそるおそるブルーコーンチップスの匂いを嗅ぐベスのほうを見る。こんな物までバーベキューにすんのかよ、と猛反対してくれることをトムは願っていた。今まさに火に焼かれようとしている肉たちの名を汚さないためにも。しかし彼はトムの背中をたたき「できるさ」とだけ言う。

肉の匂いがしてきても、トムは暗い気持ちで背中を丸めている。ファット・タイヤの酔いが回ってきて、裏庭の景色が揺らぎ始める。また何人か到着する。男たちのほとんどがベスを見ていることにトムは気づく。彼女のほうはブリンディにギラギラした視線を送ることに忙しくて気づかない。彼はクーラーボックスからファット・タイヤをさらにもう1本取り出す。

「そういえば、ディッキーはどこにいるんだ？」彼は周りに聞こえるようにつぶやく。「今日は来るんだと思ってたけど」今週会うたびに、行くよと彼は言っていた。新しいガールフレンドを連れて、という不穏な予告までしていた。

「そうよ」ピクニックテーブルからブリンディが叫ぶ。「ディッキーはどこ？」どんなパーティーもディッキーが来ないかぎり本当には始まらない、これはみんな知っている。

「もしかしたらあのファットガールとやってんじゃないの」とベスは言う。その口ぶりからトムにはわかる。彼女はアルコールと炭水化物の摂取限度を越してから、さらに少なくとも2杯は飲んでいる。

「どのファットガール？」ブリンディはたずねる。

「あ、いやディッキーが今付き合ってる子だよ」ホットポケットはそう言って、ふたたびステーキをひっくり返す。

「へえぇー、素敵じゃないの」片手いっぱいにコーンチップスをすくって、ブリンディは言う。

「素敵なんかじゃない」ベスは吐き出すように言う。「あの人はそれをガストロ・セックスとか呼んでんの、ぜんぜん笑えないし。しかも、その子とやってんのも、ただなんでもしてくれるからって理由なの。

それのどこが素敵なんですか？」

「わたしは素敵だと思うけど」コーンチップスをかじりながら、ブリンディは静かに反論する。

「エリザベス、これ十分に焼けたかどうか、どこを見ればいいのかわからなくて」トングで野菜バーガーをつつきながら、ホットポケットが言う。「このさ、何、焦げ目の模様がちょっとまぎらわしいんだよ」

「マット。普通に茶色くなってきたらでいい」彼女はいつも彼をマットと呼ぶ。いい大人をホットポケットだなんて呼ばない、のだそうだ。

「了解」ホットポケットは怪訝な顔をして答える。網の上のパテをトングでつつく。そいつはシューっと空気を漏らし、パチンと弾ける。いつまでも続く不快なおならを思わせる。


　肉、芯についたままのコーン、チップス、マヨネーズたっぷりのサラダ。トムはそういう食事を今週ずっと心待ちにしていた。だが、紙皿に整然と盛りつけられたそれをいざ目の前にしてみると、食べる気が起きない。代わりに感じるのは血圧の上昇。差し出されたほぼすべての食べものにノー、ノー、ノー、でもありがと、と言う妻の声を聞くと、フォークを握る彼の手にさらに力が入る。細切りのクズイモと野菜バーガーのパテのみの皿に、ようやく彼女はグリーンサラダを受けとり、それを見て彼も少しだけ安心する。彼女がつまらなそうにレタスをつつき始めると、こっちの飯までまずくなる、もうどうでもいいわ、と意を決し、彼はリブステーキに荒々しく食らいつくが、なんの喜びも湧いてこない。

「どうして何も食べないの？」ホットポケットとブリンディの娘、7歳のマディが質問する。聞かれているのはベスだ。マディは妖精のお姫様の衣装を着ていて、口はバーベキューソースで汚れている。母親と同じ大きな薄茶色の瞳で、ベスのことを一心に見つめている。

マディの背中についた紙の翼から、プラスチックのティアラへと目を移し、ベスは妙な力の入った笑みを返す。「それはね、わたしが肉を食べないからなの」

「マディ、あなたはハンバーガー食べてなさい」とブリンディは言う。

しかしマディにとってはハンバーガーなどどうでもいい。彼女はベスをじっと見ている。バーベキューソースで汚れた唇から、まだ音になってさえいない次の質問が耳の内側でひびき、トムの顔がひきつる。

「おねえさん、昔もっともっと太っ」

「ねえ」ブリンディが割り込む。「そのドレス本当に好きよ、エリザベス。どこで買ったって言ってたっけ？」

テーブルの向こうからベスの視線を感じるが、トムは皿に残されたかじりかけのリブステーキをじっと見たままでいる。

家の影になる通路、足元を照らす日本風の灯籠のそばで、トムとホットポケットはマリファナを吸う。アマニ油やら太ももの体幹運動やらについて議論するブリンディとベスの酔ってわめく声が聞こえてくる。ベスがグラスにほんの少しのウォーターメロン・ダイキリを受けとる姿さえ見えた。7歳児の率直さから救ってもらい、ブリンディを憎らしく思う気持ちが、不本意ながら束の間、感謝する気持ちに席を譲ったということだ。

「トム、お前はラッキーだよ」ホットポケットがトムの背中をたたきながら言う。

「ああ」ほぼ口を閉じたままトムは答える。会う人会う人が彼にそう言う。みんなベス、いやエリザベス、というかもう呼び名なんて知ったこっちゃないのだが、彼女の黒くて長い髪と滑らかで白い肌を見て、それから肉のほぼ削ぎ落とされた体を上品に包みこむ、仕立ての良いセクシーなミニドレスを見て、そう言ってくれる。しかしトムが気になるのは常に前屈みのままの彼女の姿勢のほうで、それはまるで細さと引き換えにみぞおちにパンチ1発食らうことのようで、痩せるとずっしり重い空気をいつまでも背負って生きるんだよという教えのようでもある。擦り傷だらけのヒールもあちこちほころんだストッキングも、身の丈に合わない周りから浮くことしかないドレスに、使える金すべてが消えていくせいだ。彼は妻の小さくて黒い半袖のカーディガンに火を点ける想像をすることがある。どんな色のどんな形のドレスを着ていようと、つねにタイト過ぎるものを買っているので、真夏でさえこのカーディガンを羽織らないと彼女は落ち着かない。デオドラントが両脇のところでしみになっているのを見つけ、そこを嗅ぐと汗と努力、そして香水の匂いがしてきたことがある。自分がラッキーな男だなんていう実感が彼にはない。ラッキーだなんてこれっぽっちも感じていない。

　というか、自分がラッキーだともっとずっと強く感じていたのは、彼女が太っていた頃のことだ。今の彼女は腹がすいているか、腹が立っているか、心ここにあらずかのどれかで、セックスどころではない。それにまだ「自分の体じゃないみたい」だと言っている。最初にこれを聞いた時、そんなわけないだろうと彼は答えた。しかし実のところ今の彼にはその意味がよくわかる。昔の半分になった彼女を抱きしめて、かつてはなかった背中や肩の骨のふくらみを手で撫でると、照れて気まずくなる。彼女も「証拠」とかいうやつが気になって仕方なく、無心のまま裸でいることが難しくなった。つまり、縮んだ胸や腹周りのたるんだ皮膚などを、堂々とさらすわけにはいかないのだ。太っていた時と同じように、彼女はだいたい上下ともに服を着て、手で体を覆いながらベッドに入ってくる。

　昨夜の夢を思い出すかのように、あのファットガールのことがトムの頭に浮かぶ。

「それよりディッキーはいったいどこにいるんだ？」

「わからん」

「本気で例の子をおれたちにすすめてくるだなんて信じられるか？」

　ホットポケットは笑い声を上げ、一服する。「それがディッキーなんじゃないか。やつはいかれてる」

　このあとふたりがすることを自分とホットポケットのどちらが先に言い出したのか、彼自身も忘れてしまう。車でちょっと行ってみようぜ。ディッキーの家へ。別に……ほら……もちろん、単にその子をちらっと見てみるためにさ。そのファットガールを。なんでもしてくれるっていう子だろ。ただ、何、気になるからさ、と。ホットポケットは時計を見る。まだ早い。おそらく彼がパーティーを抜け出すのはまずい。

「ビールが足りないって言ってただろう」トムが言う。「途中でビールを買い足していけるじゃないか」

「そりゃ、そうかもしれないな」ビールが足りないのは事実だ。

　ふたりは女性たちに追加のビールを買いに出かけてくると告げる。そして気づくと、ホットポケットのＳＵＶに乗り込み車線変更をしながら道路を進んでいる。ホットポケットの町とディッキーの町とをつなぐ無法地帯の、小汚いメキシコ料理屋やギャングの抗争現場になりそうなガソリンスタンドが、窓を流れていく。ディッキーのことだからガラス張りの立方体とか、巨大なペニスとかに住んでいて欲しいとトムは期待していた。だが着いてみると単なる普通の平屋だ。悲しげにうずくまったような薄いベージュの建物。この辺りのどの家も同じ造りだ。

家には明かりがついていないようだ。トムは躊躇せず芝の上を歩いていくが、ホットポケットは踏みとどまる。「待てって」彼は呼び止める。「けっこう遅いぞ、いいのか？」

「相手はディッキーだ」トムは答える。「あいつが言ってたマリファナとサムライ映画の夜ってのが目下進行中かもしれない」

ホットポケットの制止も聞かず、トムはドアまでの道をずんずん進みベルを鳴らす。そして体の前で手を組み、体を揺らして待つ。手はとても湿っていて熱い。返事はない。

いいから戻ろうと繰り返すホットポケットを尻目に、彼はドアを叩き続ける。手の甲の皮がむける。だが、そこをどくつもりは毛頭ない、あの子を一目見てやるという一心だ。ようやく眠たげな目をしたディッキーが扉口にやって来る。ヘソまでボタンを開けて着たシャツは、よくある踊るフラダンサーの柄だ。気合いの入っていない、しわくちゃな身なりだが、ちょうどひとりでしていたんじゃないかと思わせるくらい血色のいい顔をしている。

「よう、おまえらか。何の冗談だよ？　出張サービスならもうちょい早くしてくれよ、なあ？」

酔ったホットポケットの謝罪をさえぎって、トムが言う。「ちょっとビールの買い出しにいくところで、おまえの様子が気になったんだ。連れと一緒に今夜のパーティーに来ると思ってたよ」

「ああ」ディッキーは目をしばたたく。「今夜だったか、あれ？　ついちょっと夢中になっちまって」

「それで……？」ディッキーの後ろの暗い廊下を見ようと首を伸ばしながら、トムは言う。

「それで、何だよ？」ディッキーは答えながら、自分以外のものが見えないようにドアの口を狭める。落ち着きのないフェレットみたいな目の動きだと、トムは気づく。

「入っていいか？」ホットポケットが腕をぐいと引っ張ってくるのも無視して、トムはたずねる。

「今？」ディッキーは言う。

トムは肩をすくめる。「独立記念日に明日早いから寝るなんてやつがいるんだな。いいから、ちょっと会わせ……いや挨拶くらいさせてくれよ」

ディッキーはトムをじっと見る。トムも視線で応える。ディッキーは首を横に振る。「夜だぞ、ふざけんな」と、彼は言う。外に立つふたりの目の前でドアが閉まろうとした瞬間、トムは隙間にさっと足を差し込む。

「お前ほんとなんなんだよ、トム？」

トムは黙ったままだ。足でドアの動きを止めて、ディッキーの肩越しに暗い玄関を覗きこみ、素早く目を動かす。

「もう帰れよ！」

その瞬間、家の奥から女の声がする。「何かあったの？」

「何もないよ」ディッキーは大きな声で答え、トムを睨みつける。

暗闇の先にある彼女の影をトムの目はわずかにとらえるが、かろうじて見えたものの中に、彼が期待したものはひとつもなかった。声もまったくベスに似ていない。彼はふたたびディッキーを見る。さっきと変わらないしかめ面、フラダンサーのシャツ。肩をぐいぐいと引くホットポケットの手の重みに気づく。もう帰ったほうがいいよと、口ごもりながら訴えてくる。大きく息を吐いて、トムはドア枠から足を離す。

目の前でドアがパタンと音を立てる。

　ふたりがパーティーに戻ると、ベスがすでに帰ったことをブリンディが教えてくれる。花火を待たないで行ってしまったし、それに？「怒ってる感じだったよ」

　ホットポケットのＳＵＶをひとりで運転しながら、左右どちらにも山並みがあるのをトムは感じる。とはいっても目に見えるのは、暗闇に浮かぶさらに暗い影だけだ。

　ふらつく足取りでアパートのドアを通り抜けて、彼は妻の名前を何度か呼ぶ。沈黙。代わりにリビングの柱が出迎えてくれる。そいつの明かりをつけておいたのは彼女だ。目印をたどるかのようにそこまで進み、暖炉の上にずらっと並んだ、彼女が生まれ変わってからの写真を見る。彼との、そして母親とのツーショット、何枚かは彼女ひとり、エリザベスひとりだけの写真。彼のベスではなく、エリザベス。あらゆる色合いの、ゆとりのない角張ったドレスばかりを身にまとった体は、そぎ落とされて堅そうだ。こわばった赤い直線のような唇の、片側だけに笑みが浮かんでいる。棚の真ん中には母親の灰をおさめた壺がある。どこかに撒くことを彼女は拒んだままだ。振り返ってベッドルームに向かう途中、ホームショッピングネットワークで取り寄せた運動器具の横を通る。ノルディックトラックとトレッドミルの中間といったところで、ガゼルという名前だ。ガゼルはジムに向き合う気が起きない日のためのものだ、と言っていた。ただ、それが何を意味しているのかはわからない。今や彼には何を意味しているのかわからないことだらけだ。

　燃やしたカロリーと「ガゼル」した距離、小窓に表示されるふたつの数字に挟まれる位置に、数年前に職場のバーベキューで撮った写真が貼りつけてある。痩せ始めた彼女が遊びに来ていた頃、いちど参加したのだった。真ん中で折ったその写真は彼女ひとりだけのように見える。だが広げると、彼の目に自分自身の姿が飛び込んでくる。赤い顔で作り笑いをして、細い腕は彼女の肩からだらりと垂れ下がっている。ベスは彼によりかかり、脇の下におさまって顔全体でにっこりとしている。片目を覆って大きくS字にうねるつややかな黒髪。丈の長い大きめの黒いセーターに、暗い色のロングスカート。太っていた頃の格好、そう今は呼ぶ。あの晩、あるアホな同僚のガイコツのような妻があからさまにベスの体重をばかにした、にもかかわらず彼は妻を守らなかった。かどうか定かではないが、それが家に帰ってからの彼女の言い分だった。彼にしてみれば、妻を守らなかったという覚えはいまだにない。1日だいたい5マイルはガゼルに乗りながら、この半分の写真を見ているはずだと彼は考える。笑いながらも、どこかで怯えている顔に見える。まるで気を抜けばカメラがあごに一撃喰らわせてくるんじゃないかとびくびくしているような。彼が惚れたのはこの子だった。悲しげな音楽が好きで、暗闇の中、彼にくっついて寝そべり、深く暗く鳴り響く電子楽器の音の波に身を任せたまま、そのほかは何も望まない、そんな子だった。もしかすると、その頃の彼女の写真で残っているのはこれ1枚だけかもしれない。他はどこかの箱に隠してあるのかもしれないが、ただまとめて捨ててしまった可能性のほうが高い。

あなたのために頑張ったのよ、ねえ、と彼女はいつも言う。

僕のため？　と聞き返したくなる。

金柑食べろだとか、複合型のカーディオマシン使えだとか、彼自身が言った覚えはまったくないからだ。

もしかすると、いろいろな雑誌を切り抜いて文字をつなげた誘拐犯の手紙のように、ここに至るまで彼女に何気なく向けてきた視線のひとつひとつ、向けなかった視線のひとつひとつ、そして口をついて出たあらゆる言葉、飲みこんだ言葉、吐き出しきれなかった言葉、それらすべてが合わさって、彼はこんなにもおそろしい要求を自覚なく暗黙のうちにつきつけていたのかもしれない。

　ガゼルからベスの写真をはがし、隅のテープをこすり取る。そして点滅するブラックライトにかざしてみる。ビールとマリファナのせいでかすかに震えるそれをじっと見ていると、無性に何かしてやりたくなって指がむずむずしてくる――火を点けるとか、火に放りこむとか。よし引き裂いてやろうと手に力を込めた瞬間、廊下の奥からセックスの音が聞こえてくる。脅すような、荒々しい、そして妙に聞き覚えのある音。

　彼のノートパソコンを開き、彼の机に向かう妻の姿が目に飛び込んでくる。見えるのは背中だけだが、くっきり浮き出た肩甲骨は彼めがけて非難の矢を放っているかのように感じられる。消し忘れた閲覧履歴から漏れるあえぎが、壁の薄い小さな部屋全体に響き渡って、彼の耳に戻ってくる。彼の目には、数日前の晩の太ったメイドがふたり出てくる映像のように見える。場面で言えばちょうどそれぞれの主人に自分たちがいかに有能か実演しているところだ。しかしこんなにけたたましい声が上がっていたとは、今初めて気がついた。窓を見ると、口を手で覆った彼女が映っている。凍りついた顔には恐怖と嫌悪と恍惚の色が浮かんでいる。

「ベス」何かをたずねるかのように彼は呼びかけるが、彼女の耳には届かない。くぎ付けになった目の先にはファットガールたちがいて、何マイルもガゼルに乗って彼女が消し去ろうとした贅肉を見せつけながら、飢えと疲れと怒りで彼女がもう呼び起こせなくなってしまった快楽に溺れている。そして暗い部屋の入口に立ち、やさしい声で名前を呼ぶ夫の姿を、彼女もまた窓に見ているに違いないと彼は知っている。

フォン・ファステンバーグとわたし

もちろんやめたほうがいいとはわかっている。でも、また試着室でフォン・ファステンバーグのドレスと揉み合っている。まず頭からかぶって、袖の外へ腕をつき出そうと頑張ってみても、こいつは肩と胸全体を悪意すら感じるほどきつく締めつけてくる。生地がぴっちり顔にかぶさり、前は見えないし鼻も口もふさがれる。でも繊維の隙間からなんとか息をする。心底絶望する瞬間だ。いつも彼女はこのタイミングでノックしてくる。

ヒールの音がゆっくり近づいてくる。オパールで飾った指を軽く3回ドアに当てる。わたしは固まって彼女の声にそなえる。体中の神経の先っぽが飛びかかる直前のネコみたいになる。彼女が口を開くと、自分が見下されていることがわかる、鐘の音のようにくっきりと。

「そちらいかがですか?」

そちら。彼女が呼びかけているのはわたしとフォン・ファステンバーグ。いや、まずフォン・ファステンバーグ、そしてわたしだ。さっきパッとしないアイリーン・フィッシャーと、気取り過ぎのマックス・アズリアに挟まれたこれを取りに店の奥へ向かいながら、念入りにアイラインを引いた目の端からこっちを見ていた。結果、わたしは不合格。フォン・ファステンバーグはそれ自体で完結した存在だから、わたしと合わさってひとつになるなんてことは絶対にないと、彼女はわかっている。

「大丈夫です」わたしは言う。いっさいの動きを止め、荒くなっていた息をひそめる。まったく問題なさそうに。ただいつもどおり買い物しているだけの人のように。

「あ、よかったです」彼女は言う。「ほかに何かあればおっしゃってください」でもその声がわたしにはこう聞こえる――あきらめな、ファットガール。

彼女は知っている。わたしが初めてこの店の窓の前に立った時から、フォン・ファステンバーグをどうしても着たくてたまらなかったことを。彼女がドレスを白くて乳首のないマネキンにするりとかぶせ、重ねたイミテーションパールのネックレスを頭のない首まわりにかけるのを、わたしは見ていた。まだフォン・ファステンバーグだとは知らなかった。ただ、部屋を暗くしてマフィンを食べながらオードリー・ヘプバーンの映画を観ていた頃のわたしが、いつか着てみたいと夢見ていたのはまさにこういう感じのドレスだった。ブランドのことに詳しくなる前、わたしは理想のドレスをあれこれ思い描いていた――で、それを見た瞬間、誰かが、たぶん神様が、わたしの頭をのぞいてそこにある通りの形に縫ってくれたんだという思いがした。コバルトブルー、体にぴったり合って、前も後ろもV字に開いている。お尻の割れ目に沿ってかわいい小さなリボンが並んでいる。お尻全体がプレゼントみたいだ。生まれ変わる前のわたしの葬式に出て、もういない自分自身の灰を崖から撒く。そこに着ていくのはこれしかない、そういうドレス。

「これ着てみていいですか?」と彼女にたずねた。

目がわずかに見開かれる。油の膜のようにかすかに、まさかという表情がちらついていた。

「どれですか？　フォン・ファステンバーグ？」

「はい」

フォン・ファステンバーグからわたしへと視線を移し、またフォン・ファステンバーグに戻す。そうやって彼女はサイズを見比べていた。これとあなた？　これとあなたは、絶対ないわ。

ため息をついて、彼女はわたしを試着室へと案内した。これがまったく無意味な移動にならないように、商品の位置を直しながら歩いていた。虫を型どったヘアピン、バッガリーニのバッグ、クジャク柄のスカーフ。

負けを認めて、正気に戻れよ。じれったくなって彼女が床をコツコツ鳴らしているのは、試着室でフォン・ファステンバーグに息を止められている間も、ずっと意識していた。早く出て来なさい。

でも今日は、彼女が間違っていることを証明すると心に決めている。いつもだったら、試着室を出て、しわくちゃになったフォン・ファステンバーグをおずおずとあの手にあずけると、どんな感じですか？と、もう明らかなのにすっとぼけた質問がくる。すでにスチームのスイッチがオンに変わり、わたしの無駄なあがきがつけたしわを伸ばす準備も整っているのに。この作業を彼女はいつもわざとらしいほど静かに行う。で、店を出て窓を覗きこむと、つんとした顔でフォン・ファステンバーグのあちこちに湿った布を押しあてている。わたしがこっそり残したS字のしみをふき取っているように見える。でも次に店に行ってみると、その模様はもともとドレスの表面にある。だから、すべて見せつけるためにやっているんだとわかる。これはあんたがしでかしたこと、ファットガール。無理だってのがわかりません？　フォン・

ファステンバーグはあんたみたいなのお呼びじゃないの、という感じで。

　まあもちろん、わたしだってフォン・ファステンバーグが欲しいわけじゃないのかもしれない。彼女はそういう風に考えたことあるだろうか？　つまりわたしはあのドレスを蔑んでいるのかもしれないと。フォン・ファステンバーグとのあのダンスは、それでもやめられない何かなんじゃないかと。

　コン、コン。

「そちら問題ないですか？」

「とてもいいです」と答え、背中のファスナーを強く引き上げる。マンガの死体のように舌がだらりと出る。でも上にやって来ているのを感じる。これまでで最も高い位置まで。そして妄想なんかじゃなく、入った。着ている。奇跡だ。さらに息は切れて、頭を通すことに精一杯で髪はぼさぼさ。でも、わたしたちはもう二度と離れられない、ように見える。

　これを着てどうやって店を出るか、考えを巡らせる。フォン・ファステンバーグを着たままカーテンを引き、振り返って、ファスナーが上がりファステンバーグの一部となった背中を彼女に見せつけ、最高にさりげなく、肩越しに、タグ切ってくれます？　と言う。そこまでは確定。もしかすると着てきた方のドレスは包んでもらってもいいかもしれない——苦々しい思いでわたしの古いドレスを袋にしまう、彼女は耐えられるかな？　どう？　その瞬間、脇を縦に走る縫い目がノコギリの刃のように裂けているのに気づく。うなっていたせいで、破れる音はたぶん聞こえなかった。前にもあった。タラ・ジャーモンのピンクベージュのドレス。買う時すでに度を越してタイトだとはわかっていた。で、ある日、それを着て外に出て強気になって歩いていた。はずだったのに、ふとフィット感が変わる。とつぜん、誰にでもついていく、極端にゆるい人になった気がした。なぜだかわからなかった。そう思ってオフィスビルのガラス窓に映る自分を見てみると、腰骨のあたりでドレスの両脇が割けていた。

　コン、コン。

「そちら、本当に大丈夫ですか？」本心はこうだ。迷路の壁に何度も頭を打ちつけて止めなかったネズミが、ようやく外に出てくるよ。そのままモールの外へとご案内。もちろん警備さんに連れられて。

「あ、はい」と答えながら、あわてて両手でファスナーをさぐる。でも散々もがいて汗をかいた手がすべる。だから仕方なくフォン・ファステンバーグにこすりつけ、ようやくファスナーをつかまえる。でもそこから下に動いてはくれない。ガゼルしているのに。毎朝5マイルも、残りどれくらいかカウントする小窓にブランドでもなんでもない布きれをまとった自分の写真を張りつけてさ。5マイル、でもそれは無駄でしたねと、フォン・ファステンバーグが遠慮のかけらもない言葉で告げてくる。

「違うサイズ持ってきましょうか？」と彼女。もちろん「違う」というのは、もっと大きいという意味で、そんなサイズは扱っていないことを彼女もわたしも知っている。

　いちどだけ、上のサイズを頼んだわたしに彼女は言った。見てきますね。それを聞いて彼女が好きになった。ほんの少しの間、かがやいて見えた。ツイードのパンツ。体の前で組んだ手。ねじれた薄い唇のにやけた赤い線。ダチョウのような喉に浮かんだ骨のひとつひとつ、矢じりのようなデコルテ、カマキリの鎌に似たラメのコームでまとめたアッシュブロンドの髪、すべてが。その時、受話器を手に持ち、注文をしているはずの彼女が低い声で言った、お代５００ドルですので、お願いします。

わたしは答えた、何ですか⁉

彼女は続けた。ええ。当然ですけど先払いというかたちになります。それかインターネットで店のページでご注文いただけますけど？

さらにわたしは返した、でもそれが合うかどうか——

その瞬間わかった、彼女の顔の笑み。かすかによぎる勝ち誇った表情。ほらね、とでも言いたげだった。わかったでしょ、わたしもわかってた、サイズひとつ上げたってあんたには合うはずないよ、ファットガール。

「大丈夫です」今日もまた、歯の隙間から言葉にする。思い切りファスナーを引っ張りながら。

ここにいつから座っているだろう。体の半分はフォン・ファステンバーグを着て、半分は脱いで、ファスナーのつまみは握りしめて湿った手の中にある。わたしの古いドレス、二度と袖を通すことはないと思っていたそれは、恋人にふられた直後のように隅でぺしゃんこになっている。それほど遠くはない場所で彼女のヒールが鳴っている。すでに自分の思い通りに並べてある商品を、また並べ直している——蝶の形をしたスパンコールの髪留め、白鳥の形のポーチ、やけに具体的なデザートとか雨とかの匂いがするらしい香水。さっきまでのドレスを重ねて着ていけばいいのかもしれない。レジに行って。正直に話して。フォン・ファステンバーグの代金は払うと伝える。けれど実のところ、彼女だってよくわかっているように、仮にサイズが合っていたとしても、フォン・ファステンバーグを買えるお金なんてわたしにはない。

ロボットアームを脇に抱えて入ってくる鬼気迫る姿が目に浮かぶ。そいつでわたしの体をねじりフォン・ファステンバーグから引き出そうとする。彼女の束ねた髪からほぐれたアッシュブロンドの巻き毛がはらはらと落ちてくる。わたしの肉の弾力は彼女の手にとって気持ち悪さそのものだろうが、それは彼女の骨のような白い手に触れられたわたしの肉が感じる気持ち悪さの、半分にもならないだろう。開いた試着室のドアの前を通り過ぎる人たちは、横目でわたしたちを眺めるはずだ。対向車線の交通事故でも見るかのように。

もしかすると。

もしかすると、わたしもああいう人たちみたいに生きることができるのかもしれない。

ここに座りこんで、わたし自身がフォン・ファステンバーグから溶けて出ていくのを、さっきから感じている。前と後ろのV字両方から体があふれて、スリットの上に並ぶ小さなリボンも、お尻だった塊をもうすぐ受け止めきれなくなる。そしてたぶんこれでいいんじゃないかと、わたしは思い始める。たぶん、これがここから出るただひとつの方法で。たぶん、このまま十分に待てば、わたしが待つのに耐えられれば、いつかは全部溶け出る。まず脂肪、そしてそれから内臓を上手く誘い出す方法を考えよう。そもそも要らない部分だってある、虫垂とか。もちろん、虫垂みたいなのをいくつかここに置いていくにしても、それはたっぷり時間がかかる作業だ。ただ、時間がかかるとはいっても生きものにとっての話で、たとえば、地質学的にとか、そう、時代とか、そういう見方からすれば、それほどでもない。

わたしなら耐えられる。

カリビアン・セラピー

いけない気はするけどやめられない。昼休み、アリア・ライフスタイル・サロン、キャミーに会ってカリビアン・ハンドトリートメントをしてもらう。サロンは通勤経路からは外れた市街地の南側にある。実のところ、派遣の給料に見合った料金でもない。それに、なぜか知らないけれど、キャミーに触れられると爪のまわりの皮が剝けて数日間は血がにじむ。しかもネイルはちゃんと仕上がっていないから、すぐに傷がついてしまう。店を出て数分後にそうなったこともある。それなのに。毎週決まった時間に、コールガールを呼ぶみたいに、ドアを閉めて電話をかけている。

「もしもし」と声をひそめて言う。ひそめていてもなるべく気楽な感じに。「キャミーで予約、お願いしたいんですけど」

「キャシーですね」と受付係が訂正する。

「そう、キャシー。キャシーで予約したいんです」

「コースはどうします?」わたしは責められているのだろうか? 声からはわからない。

カリビアン・ハンドトリートメントだと伝える。一瞬の沈黙、キーボードを素早く打つ音が続く。それはなかなか鳴りやまない。首の後ろを熱が這い上がる。保留ボタンが押される。忍耐を説くような禅的旋律が聞こえてくる。わたしは我慢づよくない。爪を口にやり、噛む。前回キャシーに塗ってもらったバスティーユ・マイ・ハートのマニキュアがかすかに残っている。

やっと女性の声が戻ってきて、かなり埋まっていましてと言う。わたしはランチタイムに予約したい、これは譲れない。案件続きの重役が会議の隙間にどうにか予約をねじ込もうとする感じで、正午、と指定する。金融業界とかその辺りの忙しい1日のたったひとつの癒しなの、とか察してほしそうに。その時間帯キャシーは予約がいっぱいで、と告げられる。もうひとりのエステティシャン、ハッティーなら昼でもたいていかなり空いているらしい。どうするか？　ハッティーのことを思い浮かべる。顔の尖った若い人。フランケンシュタインの怪物に似た前髪。筋《すじ》しかないような体。スモックの下、ほぼ完全に引っ込んだ胸。いや、ハッティーではなくて、キャミー——いえキャシーで、と答える。

予約の日、サロンに入るわたしの体に空腹感が広がっていく。朝6時にシンクの側でオーツ麦と怒りをかきこんだほかは、何も食べていない。でもこれでいい。今日はランチは食べない。キャミーがいる。キャシー。彼女はどこだろう？　一瞬、不安が喉元を締めつける。ゆったり波打つブラウスを着てアシンメトリーな髪型をしたセラピストたちの中に、彼女は見当たらない。それで、予約より早いことに気づく。わたしの時計で17分前。

早く来たのは彼女に会いたいからじゃなくて、サロンのいろいろなアメニティを楽しみたいから。自分に言い聞かせる。待合室に座り、器の中の生姜糖を覗きこむ。ローストアーモンドとドライアプリコットはそれぞれ別のガラス容器に入っている。周りの女性客たちが、小さな木のトングで平らげていくのをただじっと見る。ここにいる客のほとんどは施術を受けている最中で、アルミホイルで包んだ頭から、脱色された髪の毛が飛び出ている人もいる。持ち手のない泥色のカップからリコリスで甘くした無料のお茶をすすって、「シェイプ」やら「プリヴェンション」やら、雑誌に目を通している。わたしは見るともなしに「セルフ」をめくって、溺れていくような気分になる——もしキャシーが忘れていたら？　やっぱり今日は無理だったとしたら？　ようやく、確認するような声がわたしの名前を呼ぶのが聞こえて、顔を上げる。彼女がいる。ゼブラ柄のマキシドレスからあふれ出ている。縦に巻いた赤い髪の間から、いびつな笑顔をわたしに向けている。痩せた気配のないことを願いながら、彼女の輪郭を目でなぞる。そんな様子はなく、ほっと息を吐く。このキャシーがむしろ記憶の中のキャシーより太っていることが、言い様のない安心感を与えてくれる。

「いらっしゃい」と彼女が声をかけてくる。「エリザベス？」

「リズで」

「そうでした、リズ。こちらへ。すぐ始められます！」

ネイルブースにもたもたと向かうその大きな背中について行く。

「で、今日はどうされます？」と彼女がたずねる。「チョコホリック？　それともクリームブリュレ？」

「カリビアンを」

「なるほど。わたしもイチオシです」

ブースには施術に使うものがずらりと並んでいる。割れたココナツ風の容器には、食べても害のないあれこれ。先の尖ったシルバーの道具、これを彼女がぎこちなく動かして、さっき言ったようにわたしの爪の甘皮をけずり血をにじませることになる。温かい塩水が入った石のボウルは、わたしの手――ベラ・ルゴシのように長く細い手――を片方ずつ浸すためのものだ。キャシー本人はブラの肩紐を食い込ませて待ちかまえている。オルガ？　あるいはフレイヤ？　よくある北欧っぽい名前のブランドの下着だ。ありがたいことにわたしにはもう必要ない。一目で、キャシーが買ったサイズは体に対して小さ過ぎるとわかる。

「イベントがあるみたいな感じ、とか、それか……」とキャシーは途中まで言いかけて、わたしの答えを待つ。

　イベントがあると言うとキャシーはよろこぶ。実際にはないけれど、とにかく何かひねりだす。

「美術館の開館セレモニーが」と答える。

「開館セレモニー！　素敵ですね！」

　キャシーはわたしと向かい合って座り、スツールを軋ませる。ふたりを隔てるのはせまい施術台だけ。下では膝がしらが当たる。60ドルちょっとかかっても心待ちにしてしまう瞬間が、ようやく訪れる。テーブルの向こうから彼女が手を伸ばし、わたしの結婚指輪を外して両手に触れる。

　いつもと同じように、手が冷たくってごめんなさいと謝る。

「いえ、ちょっと気持ちいいですし」とキャシーは答える。いつもそんなようなことを言ってくれる。友達から聞いたことがある。膝に乗って踊るストリッパーは、相手の男みんなに、すごくいい香りがするけど何を使ってるの、とか言うらしい。口先だけじゃない。山の空気でも味わうようにその男のひどい体臭を吸い込む。つんとした小さな鼻だけじゃなく、肺細胞ひとつひとつが欲しがって仕方ないの。

「ここ、いつも暑すぎですよね」とキャシーは言って、身をもって示すかのように額にかかる赤毛を吹き上げる。キャシーの手は、いつも温かくむくんでいる。ホットジェルでも注入されているんじゃないかと思う。その指で、ひび割れた爪の下から、ささくれた甘皮、赤くあれた肌を辿っていく。

いつもどおり、わたしの手を見てキャシーは険しい顔になる。でも、それは優しさから来ている。小鹿色の眉の間に寄る小さなしわも、親身さのあらわれだ。わからない話じゃない。何度カリビアン・セラピーを受けてもわたしの手はいっこうにまともな形に戻らない、それを気にしている。前回サンプルを渡したキューティクルオイル、使っていないのかな？　とか、そういうことだ。たしかに使っていない。でも彼女には言わない。困惑したふりをする。どうしてかしら、わたしもわからない、みたいに。

「たぶん、冬のせい？」と水を向けてみる。「だいぶ乾燥してましたよね」

彼女は、そうかもしれないと言う——たしかに乾燥していました。わたしの手をとって顔に近づける。というより、強い力で剝いたような、と彼女は続ける。まるで硬くて熱いお湯に1日中さらしたあとみたいに、乾いてひび割れています。

「そう」とだけ言う。「変だな」

「でも大丈夫です」と彼女は微笑む。「よくなるようにしますから」

「ありがとう」と答えると、彼女は少し手に力を込め、わたしの人差し指のつけ根を親指の腹でさする。つい椅子に深く沈みこんでしまう。

テーブルの上、わたしたちの手は組み合ったままだ。彼女の手がふたたび動くと、ココナッツの殻を満たした熱過ぎる塩水にわたしの手首を沈める。この瞬間どういう顔をしたものか、いつもわからない。

「お湯の温度いかがですか？」

「気持ちいいです」

「それじゃ」と彼女は続ける。「Amuse Bouche？　それとも Hearts and Tarts ですか？」

悩むふりはするけど正直言って、どっちもキャシーの色。で、どっちも無理だ。誰が見ても深刻なこの手の上で、ああいうピンクは滑稽なほど悪目立ちする。でも、わたしがナチュラルに好きな血とか土の色となると、キャシーの好みじゃない。

「アミューズ・ブーシュにしてみようかな。ハート・アンド・タルトは今度」

「あの色ほんといいんですよね」と彼女は答える。

「うん、ほんといい」

彼女が鮮やかなピンクのマニキュアの小瓶を手に取って振ると、しみのあるゆたかな胸元にさざ波がたつ。体の思わぬところが赤く染まってしまうから、見ないようにする。代わりに、キャップスリーブからあふれ出る二の腕だけに視線を集中させる。若くてハリのある肌。でも魅力的かと言われると違うな。そんなことを考える。永遠にたるまないはずないし。キャシーが年を取れば、肉体も同じだけ老けるんだよ、と胸の中で言う。お腹が空いた時、まあたいてい空いているけど、そういう時には老いたキャシーを想像する。病院のベッドで、膨れ上がった彼女の体。

キャシーが爪やすりをかけて表面と形を整え始める。話題は、最近焼いたお菓子に移る。でもわたしはしばらく何も作っていない。キャシーのほうは、いつも何かしらこしらえている。たいてい、お金のない白人なんかが好きそうなハレンチな名前のケーキ。最近はね、と言って、ベター・ザン・セックスとかいうケーキのことを話してくれる。「すっごくおいしいの」だそうだ。

「たしかにおいしそう」とあいづち。キャシーの前では、「おいしい」みたいな言葉を口にしてみることもある。でも、そうするとなんだか出来損ないみたいに響く。絶対作らないだろうなと思いながら、どうやって作るの、とたずねると、彼女は教えてくれる。「ほんと、すごく簡単なの。まずダークチョコたっぷりのケーキを作るでしょ。その、市販のケーキミックスとかで。それからフォークを用意して、熱いうちにぶすぶす穴開けるんです。そしたらキャラメルソースとコンデンスミルクみたいなのを流し込んで、ケーキ全体に吸わせるんです。で、だいたいそうですね、3時間くらい冷蔵庫に入れておくんですよ。ね！　冷えたらどうするか？　生クリームを泡立てて塗るんです。ほんっとおいしいですよ」

「絶対作ってみる」まさか絶対作らない。「ヤリすぎブラウニー、作ってみたよ」と言い足す。

「ほんとに！」

もちろんほんとなわけない。でも、職場に差し入れしたらみんな気に入って、レシピ教えろって大変だった、と話す。だから教えてあげた。でも勝手に、よかったかなと思って。

「もちろん！」

彼女は手首から肘にかけて黒糖スクラブを塗り広げる。この次はヨーグルトの保湿マッサージ。黒糖でこすって温めて、ヨーグルトで冷やす。アガる組み合わせだ。わたしは目をつむる。

「そちらはキッチンでどんなものを？」と彼女が聞いてくる。

昨日の夜は、そう、骨も皮も取った白い鶏むね肉をたたき棒で薄く板のようにのばした。南国風にしようと、オーブンから取り出してすぐにライムを絞った。

「まぁ、いろいろ試してる感じ、かな。でもバーボンのブントケーキ、あれはすごくおいしくできた」

わたしじゃない。Ｓっ気のある同僚のイヴ。何か焼いても全部あげちゃうの、とイヴはみんなに話している。まるで、チョコレートに塩を加えるといいとか、そういうお菓子作りのコツでも伝えるみたいに。イヴはいつもアイシングたっぷりのお菓子を缶に入れて職場にやって来る。甘い塊のせいで手首に筋がくっきり浮かんでいる。何か作ると、決まって事務所に置いていく。同僚の太った女も普通の女も、そこから分厚く切って持っていく。

「イヴ、これほんとにおいしい！」

「そう、よかった！」イヴの顔はパッと明るくなる。その瞬間、唇の両端は垂れ下がり、目元はしわくちゃになりまぶたはほぼ閉じる。喉のくぼみは見ているほうがどぎまぎするくらい深く沈む。

終業が近づくと、箱はだいたい空っぽになり、かけらだけが残される。そしてイヴはひとりシンクに立ち、満足げにお湯ですすぐ。でも、ありがちなのは、彼女がそれを忘れて、わたしが洗うというパターン。翌日までカウンターに残しておかないで、そう何度も伝えた。アリが寄ってくるから。

肘から指先までのヨーグルトマッサージが始まる。キャシーは、骨ばった手のひらをパン生地をこねるようにもみほぐし、むちむちの指でわたしの長い指を一本ずつ包み引っ張っていく。ここでの正しい目のやり場はどこなのか、さっぱりわからない。それは彼女も同じ。で、結局どうするかと言うと、お互いの左耳の先の空白をじっと見つめることになる。

「バーボン・ブント」とキャシーがくり返し、わたしは我に返る。腹ペコの心の目でそれを見ようとする彼女に、視線を戻す。「おいしそう。夫に作ってあげなくちゃ。南部の素朴なの、好きだから」

キャシーは最近結婚した。最初に聞いた時には信じられなかった。あるとても小さな教団の一員であることと関係あるんじゃないかと、まず疑った。何よりイエスの目を通して、他人を見る人たちだ。でも、キャシーはすでに辞めているか、少なくとももうそこまで熱心ではないとわかった。相手は単に彼女のお兄さんの友達で、ただ彼女のことをかわいいと思った、というだけの話。でもその相手が、相当いい男だ。キャシーがいちど見せてくれたiPhoneの写真では。

今また、別の写真をスクリーン上に出す。

iPhoneを受け取って、目でポットの水を沸かそうとしているみたいに熱い視線を注ぐ。どこか気持ち悪いところが現れてくるのを待つ。肌がちょっと黄ばんでる？　目の下のクマが変態っぽい？　妙にゆがんだ鼻？　違う。見るかぎり彼はいたって普通の人。いや、ハンサムな男の人だ。なかなか目を離さないわたしの手からiPhoneを取り返し、彼女は言う。「彼とってもキュートじゃないですか？」

「ええ、ねえ、どうやって……いや、ほんとよかった」

まだ新婚気分のままかとたずねると、彼女は真っ赤になる。

はい。まだ、そうですね。なんか、おどろくくらい。

「素敵ね」とわたしは言う。「ほんと、すごい」皮肉ではない。

「ええ」と答えが返ってくる。彼女は幸運だ。「そちらは、だんなさんといかがですか？」

あまりにも無邪気な質問で、思わず目を丸くして彼女を見返す。いかにも作り物の地下牢、小さく見える拘束具をはめて代わる代わる鞭をふるい合うふたりの女——去年、夫の閲覧履歴に見つけたあの動画が、まざまざと蘇ってくる。あそこで目にしたのはそれだけじゃない。みんな太った若い子で、フランスのメイド、ウクライナのレズビアン、夢いっぱいのチアリーダー。小さ過ぎる衣装を見て、決まって作り笑いをするか、驚いたりするかしているファットガールたち。そんな女たちが、トランスミュージックや陰謀論のサイトを押し出すように彼の履歴に居座り始めてから、数カ月は経っていた。

　順調と答える。口の端がまた痙攣しているのがわかる。

「それはよかったです」と彼女が言う。「結婚されてどのくらいだって言ってましたっけ？」

「7月に3周年」

「わぁ、大事な記念日もうすぐじゃないですか」

「えぇ」

「そのときはきらきらしたネイルにしましょ。ピーチカラーとか」

　そう言いながら彼女はアミューズ・ブーシュを塗り始めていて、わたしの方に身をかがめ、手元が狂わないよう眉間にしわをよせている。でもそれは土台無理な話。ミスをしては尖った木製のスティックをアセトンに浸して修正する、この繰り返しだ。こうなるともう、その熱い手から自分の指を引き離したくてたまらなくなる。のしかかる重さにも、これ以上耐えられない。触れてくる温かくむっちりとした肌は、もう心地よさとは真逆で、締めつけてくるようにすら感じる。彼女から離れなくちゃならない。今すぐ。

「終わりました？」とたずねる。テーブルの下では、つま先をコツコツ鳴らす。

「あとはトップコート塗るだけです」と笑顔で返ってくる。

　ようやくスポイトで速乾性の液体を垂らして言う。「乾くまで少しそのまま座っていてくださいね」

でも、このテーブルにいることにわたしはもう耐えられない。彼女がふくよかな膝を動かし、手を浸していたボウルをどかすと、葬儀のような空気になる。塩水をシンクに流しながら、いつものように爪やすりを持ち帰るかと聞いてくる。初めはこれがキャシーの心づかいで、わたし専用のサービスだと思っていた。そのうち、全員にそう聞くのだと気づいた。それでも、わたしは欠かさずもらって帰る。洗面所のシンクの下、引き出しのひとつはそれでいっぱいになっている。

少し前、そこを開けた夫に聞かれた。何なのこれ？　だからわたしは答えた。爪やすり。爪やすり、あ、そう、と彼は答えた。別にいいんだけど、と付け足すと、肩をすくめて引き出しを押し戻した。

ようやく施術が終わり、キャシーはわたしの指輪を元の位置に滑らせると、アミューズ・ブーシュを傷つけないようにバッグをレジまで運んでくれる。そのままわたしの代わりに財布を手で探る。Have Your Dessert & Chew It Too! のガムの箱をかき分けて、車のキーも見つけ出そうとする。アップルパイからスウィートトロピカルまで、デザート代わりにすべての味を揃えてバッグに入れてある。

ぐっちゃぐちゃでしょう、ごめんなさい、と声をかける。謝らないで、と彼女。わたしのお財布なんてひどいですから、と言う。そして、ネイルはまだベタついているので、気をつけたほうがいいと念を押す。乾くの少し時間かかるんです、ホルムアルデヒドなしのトップコートなんで。15分くらい経つと、たしかに表面は乾いたように見えるんですけど、下の層はもう少しかかります。だから、壁とかにバシバシ打ちつけちゃだめですよ、ってそれはないか。

ハハハまさか。そう言って、気をつけますと約束する。すでにその気がないことを自覚しつつ。

アリアを出たあと、荒い運転にならないよう気をつけ、ハンドルに軽く手をかける。赤信号にぶつかると、視線を落としネイルを見る。バービーの内側の色、光がちらちらと反射する。すでにくぼみができたのがひとつ、表面がよれているのがいくつか。

店に戻る頃には、きっと台無しと言っていい状態になっているんだろう。

店のドアを抜けて行くと、レジに立つイヴが目に入る。いつも通り光沢のあるシルクをゆったり身にまとっている。わたしが入って来るや、満面の笑顔を作る。溺れた女が、船から飛んでくる浮きを見つけた瞬間の顔。わたしが仕事に戻れば、ようやくバックヤードで休憩できる。まだ熟していない桃、無脂肪のギリシャヨーグルト、何かの種子をトッピングして食べるはず。それでも足りなければ、アーモンドをひとつかみ、少しずつ口に運ぶかもしれない。まるで錠剤のように、手のひらの上、きっちり数えてある。コストコのタッパーに入っていて、外側にはシャーピーで「食べないで！　イヴのです☺」と書いてある。イヴは気づいていないけど、わたしはいつもそこからくすねている。

微笑んで彼女に近寄りつつ、空腹で絶望している表情は見えていないふりをして、事務所に直行する。そこでひび割れた鏡を覗き込んで、カップケーキ型の容器からグロスをとって、時間をかけて塗り直す。さらに重ねる必要は、本当はない。でもキャシーに会ったあとだから、一瞬でもいいから顔の凹凸を自分の目で確かめておきたい。変わらずそこにあるのを見れば、安心できる。身代わりでこっちが太ったりしていないとさえわかれば。カウンターにはブントケーキが置いてある。間違いなくイヴの手作り。バナナと、何かよくわからないベリーが入っている――たぶんリンゴンベリーかグースベリー。もうほとんど食べられている。標準体型の同僚たちがひとりひとり入ってきて、切れ味の悪い共用ナイフで切っていく姿が目に浮かぶ。17日間ダイエットを5年間続けているパトリシア。食べたものを点数換算しているメアリとサラとリン。正しい判断、ってやつに頼り切って失敗するマデリン。共用の冷蔵庫を開けると、あの人たちのしおれたパックサラダ、そして賞味期限切れの無脂肪フレンチドレッシング、もちろん、イヴのがっちりしたカップとその上に白い桃。王冠みたいなそれを、つつき落としたくなる。

ソイデリシャス！　のデザートと、ＦＵＪＩリンゴはわたしが入れておいたもので、あとに残しておく。とりあえず今は、イヴのアーモンドをひとつかみ。数粒を噛みしめながら、半分になったブントケーキを見下ろす。表面を走るたくさんの筋を見れば、今日使ったのが折り重なった花びらの型だとわかる。彼女は凝った型を使いたがる。ファンキー、と本人は言うが、その響きは彼女には似合わない。整然としたキッチン、浮かれた柄の鍋つかみでオーブンからケーキを取り出し、ひとり笑みを浮かべるイヴを想像する。彼女を毎晩乗せるトレッドミルは暗い廊下のすぐ先にある。そこでもひとり満足げ。そもそもわたしはこんなものとっくに乗り越えている、はずだったのに、次の瞬間あの鈍いナイフを手に取る。シンクに水滴が落ちる。

薄く切って口に詰め込んだ直後、スウィングドアが軋んで開き、イヴが入ってくる。笑顔はそのまま、だけど目が待ちくたびれたと言っている。自力でどうにか抜けてきたようだ。
「レジはアンバーが交代してくれてる」と彼女は言う。「もうお腹ぺこぺこ」

わたしはうなずく。口が動いているのを見せないようにする。が、見られていないはずはなく、言わないわけにもいかない。「おいしい」と。

イヴは銀色がかった目を見開いて、え、何が、という顔を作る。

「あなたのブントケーキ」

「あぁ、よかった！」

「遅れてごめん」と、飲み込みながら言う。「ランチが長引いて」

「気にしないでよ、そんなの」と彼女は返し、わたしの肩に手を置きかすかに握る。そこから身をかがめて、においをかぐ。「んー、おいしいにおいがする」そしてすでにあちこちぶつけたわたしのネイルを見る。「アミューズ・ブーシュ？」

「ハート・アンド・タルト」と答えて、見えないように指先を丸めて隠す。

彼女はわたしを見る。「いけてる」

イヴのブントをほおばったままで、今度はわたしがレジに立つ。すぐ横を抜けて、外へ出て行く彼女を目で追う。ランチとパリの写真集を胸元に抱きかかえている。ヨーグルトを食べながら、写真集をめくる。それが彼女のランチの定番だから。

レジ越しに、腰を下ろして店のサイドライン商品を眺める。レジ脇にイヴが無理やり入り組んだ形で積み上げた。このすぐ前に並んだりしなければ、まさか必要だなんて思いもしないだろう気まぐれな品ばかり。永遠に脱ぐことがなさそうなジムウェアに身を包んだ女たちが、えっキュート！ ほんとキュート！ とか言って入ってくる。朝晩の散歩中、鳥類園のところで必ず聞こえてくる鳥たちの声に似ている。

横に座るアンバーのほうを見ると、となりのデリのマファレッタを食べながら携帯でフェイスブックを見てにやにやしている。

ネイルの具合を確かめる。表面がまた少しよれた以外は持ちこたえている。レジの脇にイヴがいつも置いている塩タフィーの瓶が目に入り、腕時計を見る。

「イヴ、けっこうかかってる」とアンバーに話しかける。

彼女は肩をすくめ、画面を見てにやけた顔のまま、口を動かしている。「忙しいってわけでもないし、まぁ」

「でもさ」

わたしは立ち上がって、店内をうろつきながら裏口のすぐ左にかかった絵のところまで行く。抽象的な風景画といった感じで、でもどことなく女性器っぽくもある。ガラス扉の向こう側、通りにイヴが見える。太陽の下、ひびの入ったプラスチックの椅子に腰かけて、玉虫色の膝の上で「パリ・イン・カラー」のリュクサンブール庭園のページを開いている。角質化したかかとのすぐ側に、無残な姿の桃の種とヨーグルトのカップが転がっている。握りしめたマグカップにはグリーンティー、砂糖は入れていないはずだ。並んだゴミ箱のさらに奥に向かってまっすぐ視線を伸ばし、禅的空白を覗きこんでいる、とわたしは想像する。海が見えているのかもしれない。うねる灰色の波。石の多い浜辺。イヴは最近離婚した。砂漠を見渡す丘の上の空っぽの家に犬たちと暮らしている。つらいんだよ、これだけ海が好きな人間が砂漠に住むのって、と打ち明けられたことがある。湖がありますよね、とわたしは答えた。湖なんてクソよ、とイヴは言った。あたしの魂が欲しているのは海。彼女を視界にとらえたまま、額の位置を直そうとして、いつものように壁を軽く引っ掻いてしまう。その音でイヴは椅子に座ったまま飛び上がる。あわてて振り返ると、ガラス扉の内側にわたしを見つける。わたしは微笑んで体の向きを変える。

家に帰ると、彼は仕事部屋にこもっている。ドアノブに手をかけながら、何に出くわすのだろうと考える。でも、目に飛び込んでくるのは、床に伸びる数本のケーブルと、何食わぬ顔でマウスをクリックする彼の姿だ。

振り返りわたしを見る。「おかえり」

「晩ごはんは？」と部屋の入口からたずねる。

「帰りにバルバコア買ってきた」と言い、歯型の残る大きなブリトーを持ち上げる。平和の旗でも掲げるように揺り動かす。カットライムがふたつ絞られてデスクの上に転がっている。そばには水滴のついたコーラ。

「きみはきみでやりたいかなと思って」と言う。「ほら。ダイエットでさ」

「あ、うん。それなら、わたしサラダ作ろうかな」

「うん」

体の向きを変えたところで、動きを止める。

「どうかした？」と彼が言う。

「よかったら食べるのだけは一緒にしたりする？」とわたしは聞く。「作ってからになるけど」

「あぁ、これ冷めちゃうだろうから、せっかくだけど先食べるよ。でも、もしあれなら、きみが食べるときそっち行くよ」

彼がわたしの向かいに座り、テーブルに置いた手を組んでいる様子を想像する。こっちが口を動かして、飲み込み、また動かすのを繰り返す間、彼はただ見ていることになる。

「ううん、大丈夫、仕事あるでしょ」とわたしはドアを閉める。

ベビーリーフに少しドレッシングをかけたサラダを一皿食べながら、『ナイジェラの気軽にクッキング』をぱらぱらとめくる。これにベター・ザン・セックスというケーキのレシピが載っていたはずだ。でも見つからない。仕方なくユーチューブで、夜遊びから遅くに帰宅したナイジェラが、そのままキャラメルクロワッサンプディングを作る動画を見る。ちょっとフツウの夜食じゃないわね、と彼女はカメラに向かってささやき、ハイヒールを脱ぎ、外したイヤリングをキッチンカウンターに落とす。でもね、あたしは今これが食べたいの。そう言ってにこやかに、砂糖の入ったソースパンを揺らす。強火よ——そう大胆に。次に、揺らしながら温める、でもかき混ぜちゃだめ。かき混ぜると、砂糖が固まっちゃうでしょ、でもあたしが欲しいのは、みんなもそうでしょうけど、とろけるような、なめらかな——

彼の部屋のドアが開く。バルバコアの袋を捨てに出てきて、わたしとナイジェラにとがめるような視線を向ける。

「ニック・ケイヴの新曲のリンク今朝送ったんだけど。聴いた？」

「まだ」

「聴いてみてよ」と彼は言う。そして仕事部屋に戻り、ドアを閉める。

卵とミルクとそれから——もちろん——クリームも。ぱさぱさになったクロワッサン、普段は使いみちないんだけど、今夜は別。かがやきを取り戻すの。あぁ、指先にバターを感じるわ——これが格別の味を引き出してくれる。雲の上の天使たちだって満足するでしょうねぇ、もちろん重みに耐えられる雲じゃないといけないわ、ふふふ。オーブンに滑り込ませたら。あとは食べるだけ、ねえダーリン。

動画をまた始めに戻して見る。自分の口にはデザート&チュウイット！　のガムを5本まとめて放り込んである。アップルパイ、ミントチョコレートチップアイスクリーム、オレンジクリームポップ、3つの味が混ざり合う。ほおら、と声をもらして、ナイジェラがオーブンから焼き皿を引き出す。ドラゴンの描かれた黒いシルクのキモノガウンに衣装が替わっている。今日はデザートが夕食よ、とつぶやき、ボウルいっぱいによそってベッドルームに持っていく。みんなの夢でしょ。

終わっては最初に戻す、何度も。ガムは噛んだまま、そのうち涙が浮かんできて、視界の隅がぼやけてくる。左のこめかみが脈を打ち始め、心が砕けそうになる。ネイルの表面を削り落とす。

「ついこないだでしたよね」とキャシーは言って、わたしの手を取る。その感触は熱く、わたしは軽い眩暈を覚える。

「ほんとドジで」と答え、頭を左右に振る。結局さ、信じられないよね、壁にぶつけてハイこうなりました、ハハハ、と言葉をつなぐ。彼女はわたしと一緒になって笑いつつ、探るような目を向ける。「それに、今夜イベントもあるから」と付け足す。

「わ、どんなイベントなんです？」ブルーの瞳がとても明るくなる。

「ディナーとか」だけどこれだけじゃ足りない感じがする。「あとミュージカルも」

もちろんどのミュージカルか教えてくれますよね、と相手の目が訴えている。

「オペラ座、かな？」

「オペラ座、最っ高ですよね！」聞けば、つい先日、彼女の誕生日に夫が連れていってくれたらしい。そのあとも一晩中楽しんだそうだ——ああ楽しかった、もうほんとに。そういうことなら、とわたしの手をさらに強く包みこんで彼女は言う。今夜に向けてなおさらすてきにしないとですね！

彼女は、爪のつけ根から先の裏側へと指を滑らせ、爪磨きを使うべきか考えている。力を入れていないと、わたしのまぶたは閉じてしまいそうだ。

「お疲れですか？」と彼女がたずねる。

「少し。この頃よく眠れなくて」

「あら」と目を上げる彼女の眉間に、しわが寄っている。「つらいですよね。どうぞ、もしよかったら、そのまま目を閉じていてください」と彼女は微笑んで言う。「お気になさらず。『オペラ座の怪人』でうとうとするより、今のほうがいいでしょう」

「そうね」

今日は、ターコイズのペザントブラウスを着ていて、瞳とピンクがかった肌がいっそう引き立つ。前より少し日焼けしているのがわかる。赤い巻き毛は首元からかき上げて、よくある無造作な形に束ねてある。わたしには真似できない髪型だ。

爪やすりを動かす彼女に、だんなさん、お祝いに文字どおり命かけてる感じですね、と言う。

「えぇ、ほんと、ずっと至れり尽くせりな日で。すごく楽しかったです」

「聞かせてくださいよ」

朝、夫がパンケーキを焼いてくれた、というところから彼女は聞かせてくれる。それから動物園に連れていってくれて、楽しすぎた。新しくホッキョクグマが展示されていて——ご覧になったことあります？　ほんとすごいんです、見ないと損ですよ。それから、あぁ！　カップケーキを食べにスウィート・ディーヴァに行ったんです。あのオープンしたばかりのお店に。そこで、彼女は爪磨きを手に取り、またすぐに置く。「磨くのはやめておきますね。前回したばかりなので。それにとにかく、爪の真下の皮が薄くなり過ぎるのは避けないと」彼女はわたしの手にぽんぽんとやさしく触れ、塩水のボウルに沈める。

「スィート・ディーヴァ、行ったことないな」とわたしはキャシーに言う。

「そうなんですか！　絶対行くべきです。ご自身であれだけ作っていらっしゃる方なら、気に入るはずです」と彼女は答える。「ココナッツのクリームがあるんですけど、それなんかもうこの世のものとは思えないです。あたしたちたぶん食べすぎちゃって。そのあと昼寝しましたから」

冷たいヨーグルトをわたしの腕に広げるこの人が、気持ち悪くない夫と肩を並べて寝ているのを想像する。キルトのベッドカバーの上。マットレスに深くめりこむキャシー。きっと夫の腕が彼女を包みこんでいる。

「それで昼寝のあとは？」とわたしは続きをせかす。

彼女は微笑む。「プレゼントをもらいました」

「どういう？」

「欲しかったネイルアートのセット」と彼女は言って、塗って間もない爪を差し出す。それぞれに不格好な花の模様が浮き出ている。

「かわいい」

「それから、これも」と言って、彼女はテーブルの下で足首をひねって見せる。覗くと、どことなくアジア風のチープなサンダルに足が収まっている。表面には白い塗料、色鮮やかなプラスチックの装飾。夫がひざまずいてこれに彼女の小さな足を滑り込ませる、そんな光景が見える。彼女の足は目を疑うほど小さい。

「いいですね」

マッサージが始まる。しばらく目を閉じたままでいる。

「ディナーはどちらへ？」

「ええ、ちょっとモールのイタリアンへ。好きなお店なんです。素敵な滝のあるとこ、ご存知ですか？」

キャシー、夫、ふたり向き合って囲むディナー。おしゃれなネクタイを着けた彼は、ゆらめくキャンドルの火の奥から微笑みかけてくる彼女を見て微笑む。ネイルがかがやく妻の手を取りキスをする。話題はたぶん、動物園で好きな動物について。

「あぁ、わかります。いいところよね」わたしは嫌い。「何食べたんですか？」

「クリーム系のパスタ料理なんです。蝶ネクタイみたいな小ぶりのパスタの。なんて言うんでしたっけ？」

ふたりは薄暗いベッドルーム、昼寝でくしゃくしゃになったシーツの上。明かり消して、と彼女は頼むだろうか？　もう少し暗くして、のほうか。夫が迷いなく上になる。逆かもしれない。

「ファルファッレ」とわたしは答える。

「ファルファッレ」と彼女はくり返す。「それです！　で、そのあとデザートにとろけるフォンダンショコラ。本当おいしかったな」

白いスカートの彼女が夫にまたがる。ブラウスが肩からずり落ちる。その瞬間、わたしは彼の皮膚の内側におそるおそる入り込む。キャシーが残したベッドのへこみに背中を下ろす。体は大きな太ももに挟まれている。シャツのボタンがひとつずつ外れ、ネイルでおしゃれした手がネクタイを引く。彼女の体が傾いて唇が触れそうになると、赤い巻き毛が頬をかすめ、ブラウスはさらに下にずれる。わたしはキャシーの重みをまるごと受け止める。香り付きリップバームとフォンダンショコラと暑かった日中の味がする。残ったショコラはスワンの形に折ったアルミホイルの中、ドレッサーの上からベッドを見ている。

目を開ける。

「何か夢見ました？」と彼女は笑う。

「何も。完璧な日だったみたいですね」

「ええ、ほんとに」と彼女は言い、わたしの左耳の後ろの空間に向かって笑顔になる。イヴと違うのは、笑ってもくぼみができないこと。

「で、どうしたの？」と彼は言い、滝やトスカーナっぽい造りの天井に描かれたフレスコ画風の絵を、不安げに見渡している。

「たまには、一緒に外で食べてもいいかなって思っただけ」なんとか優しい顔を作る。

彼は肩をすくめ、大き過ぎるメニューを勢いよく開く。そしてまた閉じる。

「ここにしたのは意外だね」と言いながら、彼はテーブルの真ん中にある油っぽいブレッドスティックが入った大きなカゴを見る。チーズのような黄色くて塩っぽい粉がかかっている。

「おもしろいかなって思って」とわたしは返す。

彼は片方の眉をつり上げ、首を振って、またメニューを開く。

「何？」

「いや別に」

「あたし、ファルファッレ」と大きな声で言う。

「わかった」とメニューに隠れたままの返事。

「ここのあと、カップケーキ食べに行こうかなって思うんだけど。スウィート・ディーヴァ、あのオープンしたてのとこ。ココナツクリームがおいしいんだって」わたしはいっそうにこやかな顔を作る。彼はただ見つめてくる。

「さっきから何？」とわたしは聞く。

「別に」メニューに視線を戻す。「あんま深刻になんないといいなって、それだけ」

「深刻？　どういう意味よ、深刻って？　ただのディナーでしょ」

彼はメニューを置いてため息をつく。

「自分でもわかってるんだろ。僕もただ普通にディナーしたい。でも、こうやって食べに出かけると、いつだってただのディナーじゃなくなって、どんどんどんどん落ち込んでって、自分のこと責めるだろ」

目にたまった涙をこぼさないようにする。ただカゴのほうにうなずく。

「ごめん。言い過ぎた」わたしの手を取る、でも強くは握らない。マニキュアに気がついて、「これ似合ってる」と言う。

「今日してもらった」

「やってもらったばかりじゃなかったっけ、２、３日前に？」

「うん」

彼は手を放す。

「どうしたの？」

「僕はきみに幸せでいてほしい、それだけ」

「わかってる、幸せだし」

「ならよかった」と言う。「僕もだけど」

「あなたも幸せ？」

「もちろん。なんで？」

彼のパソコンで太った女の子ふたりの動画を見た夜のことをまた考えてしまう。仕事部屋、背後でドアが開くのがわかった。スクリーンの上の窓に不安げな彼の姿が映った。入口からわたしの名前を呼ぶのが聞こえた。語尾が上がって、あり得ないほどやわらかい声で。長い間耳にしなかった、指先でなでるような声。返事もせず、振り向きもせず、ただ画面を見つめ、こぶしを握り締めた。

「理由はない」とわたしは答える。

「お母さんが亡くなってから、きみはずっとうわの空だった。正直言って、エリザベス、何をしてあげればいいのかわからなかったんだ。どうすればいいのか」

リズ、とわたしは心の中で言う。これからはリズだって伝えたのに。どうしていつもちゃんとしてくれないんだろう。

「ママのことは関係ない」とわたしは嘘をつく。「全然関係ない。わたし平気だし」

ブレッドスティックを噛みながらむすっと滝を見る彼をこの席から見ている。そう遠くはない昔、まだ膨らんでいたわたしの手が、彼を半分にへし折ることもできたかもしれない頃を思い出す。重みで彼をつぶさないよう、ソファでテレビを見ていても、寄りかかることはできなかった。夜、寝返りをうったら、うっかり彼の上に乗って窒息させてしまうんじゃないか不安だった。そんなこと心配するなんてばかだった——わたしは絶対にそんなに大きくなかった——けれど、そのせいで眠れなかったのは一晩だけではなかった。心配と、空腹のせい。

その夜ディナーから帰ると、わたしはソファに向かい、彼は仕事部屋に入って後ろ手にドアを閉める。横になっても目は冴えていて、暖炉の上にある骨壺の姿をじっと見ている。母の写真は、パリと書いてある飾り箱にしまってある。その中には、ふたりともキャシーくらい大きかった時の写真もある。それから、母だけがキャシーの大きさのまま、しぼんだわたしの体を嬉しそうに見ている写真も。わたしは何もわかっていないような顔でカメラを見ている。虚ろと言ってもいい。糖尿病に心臓病、母が話題にするのを嫌った病の兆しが、肌の照り、赤らんだ顔、明る過ぎる瞳、見るからにくたびれた全身に、あらわれている。

サイドテーブルには、トムを連れて行った日の午後、母の家のバルコニーで撮った彼とわたしの写真がある。ネクタイをしているのは、これが初対面だったから。わたしは、そのあと二度と着ることのなかったドレス。わたしたちは並んで立ってはいても、それぞれ違うところを見ている——彼はカメラ、わたしはどこかフレームの外。つま先の開いたハイヒール、前の晩に母が塗ってくれた爪がのぞいている。塗るだけじゃなくて、かたちを整え、かかとの角質も落としてくれた。ちょうど母とバルコニーに座っていて、わたしが、ペディキュアもしたかった、けど高くて無理だった、とぼやいたのだった。何言ってんのよ、と母は立ち上がって行ってしまった。わたしの不満が気に食わなかったのだと思った。でも数分後、かすかに息を切らして、大きな肩にタオルをかけた母が戻ってきた。片手に古びたネイルカラーの小瓶をいくつか、もう一方に使い込まれた軽石を持っていた。太ももの上にタオルを広げると、手のひらで軽くたたいて、ほら、と言った。わたしは鉄製の椅子に座りなおし、オットマンに載せるように母の太ももに足を載せた。それから数分間、重い体をかがめて、母は黙々と爪を切り、表面を整え、塗った。集中して、唇の間から舌を出していた。どうやって足の爪を塗ればいいか、見当すらついていなかったからだ。わたしは、湖に沈んでいく夕陽を母の体越しに見ていた。変な感じだった。お互いの体にはほとんど触れていなかった。それなのに目の前には母の体があって、わたしの足を覆っていた。血のような赤を塗ったのは、透明色以外に母が持っている唯一の色だったからだ。あの夜が、母とわたしがふたりだけで過ごした最後のひとときになった。

ほら。母は終わるとそう言った。少し息が上がっていた。どう？

すごい、ありがとう、とわたしは答える。母の右側へと目を逸らし、湖とそこに沈む夕陽を眺めた。その瞬間、母と目を合わせることができなかったから。

　彼女はわたしの手をランプにかざし、甘皮を切るべきかどうか思案している。肌色のレース生地の中、窮屈そうな彼女の胸を覗きこむ。目の奥がツンと痛む。涙が勝手に、熱をおびたまま頬をすべり落ちる。肘の内側で急いで払う。

「大丈夫ですか？」心配そうに眉根をさらに寄せる彼女に、今日は何も感じない。というか、むしろ苛立ってくる。

「えぇ」

「ほんとに？」

　彼女が着ているのはロング丈、ライトブルー、細いストラップがすぐ肩からすべり落ちるサマードレス。これを買うために彼女がどういう店まで行かなきゃならなかったか、それを考える。ストラップがずり落ちてあらわになる幅の広いブラの紐、みすぼらしい肌色の線、それを見る。なんて大きな苦しみを背負いこんで、と胸の中でつぶやく。陽射しを浴びれば人の何倍も暑く感じるはず。いつかその体を受け入れるであろう病院のことだって、ありありと思い描くことができる。なのに、どれもまったく役に立たない。ただただつきつけられるのは、ドレスのブルーの色味が彼女の瞳と、窓の奥に広がる青空に、ぴったり調和しているということ。そして、この数日で彼女がさらに日に焼けたということ。前より明るく見える赤い髪は、しみが点々と浮かぶ肩に軽く触れている。その肩は、桃というより小麦の色。

「ちょっと疲れただけ」とわたしは答える。「よく眠れてなくて」

「そう、そうでした。すみません」

「わたしもごめん」

　わたしの手はまだ彼女の手の中だ。

「あなたはよく眠れるでしょうね」とわたしは言う。「ほとんど毎晩、電気のスイッチ切るみたいに寝つけるんじゃない？」

「ええ、まぁ」塩水のボウルにわたしの手を沈めながら、彼女は言う。「その点では困らないですかね」

「うらやましい。そんな風に眠れたことなくって。お湯、ちょっと熱いです」

「ごめんなさい！　いつも熱めに調節してて。あっという間に冷めてしまうので。でも今から――」

「大丈夫。すぐに冷えますよ」

「じゃぁ」――彼女は黒糖を手の平にすくう――「これで少しリラックスできたらいいんですけど。目、お好きなタイミングで閉じてください」

「キャシー、あなた幸せ？」

　彼女は顔を上げる。眉間に残るしわは、おそらく集中しているせいだ。

「幸せって？」彼女は瞬きをする。

「毎日、暮らしてて。だんなさんと一緒に？」

　彼女は目を伏せ、まつげが頬に触れる。とても長く濃く生え揃っている上に、しっかりカールしている。いちどつけまつげかどうか聞いてしまったほどだ。違うという答えだった。わたしはいまだに信じてはいないけど。

「まあそうですね。その、だいたいイエス。どうしてですか？」

「理由はないの」

これまでにはなかったような力の入れ方で、彼女は手から肘へとこすり始める。目を凝らすと、砂糖のスクラブが肌に食い込み、皮膚を擦りむいていくのがわかる。

「あの」彼女はわたしの腕を見下ろしながら言葉を続ける。「もちろん、うちにも問題はあります。ない人なんていませんよね？」

「そう。もちろん」

彼女に顔を向け微笑む。相手の目は逃げるように横にずれ、砂糖まみれのわたしの両手へと動く。

「なんでですか？」と彼女は言う。「どうしてそんなこと聞くんですか？」

「理由はないの。ねえ、今日は違う色を試してもいいかしら？　アミューズ・ブーシュはもう十分してもらった感じなので」

わたしたちはまた、お互いの左耳の先の空間だけを意識する。

すでに皮が剝けた手に、彼女は痛いくらいの力を込めて黒糖をこすり続ける。必要以上に胸の肉を揺すっているようにさえ感じられる。火傷するほど熱い布でわたしの手を乱暴にぬぐい、ココナツの器から冷えた白いヨーグルトをすくう。それをひりひりする腕にたっぷり落とし、温かく分厚い手でわたしの細い指にまで塗り広げる。わたしがキャシーのような手をしていた頃でも、こんな風に熱を発することはなかった。

「いまいちわからないことがあるんです」とわたしは切り出す。

「何がですか？」彼女の声には、聞いたことのない冷たさがある。その驚きで心臓が跳ねる。一瞬、言葉を失う。

雑にまとめた髪の束からほぐれて、しみのある広い肩に落ちた赤い巻き毛が、ドレスの青いストラップとブラの肌色の紐を隠している。

「何が疑問なんですか？」と彼女はたたみかける。

「どうしてこれ、カリビアンって呼ばれているのかなって。どこをとっても「カリブ風」じゃない、ですよね？　つまり、使ってるものとかも？」これは本当だ。ヨーグルトはギリシャヨーグルトですらない。

キャシーは何も答えない。

「でも、お腹空きそうですよね、この組み合わせって」とわたしは言う。「ですよね？」

彼女がわたしを見つめ、わたしは下を向く。

「最初のうちはたしかに」と彼女は答える。「そうでしたね。でも」と続けて、「お客さんの手や足に擦りこみ続けてると、しばらくしてもううんざりって感じになります」と言う。

マニキュアとトップコートにせかせかと取りかかる。スポイトから仕上げ剤を落とすのさえ雑で、爪の先からこぼれた透明な液体が流れていく。いつもなら世界でいちばん大切なことのように10分じっと待つように言うはずなのに、それもない。そそくさとボウルを持ち上げ、冷めた塩水をシンクに捨てる。

彼女は思い出したように「お持ち帰りになります？」と聞いてくる。道路でぺしゃんこになった動物のしっぽでもつまむように、親指と人差し指で爪やすりを持ち上げ、ゴミ箱の真上で揺らしている。

「いえ、結構です」

レジまでバッグを運ぶのも今日はわたしだ。カギや財布を探しているうちに、爪はほぼ台無しになる。それでも、あり得ない額のチップを残していく。「キャミーに」と小さな封筒に書く。すぐにバツを重ねて、「キャシー」と書き直す。

この頃は、彼女が夜明け前から焼いているもののにおいで目を覚ます——もちろん、ちゃんと眠っていたとしたら。7層のココナツケーキ。彼女が自分で種を取りのぞいたチェリーを格子模様の生地がたっぷりと包むパイ。わたしはたいてい、ダイニングテーブルで向かいに座る彼女に見つめられながら、ひと切れかふた切れ食べる。次の部屋が決まるまでだから。毎朝キッチンに入ると、イヴにそう言う。好きなだけいてよ、と彼女は答え、わたしがデザートにフォークを刺すのを確かめてから、ふたりのカップにコーヒーを注ぎ足す。すぐにでも帰れる部屋が、わたしにまだ残っているかのように。

今朝は、ビニールカバーのかかったソファから起き上がると、彼女がとり憑かれたようにウィンデックスをかけた窓から砂漠を眺める。塩でできた湖も見える。太陽はすでに高く、目がくらむ。乾ききった風景は、わたしが暮らしてきたところとはかけ離れている。帰っておいで、そう父のボイスメールが言っていた。家にも電話したらしく、わたしはもう出て行ったとトムから聞いた。とにかく帰っておいで。ママのお金を使って、近くに住む場所を探して頭金を払えばいい。そこに残る理由はもうないだろう。だから、帰っておいで。父に電話してみようかな、とふと思う。その代わり、携帯の連絡先からメルを探し、名前の表示を見ながら発信ボタンの上を指がさまよう。わたしがこっちに引っ越してきてからは、たいした話もしていない。と言っても、数週間前にイヴのところに泊めてもらうことになった夜、電話はした。ぎこちなかった。みじめな気分だと彼女は言った。理由を聞くと、男ともめていると答えた。仕事も嫌だし、何より、体重が増えたとも付け加えた。その話はしたくないようだった。自分を責めることない、誰にでも起きることだし、それにいつだってメルはきれいだと伝えた。本気で。彼女が何も言わないので、わたしも今みじめな気分、と打ち明けた。トムとのことを話した。かなり久しぶりだったし、彼女が知らないことがたくさんあったから、説明するのは大変だった。断片的な話になってしまって、もろい感じがするような、話しながら崩れていくような気がした。黙って注意深く耳を傾けてくれても、結局全体は見えてこないような感じだった。彼女に話すと、どういうわけか、何もかもが取るに足りないもののように思えてきた。とうとうわたしが口をつぐむと、彼女は言った。ひどいねぇ。しんどいでしょう。

この乾ききった渓谷でトムのことを考える。仕事部屋のドアの向こう側。もしかするとわたしがいなくなったことにすら気づいていないかもしれない。キャシーと夫のことも考える。今日、ふたりはどんな冒険に夢中になっているのだろう。あるいはのんびり過ごす日なのかもしれない。カーテンを閉めて、ソファの孤島でごろごろしながら、決して陽射しの当たらないストラップの下の細く白い肌に彼はキスしているだろうか。

この前、アリアに電話すると、キャシーは予約でいっぱいだと告げられた。ハッティーをすすめられた。フォー・ユア・アイズ・オンリーに行って、赤毛の豊満な女性を、と頼んだら、代わりに髪に汚いメッシュが入った痩せたカリブ系の子が出てきた時と似ている。近頃はイヴがすすめてくれたベトナム系の店に行っている。凝ったとこじゃないけど、と彼女は言っていた。でも、やることはやってくれる。二種類のハンド・トリートメント――ベーシックとスパ――しかなくて、その違いはただパラフィン込みかそうじゃないか。待合室には食べものがなく、リコリスらしきものが詰まった金魚鉢だけがある。実はなめらかな黒い石だった。サービスのひとつは、ネイルが乾燥するのを待つ間、経営者の女性が小さくなめらかなこぶしで肩回りを叩いてくれることだ。気持ちいいんだ、とイヴは言っていたが、わたしもそのとおりだと思う。それに、何も言わずにわたしの好きな色にしてくれる。わたしの好きな暗い赤にだって塗ってくれて、ヴァンパイアの血に浸したあとのような見た目になる。施術が済むと、爪やすりを持ち帰るよう勧めてくれもして、わたしは毎回それを断る。もらったところで、それをいったい何に使えばいいんだろう。彼女はうなずき、それをゴミ箱へ放り投げる。そいつのあるべき場所はそこだから。欠かさないやり取り。そして、わたしは彼女にきっかり15%のチップを渡す。

アディション・エル

実家に戻って以来、ここに来なくちゃいけない気分にときどきなる。ショーウィンドーに並ぶプラスサイズのマネキンを見ると、やっぱりなんとなく落ち着く。お腹は解放されて広がり、波打つ海のように優しい。着ている服は思っていたよりも今っぽいし、わりといい。たっぷりめのフレアスカート。水玉のビスチエ。アイレット装飾のあるものやレースの縁取りのあるもの。レースはプラスサイズ専用の変なやつじゃない。うんと近づいて細かく観察してようやく、余裕をもたせたカッティングや長めの裾丈、七分丈の袖が、何かを覆い隠したい人たちの服だと物語ることに気がつく。

　店内に入ると、段になって陳列されているボートネックＴシャツが目に入る。いろんな動物のプリントＴシャツ。だいたいはネコ科。チーター。トラ。毛糸玉ではしゃぐショートヘア。ネコたちはスパングルの眼玉でわたしを見つめる。ほかのお店で買いものできなかったかつてのわたしは、それらを抉り出すことを想像していた。ＢＧＭは変わっていない。ソウルミュージックのインスト版が、どこにあるのかわからないスピーカーから相変わらず流れている。「女」がどうのこうの、だいたいそういう歌詞の曲。あなたといるとわたしはわたしらしく、女らしくなれるの。男が女を愛する時、とかそんなの。ここに来た人たちに女性であることを確信させなくちゃならないみたい。ハンガーラックにかかる服をごそごそと見て回る太った女性客たちを観察する。たぶんエルヴィスっぽくない服を探しているんだろう。前身頃がラインストーンでとげとげしていたり、パールビーズ付きだったりしない、黒いカーディガン。ストレッチ素材のシンプルなＶネックとかスクープネック。ここで服を選ばなくちゃならなかった頃は、わたしも同じことをしていた。何時間もかけて、女として合格点をもらえるものを探していた。何でもよかった。それか、女として見られなくても、その事実について自尊心を守りながら嘆くことができるようなもの。ちゃちな装飾なしに。ラックの間を進み、この女性たちに混じる。わたしはもうこの人たちとは違うけれど、でもやっぱりその中のひとりで、まだ卒業できていないのかもしれない。ここに来るのはもうほんとにやめよう。

　ゼブラ柄のＡラインのワンピースを手にしていたら、店員に声をかけられる。わたしが誰か、もちろん気づいていない。気づくはずもない。ここで買いものしていたのは何年も前のことだし、そのときからどのくらい体重を落としたのかもうわからない。成人女性ひとり分くらいかな。それに、違う名前だった。ひとりで来たこともなくて、いつも母と一緒だった。

　母もまたここで買いものして、アディション・エルのスラックスとかセーターで何とかしないといけなかった。この店員と同じように、いつもネックレスをしていた。ネックレスはイヤリングに合わせてあって、イヤリングはバッグに合わせてあって、バッグは靴に合わせてあった。そういうのを「にぎやかし」と言っていた。母とこの店員はすばらしく仲が良かった。

　女性店員はわたしのことを覚えていない。でもわたしは彼女のことを覚えている。ジュエリーは今も強烈に陽気で、あいかわらず、あんたよくやってんじゃないと叫んでくる。でも、昔だったら母をはさんで感じよく話しかけてくれたのに、今は怪訝そうに、サイズを目測しようとわたしの体に視線を落とす。14から24じゃないわね。何しに来たの？

ありがとう。ちょっと見てるだけです。そうわたしは答える。

彼女は別の店員へ横目で目配せする。「機能的はセクシー」と謳うプレートの下で特大ブラをたたむ店員。ふたりに向かって、ハグでもしようとしているみたいに、姉妹だと思っているみたいに、愛想よい笑顔を向ける。返ってきた微笑みに不信感が漂う。あれ、からかっていると思われた？

イブニングウェアのコーナーに並んでいるボレロや鎖かたびらのドレスをぶらぶら見ていると、店員がついてくる気配を感じて、ラックから適当に2、3着を手にとる。ストライプのカフタンドレス。昔風の肩パッドのきついゴールドの何か。試着室に向かおうとして、近くのラックに、ふくらはぎ丈の深い藍色のベルベット生地のパフスリーブで、ラインストーンのバックルが付いたドレスがあるのを見つける。ラックから取り出し、持っていたものを代わりにかけ、店員のほうを向く。やっぱりずっとわたしの後ろに張りついていた。

決めかねている様子でわたしを見る。ご試着室ですか？　お客さまが？　試着されるのですか？

わたしはうなずく。はい、します。

明らかに気の進まない様子で案内してくれる。

覚えていたとおりのところに試着室がある。

鏡張りで慈悲深い照明。戸は分厚く、さし錠が付いていて、強化鋼鉄でできていて、床と垂直になっている。

壁の向こう側でサイズ0とかXXSを探してぎゃぁぎゃぁうるさい最悪なスマーフの姿は、ここからは見えない。はち切れそうなスラックスの布地が太もものところでこすれる音のほかには、何も聞こえない。壁越しに、女性がもうひとりの女性に、パンツがいい感じだと話しているのが聞こえる。いえ、すごくいい感じ。試着室の中には、クッション付きのベンチが置いてあって、座った時に恥ずかしいことにならないか確認できるようになっている。大砲の色の特大ブラで腕組みしながら座っていたベンチ。試着するはずのスウェット生地のサックドレスもスティラップパンツも足元に散らばって、蹴飛ばされたネコみたいだった。首を振り、へそを曲げていた。母と店員が戸をノックする。一緒に見るわ！　母も試着室に入り、ベンチに腰かけ、わたしがいろいろ着替えるのを見ていることもときどきあった。いいじゃない、と母はよく言った。どんな時もそう言ったけど、いちどだけそうじゃないことがあった。わたしのお腹に走り始めた赤い伸展線にぞっとして、それをごまかそうと顔を背けた。自分だって同じようにお腹に跡があるのに、娘にあるのを見るのは耐えられなかったのだ。同じ宿命を背負わなくてすむよう、何とか手を尽くしていたはずなのに。鏡に映る線。まだあるけれど、ほとんど見えない。

　戸の内側のフックにドレスをかけ、毛羽のあるベルベット生地に手をすべらせる。ディテールは少し違っていても、ほとんどあのドレスだ。最近の流行に晒されて、前とは変わっている。ここのドレスはどれも黒らしい黒じゃない。わたしがそう思っているのを承知で、「ほとんど黒よ」と母が言ったあの深い藍色と同じ色合い。パフスリーブ、野暮ったいバックル装飾も同じ。こんなの取ってしまいたくて、力まかせに引っ張ったのを覚えている。仕立をしていたメルのおばさんに、きれいに外せませんかってお願いまでした。脇の下を30分近く覗き込み、スロベニアの妖精みたいな彼女は眉根を寄せ、産毛のある口にタバコをくわえながら、バックルをあてでもないこうでもないと引っ張り、なす術のない医者のように首を振った。「無理ね」ととうとう言った。「取ったら袖が台無しになっちゃうよ」

それでもいいからお願い、と言いたかった。でも口にしたのは「そうなんだ」

その間、メルは自分には関係ないみたいにして、側にいた。紋織の上衣にぴったりと包まれ、ベルベット生地のスカートが広がる。心配そうな表情をしたり、姿見に写る自分をちらちらと見てはうれしそうにしたりしていた。3時間したら、この姿がダンスフロアでむさくるしいゴス好き男子と絡み合っているのを眺めることになるんだろうな。ドレスの前立てのレースはほどけて、スカートはたくし上げられる。わたしは近くの壁にもたれて、通路に並ぶピザを眺めて時間をやり過ごす。

ドレスをハンガーから外して、体にあててみる。

まさかの展開で、わたしもちょっとした経験をすることになった。サヴェジ・ガーデンのフェティッシュ・ナイト。シルバーのシャツを着たウニみたいな頭の男子。無理やりわたしも連れてきておいて、メルはずっと、陰気な海賊に似ている誰だかよく知らない人と抱き合っていた。このベルベットのひどい代物を着たわたしは、最悪な気分で壁にもたれて、ドイツのインダストリアルミュージックで聴覚がおかしくなったまま、ダンスフロアの真ん中で木の十字架に磔にされた半裸の女の人が何度も鞭でぶたれるのを眺めていた。そしたら、誰かが近づいてきた。まずビールのピッチャーを置いて、手の甲で口元を拭って、それからこっちに寄ってきた。わたしの左側にいた黒いホルターネックの貧相な子のほうだろうなと思ったのに、そうじゃなかった。わたしだった。彼がアプローチしてきたのはわたしで、外に連れ出してレンガの壁に押さえつけたのはわたしで、ほとんど息できなくなるくらいまで両手で覆ったのはわたしの顔だった。でも、いちばん素敵だったのは何か？　あの最悪なドレスに手がかけられた時、あまりにぴったりしていたから、脇から裂けてしまったこと。あ、どうしよう、とその人は言ったけれど、わたしは気にしなかった。というかむしろいいことを思いついてしまった。だから頼んでみたら、バックルを壊してくれた。バックルふたつとも瞬殺。わたしの手が彼の髪をつかむ。引きちぎられる音。汚らしく唾の吐かれた舗道にラインストーンがちりちりとこぼれ落ちていく。あの音は、自分史上唯一最大、官能的だった。メルが来て、わたしたちを引き離すまでは。

「襲われてると思ったの」と、家へ戻る路面電車でメルは言った。

「え、ぜんぜん」とわたしは答えた。

「え、そんな感じだったけど」イラついていた。海賊は早めに帰らないといけなかったらしい。こっちを見たまま固まった。

「何があったのよ？」と、家に帰ると母に聞かれた。

「転んだ」と答えた。

試着室の外からノックの音がする。なるべく感じよく、明るい声をかけてくる。「いかがでしょう？」

いかがでしょう？　わたしたちどんな感じ？　なんでいつもわたしたちなの？　わたしって？

「いい感じです。ありがとうございます」と答える。

それから何年かして、わたしが痩せた頃、あの人がクイーンとスパディーナの交差点で路面電車を待っているのを見かけた。金髪を逆立ててもなかったし、メタリックなシャツも着ていなかった。茶色の髪が少し薄くなり始めていた。黄褐色のコーデュロイを着て、路面電車を待つただの人。わたしは車の運転席で、信号が変わるのを待っていた。車を降りるのは無理だったけれど、何か合図しないといけないような気がした。でも信号が変わって、バックミラー越しに探したけれど、見失ってしまった。

もういちど声をかけられる。店員の声はとげとげしかった。

「どうかされました？　そろそろ閉店なんですけど？」

「だいじょうぶです」と返事して、ラインストーンのバックルに指を触れる。あと少しだけ。

生地の重さなんて忘れていた。裏地もしっかり付いている。

頭から被って、一瞬見えなくなる。広く開いた襟ぐりから顔を出しても、視界は暗かった。頭上のトラックライトが消えていた。誰も気にとめていなかったＢＧＭは不意に止まり、マイケル・ボルトンのささやき声が途切れる。店員が本気になってきている。

ノックが続き、暗闇の中、わたしの体にドレスが重くぶら下がる。お客さま、お客さま、と呼びかけられるから、何か言わないと。だけど、声にならない。暗闇の水中を泳いでいたから。溺れそうだったから。わたしの体が途切れるところ。ドレスが始まるところ。何マイルも何マイルも何マイルも離れている。でも、暗闇だと、思っていたよりも近くに感じられる。危ういほど近く。目が慣れるまで待てば、もしかすると鏡の中のシルエットが見えるかもしれない。どれくらい遠いのかも。

海のむこう

ビヨンド・ザ・シー複合施設の第一区、サウスタワーに住んでいる。ベッドルームからはマリブクラブ・スパとフィットネスセンターが見え、つまり毎朝起きると、わたしの目に真っ先に飛び込んでくるのは、となりのシャールが欠点だらけの肉体を蹂躙する姿ということ。スヌーズを何回押すかによって、足上げだったり、腿上げだったり、鏡の前で張り出した腰骨に両手を添えて、左右にシェイクするようにくねくねしていたり。あれを見てしまうと、寝起きそうそう心底いたたまれない。でも、たいていは、彼女が背中を丸めてライフサイクル1号機に乗る光景が飛び込んでくる。文字どおり上半身まるごとハンドルに覆いかぶさり、勤勉忠実にタスクをこなしている。そのタスクとは、察するところ、ＢＭＩの完全消滅。

　頭がはっきりしてくると起き上がり、またしばらく窓から見下ろす。あの光景を見ると、体も心もすり減るのがわかる。あの人こそ天敵で、予約表問題にも決着をつけなければならないのもわかっている。でも、どうしてだかこの距離感だと、憎しみはひとかけらも生まれてこない。ときには、背を丸めバイクをこぐ姿に憐みのつぼみがふくらむことだってある。すぐしおれてしまうけど。6階上から彼女を見下ろしていると、何もかもわかりそうな瞬間がある。その一瞬にふれたら、ジムウェアに体を押し込んで、王座奪還に備えるのだ。

ビヨンド・ザ・シーはカリフォルニアとは何も関係のない（カリフォルニアの近くですらない）ゲート付きコミュニティで、その第一区と第二区の間にマリブクラブがある。道すがら、迫る対決に身構える。ジムに足を踏みいれる。澱んだ汗と鼻につくモップのにおいはいつもどおり。カーディオマシンの予約表に目をやる。ライフサイクル1号機の午前7時から7時30分の欄に、わたしの名前がある。大きなブロック体で、跡が残るほど強めに、くっきり書き込んである。あの人の名前がその上の6時30分の欄、筆記体で居座っている。こっちは丸くなった鉛筆。あっちは反論の余地なきインク。いかにもリラックスした雰囲気だけど、こだわりなんてないわよみたいな曲線にだまされてなるものか。交代の時間になってもすんなりと明け渡さないことを、わたしは経験からよく知っている。

ほらやっぱり。時刻はジムの時計で7時ちょうど、原子時計に合わせてあるわたしの腕時計で7時2分。それなのに、あの人はまだライフサイクルの上、クールダウンする気配もなくペダルを漕いでいる。心の広い人間を演じるのはもう十分だろう。まずは視界に入り込んで、ふくらはぎのストレッチをする受動攻撃。絶対に譲らないと言わんばかりにハンドルを握りしめたままなら、わたしは少し近づいて、肩を回しながら、彼女の横顔に穴を焼け焦がすほどの灼熱のガン見。それでも動じない時は、咳払いする。

彼女がこちらを向く。おそろし過ぎるこの瞬間。循環器官が必死になった成果をまるごと間近で見せつけられる。ぐちゃぐちゃのメイク、顔のくぼみには汗が小川となって流れ落ちる。両頬はコーラルピンクに染まる。きつく結ばれた唇は、湯引きしたミカン色のリップがひと塗り。見開かれた目は、運動後の殺気がみなぎる。そんな視線をくらって、思い出してしまう。自分の下腹がたるんでいること。太ももはぴっちり隙間なく並ぶこと。コウモリの翼みたいな二の腕の脂肪は、時間と忍耐力が必要なんだとハロルドに言われたこと（でも、ハロルドは、前のクライアントのバットウィングはある日魔法のように忽然と消えた話もしていた）。あちらもこちらもすべてを悟る。わたしの体脂肪率がどんな状態なのか。大したことないやつ。そんな風にわたしのことを見ているんだろう。呼び名も作ってくれているんだろう。ファッションジム会員とか、でぶオンナとか。

「このマシン次使います？」と聞かれる。あたかも豆乳で育まれた心の奥底から知らなかったかのように。「そうみたいなんです」と、お互い初めて知る情報のように、わたしは答える。伝えるのは心苦しいような残念なお知らせ。残念ながら今日はカエルが降るのです、みたいな感じ。カエルの大嵐。ほんと、なんて言ったらいいか。

　彼女はわたしから時計へ視線を移し、どちらも敵であるかのように首を振る。まるでわたしと時計が共謀しているかのように。ルースに聞いた話では、彼女はコメントシートを使って、時計が3分進んでいるという苦情を管理者に出したらしい。

　時計は味方してくれないと悟ったのか、彼女はプールへ視線を移す。水中フィットネスをする女性たちが、「ココモ」に合わせて一斉に浮かんだり沈んだりして、肉々しい体で緑色の水面を揺らしている。ほとんどわからないほどかすかに彼女はうなずく。自分の持ち時間は終わっているという恐るべき事実を受け入れた合図だとわたしはとらえる。それなのに、マシンから降りない。それどころか、その後も数分間、より一層力強くハンドルを握り、さらに加速して漕ぎ続ける。だからわたしは、広大な筋肉たっぷりの背中を鑑賞し、この2年間にどれほどの時間をかすめ盗られてきたのかを思いめぐらすほかなくなる。ちりも積もれば。ほかのいろんなものと同じ。口にしなかったトライデント。バルク・バーンでなんとか我慢する、たまり醤油風味のローストアーモンドや生姜糖。東部に出戻ってきてから恒例になった金曜の夜の「フォールティ・タワーズ」鑑賞会、父からすすめられてはぎりぎりまで断るレンジでほかほかのオーヴィルのポップコーン大盛。わたしが息を吸い込み、二度目の咳払いをしようしたら、彼女に先を越される。突然、むっとした表情でマシンから降りる。ディスペンサーからペーパータオルを強く引っ張り出す。消毒液をマシンにスプレーする。ぞんざいに拭き取る。そして、ストレッチマットへ突進し、いつものようにたっぷり時間をかける体幹トレーニングを始める。なんて言うか、わたしのほうが小さくて心の狭い人間であるかのような気がしてくる。

　彼女がライフサイクルを降りてわたしが乗る段階で、残されたのはジムの時計で24分だけ。拒食症のフライトアテンダントが筋っぽい体でスペインのファッション誌を持って現れ、わたしの背後でそわそわしながら鳥ほど軽い体を左右に揺らし始めるまで、24分。この時間を最大限に生かそうとしてがんばるけれど、そんなに簡単な話じゃない。やっと手に入れたこの枠に、くぼみひとつくらい作る効果があるようには思えない。このプロセスを信じ、旅路を楽しめばいいんだよ。ハロルドにはそう言われる。彼は今はマリブのセクションで、昔から担当しているひとり、マーゴに付き添っている。わたしの知るかぎり、2本の楊枝に据えられたポテトみたいな体型は変わらない。バランスボールの上のマーゴは、ぜんぜんバランス取れていないのに、ハロルドは、ほら片足スクワットがんばって、なんて声をかけている。でも、マーゴもくじけない。ふらついても、音を上げない。鏡の中でわたしの視線に気づくと、ハロルドはマーゴの震える手足の向こうから「月曜」と口を動かす。それから、小さくパンチを打つジェスチャーをして、ウィンクする。

わたしの両サイドでは、7時の時間枠を予約した他の人たちがすでに時刻どおりに始め、漕ぎ、走り、自転車に乗り、筋トレしている。だいたいが同じ世代の女性たち。なるべく周りを見ないようにする。こめかみの汗、半開きで息のもれる口、集中したり、無心になったり、あり得ない未来の自分を夢見たりしてゆがんだ顔、エンタメ小説やファッション誌を流し読みする目、2年前に初めて来た時と変わらずジムウェアの上からでも分かる脚のセルライト。こんなのを見てしまったら、自分たちが哀れに太った齧歯《げっし》類の群れで、胸の悪くなるようなひどいいたずらを仕掛けられているような気がしてしまう。安っぽいしっくい仕上げの天井のどこか上のほうにカメラが隠されていて、わたしたちの無意味な汗の粒を、何時間通っても消える気配のないまだらのぜい肉を、観客たちが大笑いしているんじゃないかって。

だから見ない。目の前の全面ガラスに視線を固定する。その向こうに、プールでアクアフィットネスをする人たちが腕をばたつかせている。前に自然もの映画で見た、流出した原油から逃げようとする鳥を連想させる。無益に羽ばたきあがく姿も、漆黒の重油がこともなげにそれを飲み込んでいく光景も、無残なものだった。それなのに見てしまう。あの時も今も。デパートにありそうな水着や、ばしゃばしゃとした水中での動きには、波打つくらげみたいな催眠作用があって、不思議と引き寄せられてしまう。プールサイドでは、デニムのショートパンツを着た若い不運な女性がひとり、虚空に向かって手足を動かしている。氷山のような体が水中で真似する動き。あの人が新しいインストラクターに違いない。中断もありつつ何度も来ていたこの午前7時の枠では、アクアフィットネスの参加者たちがインストラクターを怯え上がらせ、交替に追い込んだのは3人。今回のインストラクターにも、誰ひとり特別うれしそうに指導されたがっている様子を見せない。例外は変なロシア人の男で、夜になると、何を探しているのか謎だけど資源ごみをあさる姿をよく見かける。そいつがやる気いっぱいで水をはね散らかすので、女性たちは遠巻きにしている。この男が自分たちをばかにしていると疑い、いずれ出入り禁止にしようとしているらしい。気味悪がっている、というところもある。


「そこはあなたの枠だし、そこんとこははっきりさせるべき」その晩、ルースが言った。わたしたちは、ビヨンド・ザ・シー複合施設の中の使い勝手のよいレストランＺＥＮで、アイアンメイデンとウォリアーボウルを食べている。ルースは離婚専門の弁護士で、トレッドミルの３号機を愛用していて、第二区の最上階に住んでいる。わたしが離婚する時の担当ではなかったけれど、無料でたくさんアドバイスをしてくれた。トレッドミルを使う彼女はシャールと関わらなくてすんでいる。でも、マリブクラブの古株として、シャールのことはよくわかっていて、予約表問題にも同情してくれている。

「引き下がっちゃだめ」と、箸をこちらに向けて言う。ここは必ず箸をつけてくれるタイプのレストランだ。たとえ口に運ぶのがサラダであっても。気分を盛り上げるために。「道理を説いてもだめ。理屈が通じる相手じゃないから」

「名前を書くのに使ってるペン、ほんとどこにあるんだろう」とわたしは答える。「だって、カーディオマシン予約表の台、えんぴつ以外見たことないし」

　ルースはベビーケールに埋もれたパルミットを探す。「え、知らなかった？　自分で持って来てるのよ、あの人」

「うそでしょ」

ルースはうなずき、アイアンメイデンをすすり、その味に顔をしかめる。黒々としたヘドロのようで、いちおう血液の健康に効果があって、必須エネルギー的にもいいらしい。「持って来てるとこ、見たことある。バイクパンツに挟み込んでた」

「やりすぎ。なんでそんなことするわけ？」

「まぁ理由はひとつでしょ。名前を消されるんじゃないかって、不安なんでしょ」

「何それ」と言いながら気づく。「予約台のえんぴつに消しゴム付いてないのに」

「だからちゃんと理屈の通じる相手じゃないんだって」と黒い上着を整えながら答える。こんなに暑い日にも羽織っているのは、たぶん二の腕の肉を隠すためだろう。

「哀れだわ」とわたし。「哀れな人」

「そうよ哀れだわ。とことん哀れ」ルースは、箸でサラダをもそもそと探る。わたしは、脇のあたりの肉が上着からはみ出て揺れるのをじっと見てしまう。

「ライフサイクル3号機に変更してもいいかなって思う」と切り出す。「そうすれば彼女に関わらなくてすむし」

「どうしてあっちじゃなくあなたが譲らなきゃいけないのよ?」とルースが言う。「しかも」と続ける。「ライフサイクル3号機は嫌いでしょ。あれに乗るのは悪夢みたいだって言ってなかった?」

「まぁそうだけど」と答える。たしかにそうなのだ。ハンドルとペダルが微妙にずれている。管理組合の次のミーティングで議題にしてみると、前にルースは言ってくれた。彼女は役員だから。

「だったらどうしてそんなこと思ったりするの？　わたしとトレッドミル3号機みたいな感じでしょ。なぜかわからないけど、3号機はわたしには効果がある。自分に効果のあるマシンを使わないと、でしょ？」

　わたしはうなずく。ガラステーブルなので、ルースのお腹が視界に入る。マリブクラブへの忠誠は揺らぐことなく、週2回は夕食にハートヘルスのデリバリーを頼んでいるというのに、初めて見た時からお腹のサイズは変わらない。前にいちど部屋にお邪魔した時、17歳のルースの写真を見せてもらった。そのかわいいファットガールが少ししぼんだら、今のルースになる感じだ。写真は暖炉風の飾り棚の上に置かれていた。どれほど変われたか思い出させ、自分を勇気づけるためらしい。

　ルースは、第二区のクリスティーンを知っているかと尋ねる。

「クリスティーン？」

「いえ、あなたがここへ来る前だったかもしれない」と、勘違いに気づいて手を振りながらルースは答える。「まぁとにかく、クリスティーンはずっと7時枠を利用していたの。同じ問題に直面した。シャールとね。ふたりはジムでやりあったんだけど、彼女はすごく強かった。シャールに向かって、時間枠を侵害していると毅然と言い放った」

「そしたら？」

「シャールがめちゃくちゃに怒った。まぁそうなるよね。とても見てられなかったけど、とうとうシャールはマシンから降りた。それ以外の選択肢はなかったし。だからあなたも引き下がっちゃだめだって。時間枠は守らせなくちゃ」

自分がそうしているのを思い描いてみる。どんなことになるのだろう。彼女は一心不乱にペダルを漕いでいる。わたしは、その指を1本ずつハンドルからはがしていく。

「そうかもしれないけど。でも、あまりいい気分はしないわ。気が進まない。その、すごく心が狭いっていうか」

ルースはじっとわたしを見つめ、そして箸を置く。

「ちょっと前だけど、カーディオマシンを予約しても来ない時期があったでしょ？」

ルースにそう言われて、わたしは赤くなる。「あった」

「それでね」とルースは身を乗り出して続ける。「無断キャンセルってあなたの名前の横に書き込んでいたのは、彼女」

「そんな！」

「そうなの」

あの感じの悪いブロック体は忘れられない。三重下線付きのこともあった。ビックリマークで囲まれていたこともあった。走り書きした名前に責めるような矢印が向けられていたこともある。心ある人はこんなことするはずないと思ったのも覚えている。そして、みんなインクで書かれていたことに今さら気がつく。

「そんなことまでするなんて」

「まぁでも」とルースが応じる。「彼女だけじゃなかった。けしかける人たちがいたの。と言うか、ああいう人にも類友がいるってことかな」

「だけど、ひどい」とわたしは答える。「わたしが出てこないからって彼女に迷惑かけた？　誰かを困らせたの？　予約してあっても5分過ぎたらマシンは誰でも使えるようになるじゃない」これは本当。誰でも使えるのは、周知のルールなのだ。

　ルースはウォリアーボウルの残りをつつきながら、黙っている。そう言えば、マシンを予約したのに現れない人たちがいるのには、ルースもイラついていたんだった。すごく気まずい空気になった。知り合って2年になるのに、わたしたちの間にはまだ距離がある。

「いま頭にきてる」とわたしは言う。

「当然よ。わたしだって怒る」

「なんて言うか、最悪。彼女むかつく」

　どれだけ彼女が最悪かで盛り上がる。わたしたちの大好きな話題。この頃彼女が骨ばってきていることや、Tシャツがぶかぶかすぎて脇が丸見えになっていること。

「何食べてるんだろう？」

「コンブチャ」とルースが言う。「砂糖なしで、スポイトで飲んでる、とか？　それか、なんか海藻」

「哀れね」と言う。

「ね」とルースがうなずく。

　スキムミルクのカプチーノをそれぞれ頼んで、グルテンフリーのキャロットカップケーキをシェアすることにする。

　ルースが箸でカップケーキを半分にしているのを見ながら、「マリブクラブの体重計って合ってると思う？」と聞く。

「合ってると思うけど、どうかな。ちょっとぐらつくかもしれない。なんで？」

「いや、ただ、毎日あれで計ってるんだけど、数字が変わらなくて。つまり、動かないみたいな気がして。そういうことない？　動かなくて、スランプな感じ」

カップケーキがきちんと半分になっているか点検したルースは、片方を差し出す。半分のカップケーキをじっと眺める。昔トムと出かけた素敵なディナーのことを思い出す。デザートはいつもアイスクリームだった。トムはゆっくり食べていた。わたしが自分の分をあっという間に食べてしまってしょんぼりしていると、食べかけのアイスクリームを器ごと渡してくれた。「もうお腹いっぱい」とわたしはいつも断った。「大丈夫、別腹でしょ」とこっちを見ないで答えてくれた。もし目が合ったらわたしが受け取らないとわかっていたから。「ほら遠慮しないで。きみのだから。今夜は特別な夜だし、それに、知ってると思うけど、僕、アイスクリームがすごく好きなわけでもないし」そう言われて、わたしは受け取るのだ。そして抗えなかった自分を後悔する。ひとつひとつ良い方向に変えてきたのに、この欲求をまだ捨てきれないでいる。トムはできているのに。そんな気分になって嫌だった。だからそんなことを言う彼にも腹が立った。純粋にやさしいからだってわかっていたのに。食べているわたしから目を逸らしていたのは、わたしを愛していたからだったのに。

今でもときどき、曲を送り合ったりする。だいたいは彼が送ってくれる。わたしたちが好きだった古いバンドの新しい曲。わたしが好きかもしれない新しいバンドの新しい曲。ほとんどは聴かないままだ。聴き始めても、すぐに気持ちが津波を起こして、やっぱり最後まで聞けない。

「毎日体重を計ってた時期もあったけど、わたし、最近は体重計にしばられないようにしてる」とルースが言う。「何かの数字を自分に結びつけて考えるのは、もうやめたの。そしたら前より健康的な気分になってる」

「なるほどね」とわたしは答える。

すぐになくなってしまわないように、半分のカップケーキを少しずつかじっていくルースを観察する。一口ごとに、眉をあげて、うれしくなくはないニュースを聞いてびっくりしたみたいにうなずく。なんだか健康的だ。肌も髪もつやつやかで、すっかり満ち足りている感じがする。

「トレッドミル3号機を使ってる時って、ジャービルみたいな気分にならない？」

ルースは、よくわからないというような表情をする。口角についたアイシングのかけらを舐める。「ジャービルって？」

「まぁ別に、ネズミならなんでもいいんだけど。輪にはいってクルクル回ってるネズミってこと」と付け足す。「つまり、からかわれてるんじゃないかって気分にならない？」

彼女が背もたれに寄りかかり、軋む音がする。じっとわたしを見つめる彼女。「からかわれてるって？どういう意味？」

「つまり、たとえばの話で、定期的にジムへ通っていて、それで、あまり、というか、まったく変化しないことがある」そう言うわたしの上半身を、彼女の視線がなぞるのを感じる。

「それで、そうやって費やした時間とか、エネルギーとか、なんて言うかもっとこう」

「もっとこう、何？」とルースはもどかしそうに急かす。

パリのような街並みを思い浮かべている。女性がひとり、歩くことを楽しみながら歩いている。友達も一緒に。幸せな気分。

「わかんない。何か別の何か」

彼女は肩をすくめる。

「何が言いたいのかさっぱりわかんないけど、これだけは言えるわ。ワークアウトしない日、少なくともわたしは、何かが違ってる感じがする。ほんと、絶対違う」

彼女は自分の言葉を封印するみたいに、ステビアを入れたスキムミルクのカプチーノに口をつける。そして腕時計を見る。次の予約まで10時間しかない、と彼女が言う。そろそろお会計にしようか。

彼女の上着の襟元にすがって、そういう風には信じられないと打ち明けたかった。マシンに乗って走っていると、泥よりもっとひどい何かに飲み込まれていくような感覚になること。足元が不安定で、地に足をつけて走っている感じがしないこと。いまにも深淵へと落ちていきそうで、何もかも手に負えない気がしてくること。ここに座っている間、わたしの中の底なしの胃袋は決して満たされず怒っていること。痩せているといってもわたしとは髪の毛一本分くらいの違いなのに、ファットガール共同体の中でルースは完全に向こう側の人なのだ。自己管理できて意志の強い彼女は、対岸のわたしにはかすかに軽蔑した視線を投げてくる。

だからわたしの答えはこうなる。「それわかる。わたしもそう。絶対そうだよね」

ＺＥＮを出て、それぞれの区画へ向かって歩き始めた時、彼女に大声で聞いてみる。「ねぇ！　それでクリスティーンはどうなったの？　さっき言ってた7時枠の人！　引越したの？」

「ううん、ここに住んでる。第三区に移ったはずだけど、クラブには全然来てない。脱落したってことね。それじゃまたね」と彼女は大声で答える。キーリングをもう取り出している。

「あした楽しみにしてる」とわたしは返す。

自分の部屋へ戻るエレベーターで、罪悪感を覚える。半分のカップケーキ、あれを償うためにはライフサイクルに何分間乗らなくてはならないか考え始める。彼女がわたしに割いてくれる時間よりも多いはず。エレベーターのドアが開いて、ストライプの服を着せられたブリティッシュ・ショートヘアが駆けてくる。シャールの猫だ。いつもこう。夜になると廊下を駆け回らせて、「戸外」運動させているとか言う。

お互いできるだけエレベーターに乗り合わせないようにしているのに、一緒になってしまうこともある。そういうときの細切れなやりとりから、彼女のネコのことは多少知っている。片方は喘息ぎみで、もう片方は発作を起こしがちだとか。だけど、どちらに注射を打ち、どちらに薬を砕いて食事に混ぜているのだったか、覚えていない。彼女の気持ちはよくわかる。わたしも最近までベンチリー氏というネコを飼っていて、注射を打つことがあったから。ベンチリー氏を引き取ったのは、トムと別れて間もなくのことで、すでに老齢で具合が悪かった。

廊下に出たわたしは、猫の側にしゃがみ込んで、手を伸ばしてにおいを嗅がせる。猫は鼻先を近づけるけれど、すり寄っては来ない。背後で、シャールの部屋のドアが開く気配がする。玄関先に立ってこっちを見ているのがわかるけれど、振り返らない。代わりに、ネコにたずねる。「お名前は？」

「トフィー」とシャールが後ろから答える。「毛皮の色がそんな感じだから」

「そう、トフィーっていうの」とわたしはトフィーに向かって言う。「美人さんね。あなたすごーく美人さん」

そして立ち上がる時に少しバランスを崩し、よろよろと自分の部屋の方へ向かう。振り返らないし、あいさつもしない。

おぼつかない足取りで部屋に戻り、母のガラスの食器棚の鋭い角に太ももをぶつけてしまう。食器棚は、母が亡くなってからずっと捨てられずにいる。

こうして横になっていると、明日の朝の苛酷さにもう嫌気が差してきて、おまけにＺＥＮで食べたせいで自分が嵩張っている気分になって、ルースに腹が立ってくる。そんな状態で、このベッドルームの壁だけがシャールと自分を隔てているんだと考えるのも、好きじゃない。黄色い壁の表面に背中をつける。向こう側では同じように、彼女がよりかかることがあるのも知っている。海藻の酵母を一滴ずつ舌に落としているんだろうか。くっきりと見える背骨を愛でているんだろうか。それとも、そろばんでも使って、浮き上がったあばらを数えているんだろうか。こうして壁にもたれかかって、誰も知らない秘密の気配に聞き耳を立てることがある。彼女には何か隠し事をしていてほしい、とても。聞こえてくるのは、案外つまらないものだ。わたしに聞こえるのは、沈黙だ。笑い声付きのシットコム。たぶん「フレイジャー」とか。それからクローゼットの戸を開け閉めする音。

夜が明ける。いよいよ彼女に正面から向き合う。マリブクラブへ向かいながら、今日はわたしたちの避けがたい衝突の日になる予感がしてくる。7時00分00秒にジムへ入っていくと、彼女はまだ、あの骨みたいな体でライフサイクルを鞭打っている。わたしはその近くへのしのしと近づき、咳払いをする。汗まみれのおぞましい顔で振り向いても、わたしは平然として、怯えたりなんかしない。ご存知のように次はわたしの番なんです、ときっぱり告げる。彼女が「あと少し待って」と答えて、わたしをまるでハエみたいにちょっと叩いておけばいいみたいな態度であしらったら、大きな声で、効果のないトレーニングに汗を流している女たちみんなに聞こえるように、昨日も一昨日もその前もわたしの枠まで割り込んできたじゃない、と思い出させる。するとようやく彼女はわたしをさえぎって叫ぶ。「わかった！　わかった！　わかったから！　落ち着いてよ！」首の後ろがじんわり赤く熱くなるのを感じても、わたしは決してたじろがない。そのまま立ちつくし、ＴシャツのJust Do Itのロゴを隠すように腕を組み、サドルとハンドルをきれいにする彼女にじっと目を光らせる。ペダルのストラップに残る汗のことも、端折らず指摘する。その瞬間、彼女にはたかれるかもしれないと思う。でも彼女はただマシンに向き直って、それもきれいに拭き取る。拭き終えた彼女は、毒づきながらストレッチマットへ駆けていく。口の中で彼女がつけたわたしの名前を呼ぶのが聞こえる。それは、わたしがつけた彼女の名前よりもひどい。鏡に映った自分に石でも投げつけるように浴びせてきた名前よりも。わたしが想像してきたどんな名前よりも、ずっとひどい。

　全力で動いていた彼女のあとは、マシンの周りがじっとりとしていて、そこで運動するといつもなんだかくらくらする。今日なんて、戦争の焼け跡でトレーニングするみたいで、血まみれで転がる体や頭の骨を踏みつけている気分になる。ハンドルは、彼女がおそらく死ぬ思いで握りしめていたところがまだ熱を発していて、火かき棒のようだ。雑に拭き取っていったせいで、モニターは曇っている。ペダルのストラップにはねた汗は、まだうっすらと残っている。隅のほうでランジをしている彼女の怒りの矛先がわたしのうなじに向いているのがわかる。ファーマーズウォークをして、ヒップスウィング、そしてアブダクションとこなしていく間もずっと。怒りをこめて、ぜい肉のそぎ落とされた片脚を上げ、次に反対の脚を上げる。まだ湯気が上がっているマシンによじのぼりながら、彼女の怒り狂った視線がわたしの背中のどこに刺さっているのかに気づく。ハロルドならちょっと困ったパーツとやさしく表現してくれるその部分は、この数分間では何も変わらない。その時、肩にじっと力を入れているルースが、よくやったわ、と口を動かしうなずいているのが鏡越しに目に入る。ばかだなと思いながら片足を踏み込み、漕ぎ始める。感触は、おそろしく柔らかい地面を走る、踏み込んだ途端に地面が逃げていくあの悪夢と、たいして変わらない。

気を紛らわせるためにアククアフィット中の女性たちを見る。どうやらまたインストラクターがいないみたいだ。今のところ、彼女たちのうちのひとりがカウントをとっている。ふざけているようにしか見えない水中ダンスをひと通り眺めながら、わたしは、張り出した肉のかたまりの中で生きていくこの人たちの運命を思う。

あぁ、もういい。マシンから降りる。3分を残してやめる。ほらみろよ、という目をシャールが向けてくるかと思ってマットのほうを見るが、すでに彼女はいない。マットがへこみ、汗が散っているのを除いては、彼女の痕跡はない。いかにも飢えたフライトアテンダントのためにマシンをきれいに拭く。いつもマシンの近くにいてわたしの視界に入り込み、せっせとストレッチする彼女は、早めに降りたわたしを見て、感謝する骸骨のように歯を見せて笑う。まだ早いのに気前がいいのねえ、とでも言うような目配せ。肩回りを軽く叩き始めるのを見ると、「もしかしたら、あのファットガールはもうタオルを投げて、ギブアップするかもしれない」といつも早めにやって来た彼女のこれまでの日々が思い出され、憐みすら沸いてくる。ということで、今日がその日でした。わたしは、ごゆっくりどうぞ、と告げる。彼女は満足げ、わがもの顔でマシンに乗る。それを目にしたら疲れ果ててしまい、背筋はしないことに決める。腕立ても。脚上げも、シザーキックもアブダクションも、今日はなしだ。結局ちっとも効果はないとわかっているし、すべては悪趣味ないたずら、今ではそう悟っている。

翌朝、わたしはジムへ行かない。次の朝も。その次も。簡単に言えば、なんとかつかんだ午前7時の枠をわたしは手放したということだ。地の底まで落ちるにまかせた。長さも、回数も、重さも、気にとめない、鏡の前で着替えても自分を見ない。そう、またふさぎ込む期間に戻った。6階上から眺めるマリブクラブは、縁もゆかりもない水槽のように見える。群れて泳ぐ奇妙な魚たち、シャールはその中でも特に侘しい標本。毎朝、彼女を見下ろす。わたしが捨てた数分間をしゃぶり尽くす彼女に、声にならない声で話しかける。あんたの勝ち。さぞ幸せでしょう？　でも、彼女は幸せそうには見えない。変わらず腹を立てているように見える。

夜が来ると、父と一緒になって、避けるべき食べものをたっぷり食べている。暗黙の了解ができていて、トムや離婚や母や今の暮らしについて口出ししなければ、たまにうちに来てくれていいことになっている。母が残した白地に薄青の花が描かれたソファの両端に座って、「アブソルートリー・ファビュラス」を観たりする。わたしが戻ってきてからの数年間、こうして少しずつ距離を埋めてきた。

「金曜の夜」と父が言って、こちらを向く。「予定ある？」

「ない」

「近くに住んでる友達がいただろう？　小さい時からの。名前なんだっけなぁ？　マル？」

「メル」メルはここから北東にある複合型マンションに住んでいる。何か名前があった。エデン。エデンの東。そんな感じの。

「どうなんだい？」

「たまに会うよ」これが真実だった時もあった。今ではもう一年以上会っていない。地元に帰ってきてしばらくは、何カ月かにいちどは、昼過ぎに会ってコーヒーやお茶を飲んだ。息が詰まるような会話の中身は、メルの彼氏とか、わたしが誰かと付き合っているかとか。メルが仕事の話をして、わたしも仕事の話をして、なんとなく2時間くらいやり過ごすとどちらかが、たいていはメルが、次の日にしなくちゃいけないことを話し始める。そろそろ解散にしようか。でも、会えてよかった。わたしも。もっとちょくちょく会いたいよね。ほんと。年をとって距離ができた、そういう感じだとわたしは思う。友達だって、そういうこともある。

今夜は、もっと聞きたいことがあるような気配だったけれど、それ以上は聞いてこない。代わりにレンジで温めたオーヴィルの容器を渡される。今夜は、断らない。わたしはそれを受け取る。ポップコーンをあっという間に平らげたら、次はふたり揃って、気のぬけたブランデーの入ったチョコレートビーンズをひと箱食べる。

父は水を一杯汲みに立ち上がって、低めに下がる鉄製のシャンデリアに頭をぶつける。母が使っていたもの。よくやるんだ。いつものように小さくため息をつくだけで何も言わない。

西部からこの家に戻ってきたばかりの頃、母のものは処分するべきだと父はよく言っていた。そのうちに、処分する気はあるのかと聞くようになった。そして今は母の物の上に座って、何も言わない。ガラスとクロム合金の角張った表面に足を預けている。時々は、暖炉を模した棚の上に置いてある母の遺灰を眺める父に気づくこともある。遺灰を納めた青い壺には埃ひとつなく、大きくて野暮ったい花柄がついている。ハワイアンドレスとか、プラスサイズの店で売っていたような服がそんな柄だったなと思った。母親が大人になってからずっと着ていた、そしてわたしも10代の頃にはけっこう着ていた、ああいう服。この世が太った人だらけになる前のこと、つまり、そういう人たちが着たい服を着られるサイズで買えるようにはなっていなかった頃に、年齢関係なく着なくてはならなかったような服のことだ。たぶん、壺に関してはハワイアンっぽいもの以外にも選択肢はあった。でも、あの時わたしは本当に悲しくて、そのことに気づけなかった。それにさ、ずっと壺に納めておくわけじゃないよね、とわたしは胸の中でつぶやいていた。すぐに自由にしてあげよう。水の中にまいてあげよう。そうして欲しいってよく言われたとおりに。今、何年も過ぎて、まだそうしようと思い続けている。灰色に小波を打って広がる水辺にいる自分を思い描くこともあるし、それが川の時もある。暗い急流はあまりに速い。反対に、青みがかった緑が広がる静かな水面を想像することもある。わたしは決まって暗い灰色のロングコート。岩の多い岸辺。長く伸びた桟橋の端。砂利だらけの川岸。橋の欄干に寄りかかっていたり。波が洗った白い砂浜に足を踏み入れていたり。目の前には緑色がうねる海、ここが母の居場所になる。ハワイ風の壺は両手にずっしりと重い。だけど、心の中でどういう水辺に立ってみても、ふさわしい場所にはたどり着けない。部屋の窓からほんの少し見える湖、あれはもちろん違う。というか、あの湖みたいなもの。あれはなんだろう？　貯水池。人工湖。海ではない、絶対に。

「あの湖は海につながってるよね？」と父に聞いてみる。

「海？」と聞き返す父の目はテレビに向いている。「だと思うけど。そうだろ、違うか？」

帰ろうとして立ち上がると、父はまたシャンデリアに頭をぶつけて、不満げに言葉をもらす。

「これ点けることあるの？ もしないなら……」

「たまにね」

「点けたほうがいいよ。もし処分しないなら、ちゃんと使ったほうがいい」父は今、ここに暮らすふたりの女と付き合っている。どちらも第一区、5階の部屋、でも棟が違う。夕方になるとジムに来る仕事のできそうな人たちで、片方はわずかだけどさらにやり手風に見える。わたしとの時間を終えた父は、その人のところに戻るんだろう。

「おやすみ」とわたしは言う。

父が帰り、わたしは眠ると、これまで何度も見た夢をまた見る。Bebeという女性ブランドのショップを爆破する夢だ。スマーフみたいな女が、わたしが頼んだピーコック柄のブレザーのMサイズは切らしていると言う。そもそもわたしにMは無理で、かろうじてどうにかLが入るくらいなのに、「別にいいわ」と答える。本当に、今回ばかりは別にいい。なぜなら、わたしのおなかにはダイナマイトが巻きつけてあって、それをXLのアン・テイラーのカーディガンで隠してあるからだ。別にいいと言った訳を見せると、店員は金切声を上げ、わたしも叫び、みんなまるごと煙に包まれる。ストラップのボディコンスーツ。ふんわりとしたアシンメトリーのブラウス。ラインストーン付きのダンスウェア。火の海に溺れてわたしは死ぬけれど、おかげで店が燃え落ちるのを上から見届けることができる。きのこ雲が上がり、おもちゃみたいな灰が吹きあがり、爆風が髪を揺らし、わたしは息をのむ。あれ、と思う。Bebeの終わりを告げるサイレンや警報音が、夢の外にまで聞こえてくる。わたしの部屋の中で、けたたましく鳴り響いている。わたしは目を開ける。火災報知器。夜間警備員のカルロスの声。慌てないで、慌てないで、とわたしたちに呼びかけている。それぞれの部屋に取り付けられたスピーカーから、聞こえてくる。

部屋用のガウンに肩を押し込み、もつれた足で玄関から出る。よろめきながら非常口を目指し、シャールの部屋を通り過ぎる。ドアは全開になっている。

玄関の奥、見慣れた間取りを反転させた部屋の中、シャールが歩き回っているのが見える。ネコ一匹を脇に抱えて、かん高い声で「トフィー！」と叫んでいる。ジム用のTシャツを着たままだ。ジョギングパンツが脚にはりついている。その上からネズミの毛のようなバスローブを羽織っている。そんな彼女を見て、子どもだった頃に動物園で見た片目の虎を思い出す。コンクリートの壁に囲まれて、行ったり来たりしているのを、みんな眺めていた。わたしは彼女の混乱と悲しみをまるで自分のことのように感じて、額をガラスに押しつけて立っていた。どれくらいの時間が過ぎただろう。となりの子どもが大声で尋ねていた。なんであんなふうにうろうろしてんの？

緊張しているんですよ、と飼育員は答えていた。

その場で、彼女を自由にする計画を立てたことも覚えている。夜になったら戻ってこよう。先の尖ったフェンスを飛び越えればいい。手の跡がついたガラスにゴミ箱を投げつけて割ればいい。そして、彼女の背にまたがり闇夜に駆け出そう。もしわたしが食べられていなかったら。

部屋に足を踏み入れながら、隅々まで視界に収める。食べものがない御影石のキッチンカウンター、造花のランが束で刺さった背の高い吹きガラスの花瓶、つやのあるテーブルと椅子、それから、みんなばらばらの形をしている鉄製の置物一式。アイアンメイデンを食べながらルースに話す時のためにこういうことは覚えておく。

あんな生活しているなんて、どうかしているでしょ？

哀れだわ。

哀れね。

ほんと、つくづく哀れ。

彼女は助けてほしいと言わないし、わたしも手伝いましょうかとは言わない。でも、彼女の後ろについてリビングに入っていく。淡い黄色のカーペット（この女も暗い灰色じゃなく淡い黄色を選んでいたんだ）の上で同時にしゃがみこむ。すると、枝編みのふたり掛けの椅子の、沈み込んだ座面のちょうど下に、大きく見開いた黄色いふたつの瞳が見える。トフィーだ。

シャールが椅子の片側を持ち上げ、わたしはシャーシャーとかシューシューとか鳴くトフィーを腕に抱えこもうと手を伸ばす。まずは、カーペットに引っ掛かった爪をひとつひとつ外さなければならない。体を持ち上げると、足は棒のようにつっぱり、飛び出た爪はわたしの首を狙っている。そのまま部屋を出て、地上の非常口を目指してコンクリートの階段を降りる。建物から離れ、駐車場とマリブクラブに挟まれた芝生へと歩いていく。そこからだと、警報音は少しだけ遠くに聞こえる。

わたしたちは、刈り込まれて枯れた芝生に腰を下ろす。両側には、工夫のない庭でよく見かける円形の花壇がある。見張り番代わりに植えられた花、人目も惹かないし、名前も知られない。それぞれの腕の中でネコたちがシューシュー鳴く。わたしたちは声をかけ合うことも、目を合わせることもしない。頭の上では、ピンク色の朝焼けが夜闇を縁取り始めている。お礼の言葉はない。彼女のほうを向くと、マリブクラブの全面ガラスをまっすぐ凝視している。そこにいる女性を見ている。暗闇でライフサイクル1号機に乗っている。眠れないと、わたしもときどき同じことをする。不動産のエージェントとか金融アナリストとかが5時30分の時間枠でやって来るより前、朝早くに降りていく。明かりを点けないままでいると、そのうちにタオル地のヘッドバンドをしているようなまぬけなやつが来て、スイッチをはじく。なぜかわからないけれど、暗い中だと楽に漕ぐことができる。空回りするだけのこの片足を、もう一方の足の前へ動かしていくのは、自分が戦っているカーディオマシンの点滅する赤い光と非常口の表示だけしか見えていない時のほうが簡単になる。

マシンを漕いでいる女性は、前に見たことがある。アクアフィットをやっているタフなベテランたちを除くと、この人くらい結果という観点から考えて発展性に欠ける生命体はいないと思う。ソープオペラみたいな人だ。10年ぶりにチャンネルを回してみたら、１インチも話が展開していないようなソープオペラ。三角関係も不倫もスキャンダルも、前に見た時からまったく変わっていない。俳優たちはほんの少し年を取っていて、その顔には化粧でなんとかしているところが増えている。

「最近見かけないですけど」とシャールは言いながら、クラブの暗い窓ガラスの方にあごを向ける。

「そうですね」とわたしは答える。

「一時休止ですか？」

「まぁそんな感じです」

すべて察したような雰囲気でうなずき、部屋着のポケットに手を伸ばしてタバコの箱を取り出す。どう？　とでも言うように、こちらに差し出す。わたしは首を横に振る。

「動物園って興味あります？」と聞いて、彼女はタバコに火を点ける。

「動物園ですか？　まぁ、ときどき行きます」

「動物園で働いてるんですよ、あたし。資金集め」

「そうなんですか？」と答える。そんなこと全然知らなかったみたいに。

「無料券2枚、用意できますよ」と彼女が続ける。「その、あなたと友人の方で使える」

メルのことを考える。高校の時、ふたりでよく動物園へ行っていた。サルのところへ連れていかれたのは、わたしがサルを怖がっていたからだったし、実際そうすると、悪いことをしたと気が咎めるのか、カメのところへ連れていってくれた。こんな風に振り返って見てもやっぱりわからない。芝生に寝そべって同じヘッドホンで音楽を聴いていた頃から、どこをどうすると今みたいなことになるのだろう。どこにもたどり着けなかった。メールしたいな。

「舞台裏ツアーも手配できます。もちろん全部じゃないですけど。たぶん一カ所くらいなら。好きな動物の」

沈黙。

「好きな動物って？」

「なんでしょう。カメですかね？」とわたしは答える。

「カメですか」と彼女はくり返す。答えにがっかりしたのがわかる。大型のネコ科を言うべきだったのだろう。チーター。オオヤマネコ。

「それなら難しくないはず。わたしに言ってください。言ってもらえれば」と彼女は続ける。「手配しますし」

　わたしはうなずき、暗闇で漕いでいるあの女性を見つめる。わたしもあんな感じだったのかな？　そんなはずない。どこかへ近づいていっていたはずだ。運動するわたしは、到達できる目標へ向かって前へ前へ進んでいたはずだ。

「哀れですね」と、シャールがとなりで大きな声を出す。この人も同じようにあの女性を見ている。

「えぇ」とわたしは同意する。「とても哀れです」

　腕にしがみつくネコの力が少し弱まる。

「インターバルトレーニングをしたらいいのに。それが問題だと思います。インターバルトレーニングしないんだもん」

　小さな舌のように、タバコの煙が口から飛び出す。

「体を驚かさないとだめですよね。急に襲うんです。常に。身体のシステムは絶えず刺激しておかなくちゃだめですよね。そうしないと、どうにもならない」

「そうですね」と返事しながら、わたしは女性を見つめる。「この湖は海につながってるかどうか、知ってます？」

「海に？　そんなことないと思いますけど」

わたしはうなずく。

「もしかすると、最終的にはそうかも」と付け足す。「まず河川に入るんじゃないですか。よくわかんないですけど」

どこに行くんだろうって思うんだ、と昔メルに言われた。

何が？

うちらの脂肪。脂肪を落とすって言うけど、そのあとは？　汗かくけど、でも、それ全部が脂肪じゃないっしょ。水分と塩分になるだけじゃないはずじゃん。ただ消えるなんてあり得ないし。あたしたち溶けんのかな？

こっちを見て、笑いながら椅子の上で軽く揺れていた。ごきげんだったのは、ダイエットがしばらく続いていて、体重が落ちていたからだった。思慮深い雰囲気を漂わせ、身体のラインを生かしたベルベットのワンピースを着て、山ほどシュガーツインを入れたペパーミントティーをかき混ぜている。

溶けるんじゃない、ほんとに、とわたしは答えた。前に科学雑誌でそういう記事読んだことあるし。なんて書いてあったかちゃんと覚えてないんだけど、でも、溶けたのが息とかにも混ざって出てくるんだよ。

メルは聞いていなかった。窓に映った自分を見て、満足そうにしていた。

たぶんあたしたちのまわりにあるんじゃん？　とようやく返事した。ほこりっぽいカフェの空気を指して片手を動かしながら、不気味な声色を作って目を大きく見開いていた。まだ10代のつもりで、わたしを怖がらせようとしているみたいだった。たぶん昔のあたしたちはこのまわりにいるんだよ。そういうので宇宙はできているのかも。あたしたちが落とした脂肪で。メルは笑った。けっこう笑えない？

真っ赤な朝焼けが、ふたりの顔と水面を照らす。市街にあるガラス張りのビルは、太陽が昇り切った瞬間には陰気な灰色に戻るけれど、遠くから見るときらきらと光を放ち、かがやいている。ここからだと、湖もうつくしい。でも、実際には、気晴らしにときどき出かけたウォーキングの最中にこの目で見たから、あの水面の下には世界のゴミと酸に冒された目のない魚しかいないこともわたしは知っている。マシンを変えてもいいかなと思う。傾斜をいろいろ変えて、2分のインターバルをとろうか。モードを小まめに変更して、ランダムから脂肪燃焼や坂道にして、そうすると何かに向かっているような気分になれるかもしれない。サイレンが近づいてきて、腕の中でシャールのネコが警戒する。マリブクラブのガラスの密室の中にいてもサイレンは聞こえているはずなのに、あの人は漕ぎ続けている。ガラスの向こうの彼女を見つめながら、シャールのタバコの煙を吸い込むと、わたしたちは向き合ってみてもいいかもしれないような気がしてきてしまう。たぶんお互い同じように感じていて、そうすると何もかも変わるのかもしれない。

謝辞

両親のニーナ・ミロシェヴィッチとジェイムズ・アワド、愛情深くわたしを信じてくれて、ありがとう。アレクサンドラ・ディムー、ケン・カルホーン、ジェシカ・ライリー、ジェニファー・ロング＝プラット、エリカ・ミーナ＝ランドリー、ドーン・プロミスロー、メイリード・ケイス、エミリー・カリトーン。この本を書いている間、友情と計り知れないサポートと、やさしさ、それから思慮深いコメントをくれました。どうもありがとう。

ジェシカ・ライリーに感謝します。賢く、あり得ないほど寛大な読者であり、その友情と尽きることのない励ましが、何度となくわたしを救ってくれました。つまり今わたしが健やかなのはあなたのおかげです。

創作へ向かわせてくれる恩師ブライアン・エヴンソンに感謝します。細部まで丁寧に見てとり、励みになるコメントをくれました。それから、ジョアンナ・ハワード、キャロル・メイソー、タリア・フィールド、ジョアンナ・ルッコー、ケイト・バーンハイマーの指導は非常に貴重でした。２０１２－14年ブラウン大学で出会ったすばらしい同僚は、書き直され変化していくこの作品を忍耐づよく読んでくれました。

わたしの書いたものを読み、手を貸してくださった寛大な編集者のみなさまにも感謝します。ニック・マウント、ジョーダン・バス、デレク・ウェブスター、マシュー・フォックス、カーマイン・スターニーノ、ジェイミー・クラーク、ニュートンヴィルブックスのメアリー・コットン、リビー・ホッジス、ミハイル・イオセル、マイク・スプリー、エマ・コムロス＝フロブスキー、エミリー・M・キーラー、ローレン・シュポーア、クイン・エメット、エリザベス・ブラックマン。クリスティーン・ヴァインズに感謝します。

労力を惜しまないすばらしいエージェントのジュリア・ケニーにも感謝します。その熱意が、自信もなく不安で仕方のなかった日々を明るく照らしてくれました。編集者のリンジー・シュウォーリは、聡明で洞察にあふれたコメントをいつも返してくれ、この本のために力を尽くしてくれました。どうもありがとうございます。語ること、自分の声を持つこと。彼女の献身なくしては叶わないことであり、わたしにとって彼女以上の編集者はいません。そしてカナダの編集者ニコール・ウィンスタンリーにも心から感謝します。心のこもった手紙をくれ、この本を愛し、わたしが生まれ育った地へと連れて行ってくれました。

デブカ・コルソンとボストン・ライターズルームに感謝します。作品を書く空間を与えてくれました。

ベッツィー・バートンに感謝します。自宅に招き入れ、書くための場所と時間を与えてくれました。キングス・イングリッシュ書店のみんな、どうもありがとうございます。友情とコミュニティを与えてくれ、わたしが必要なときに働かせてくれました。

最後に、レックス・ベイカーに心からの感謝を。この作品はあなたに捧げます。わたしを信じ、愛してくれ、わたしのすべてを理解してくれます。あなたなしには書けなかった作品です。

訳者解説

この本の原題は*13Ways of Looking at a Fat Girl*、直訳するとしたら、「あるファットガールの13の見方」となるでしょうか。カナダで生まれアメリカの大学で創作を学んだ作家モナ・アワドのデビュー作品集です。

英語の詩に詳しい人であれば、この言葉が詩人ウォレス・スティーブンスによる“13 Ways of Looking at a Black Bird”という作品のタイトルから来ていることに気がつくかもしれません。それはブラックバード（日本語ではハゴロモガラスが近いようです）をめぐる13の断片的なイメージから成る、アメリカを代表する詩人によるとても有名な詩ですが、13の短編からなるアワドの作品集も、構成に関してはその詩によく似ています。

主人公エリザベスの人生から切り取られた13の断片は、それぞれがひとつの物語として完結していると言えます。基本的には、ひとつの話を読み飛ばしたから、別の話の意味が全く分からなくなる、というようなことはありません。エリザベス以外の語り手が登場する「最大のファン」と「あの子はなんでもしてくれる」という作品もあり、それらも含めて読むと、それぞれ独立した短編が並んでいるという印象がさらに強まると言えます。そして、それらを通じて、ひとりの人物の体に対して与えられる13通りの「見方」を読者は受け取ることになります。

しかし同時に、一貫したひとつの大きな物語として、作品集全体をとらえることもできます。舞台や主題は異なりますが、すべての短編の中心にはエリザベスがいて、人生のいろいろなステージでだいたい、いつももやもやとした悩みを抱え、変化はすれど取り替えはきかないひとつの体で生きている――そういうひとりの女性の印象が、この本を読んだ人々の心に強く残るのではないかとも、訳者であるわたしたちは考えるのです。読者のみなさんはどう感じたでしょうか？

この翻訳に取り掛かる前、ひとまず日本語タイトルを考えようという場面で、原文に忠実な「見方」という言葉ではなく、「ものがたり」――「あるファットガールをめぐる13のものがたり」というフレーズがまっさきに浮かびました。ものがたり／物語は、言葉がつらなって生まれた文章が、次の文章へとつながり、それが何度も繰り返されていくことで、ようやく出来上がります。この作品集のスタート地点には、エリザベスというひとりの女性がいますが、それだけでは物語になりません。彼女が口を開く、足を踏み出す、何かを失う。という具合に何らかの行為が続き、状況の変化が生まれ、それに言葉が与えられていく。その結果が彼女をめぐる物語になります。

何を当たり前のことを！　と思われるかもしれません。ただここでひとつ、このエリザベスの物語には、非常に重要な、他の物語にはあまり見ることができないであろう特徴があることに注意が必要です。それは、エリザベスの言動ひとつひとつ、そして彼女を取り巻く登場人物たちの言動ひとつひとつが、常にエリザベスの体、より具体的に言えばその体のサイズを、意識したものであるという点です。

「宇宙はわたしたちに冷たい。理由はわかっている」

作品集の冒頭の作品「宇宙にさからう時」の始まりで、親友メルと一緒にいる彼女はこう語ります。彼女がそう感じる理由は、自身の体型がフツウとくらべて大きいから。太っているからです（そもそもフツウって何？　という突っ込みも、この本は歓迎してくれていることをお忘れなく）。ここから始まり、少なくとも作品集の前半、わたしたち読者は描かれる彼女の言動に、体型に関わるコンプレックスのあらわれを読みとることになるでしょう。そして彼女の人間関係――具体的には母親、親友メル、夫トム、父親、何人かのボーイフレンド、そして何より、同じく自身の体をめぐる悩みを抱える何人もの女性たちとの人間関係――にも、体に関わる彼女の自己認識と他者からの評価が、大きな影響を与えています。読み進める上で、主人公の体の大きさとその変化を、つねに意識させられる小説が、これまでどれだけの数、出版されてきたでしょうか？

　これこそが、作者モナ・アワドがこの作品集を通じて取り組もうとしたことのひとつです。人が自分自身に対して抱く、そして他者が自分に対して抱く「ボディー・イメージ／body image」が、人間関係のあり方に大きな影響をもたらすひとつの要因であることを描く。そしてまた、細ければいい／太ければ悪いというような往々にしてあまりにも単純な意味づけ、体をめぐるステレオタイプに対して、疑問を投げかける。この作品集の執筆を通して、それらを試みたのだと、本作の出版後に受けたインタビューで繰り返し彼女は語っています。それがどのくらい成功していると感じるか、これも読者のみなさんに聞いてみたいところです。「ボディー・イメージ」という観点について、訳者としても感じたことがあります。最後にそれを紹介し、このあとがきを終えたいと思います。

　作品集の後半に近づくほど、エリザベスの体は細くなっていきます。そう、ダイエットに取り組むのです。ここで、よくあるダイエット商品やプログラムのCMを思い浮かべてみましょう。そこには同じ人物の2枚1組の写真があらわれてはいないでしょうか。一方に写るのは太っていた「過去」の体、もう一方に写るのはやせた「現在」の体。そして、やせた「現在」の体は、より健康で楽しみにあふれた「未来」を約束されている——これは細さをよいものだと考える社会・文化において、しばしば理想化されるダイエットのシナリオであると言えます。

　ではこの本の場合はどうだったでしょうか。細くなったエリザベスは、シナリオどおり幸せな生活を送り、はい、メデタシメデタシ——という終わりを迎えたでしょうか。いえ、そうはならなかったはずです。「細さ」と「幸せ」を切り分けるという点に、先ほど紹介したアワドのねらいが表れています。

　この点から、もっと多くのことを考えることもできます。作品集を通じてエリザベスの体は変化しますが、その変化のいずれの段階のおいても、人が自分の体を生きることの「居心地のわるさ」とでも言えるような感覚がつきまとっています。理想の体を獲得することだけではありません。現状の体を受け入れることも、彼女にとっては決して簡単ではありません。そもそも体を持って生きることとは、永遠に埋まることのないあなたとあなたの体との間にある溝を、意識し続けることなんですよ——とでも言われているような気持ちになることがありました。

ダイエット広告が突き付けてくる「理想の体を獲得しなさい！」というメッセージ、あるいはそれに対抗するものとして、近年脚光を浴びつつあるボディ・ポジティブの「今のあなたの体を受け入れていいんだよ」というメッセージ。一見すると正反対のそれらのメッセージが、それを聞く人々に一瞬忘れさせてくれるのかもしれない現実——体は自分にとってもっとも身近な他者であるということ——を、突き付けられるようにも感じました。そういう意味で、体を持って生きる読者に、体ってなんだ？と問いかけてくるような本でもあると言えます。そして、その問いは、もはや体の大きい小さいとは無関係に、ひとしくすべての読者に共有されうるものなのではないでしょうか。

さて、このように本作を紹介してきましたが、何か大まじめなメッセージに備え、頭を固くして身構えて読む、といった印象を与える本では決してなかったはずです。エリザベスが好むインディーズ音楽、ファッション、いかにもおいしそうな食べ物などなど、カナダとアメリカの現代文化への言及がくりかえし出てきます。これらは単純に読んでいて興味深い箇所だと言えます。そして、メルとの友人関係、夫との出会いそして別れ、何より、母親との一筋縄ではいかない親子関係は、どれも読者を引きつけつつ、時にほろりと泣かせるような切ない描き方がされています。

これからモナ・アワドがどのような物語を紡いでいくのか、目が離せません。ちなみに、すでに２０１９年の夏には、初の長編小説 *Bunny* が出版されました。ある創作科を舞台に繰り広げられる作家志望の女子大学生たちの物語は、序盤こそ青春小説のような内容ですが、途中から一気に加速し、デイヴィッド・リンチを思わせるようなダークでホラーな、でもどこかポップな作品世界へと読者を導きます。これも日本語で紹介する機会があれば、と願います。そして最新の小説 *All's Well* が２０２１年の8月に出版されるというニュースも飛びこんできました。

　この翻訳の完成には予定より長い時間がかかってしまいましたが、書肆侃侃房の田島安江さん、藤枝大さんおふたりの卓越した編集者としての手腕に助けられ、また、黒木留実さんにも校正作業に忍耐づよくお付き合いいただき、とてもよい作品に仕上げることができました。表紙に使わせていただいた牛久保雅美さんのイラスト、そして成原亜美さんの装幀はとてもよく小説の雰囲気を伝えてくれています。ジョシュア・フリーズさんは、細かな英語の質問にいつも明快な答えをくれました。この場をお借りして、心よりお礼を申し上げます。

　また、この翻訳を出版するきっかけとなった『現代アメリカ文学ポップコーン大盛』の連載と出版の企画を通して、一緒に仕事をさせていただいたみなさま。青木耕平さん、佐々木楓さん、里内克巳さん、藤井光さん、矢倉喬士さん、吉田恭子さんから、あふれるほどの知的刺激をいただきました。本当に、どうもありがとうございました。

加藤有佳織
日野原慶

■著者プロフィール

モナ・アワド（Mona Awad）

1978年カナダのモントリオール生まれ、ボストン在住。ブラウン大学、エディンバラ大学、デンヴァー大学で創作と英文学を学ぶ。現在はシラキューズ大学で創作を教えている。デビュー作品集『ファットガールをめぐる13の物語』に続くポップでキュートな怪作 *Bunny*（2019年、未邦訳）は、The Ladies of Horror Fiction ベスト作品賞受賞。2021年8月に第3作 *All's Well* が刊行。

■訳者プロフィール

加藤有佳織（かとう・ゆかり）

慶應義塾大学文学部准教授。アメリカやカナダの文学、世界各地のカッパ（的な存在）に関心がある。共著に『現代アメリカ文学ポップコーン大盛』（書肆侃侃房、2020年）、翻訳にトミー・オレンジ『ゼアゼア』（五月書房新社、2020年）、共訳に『デカメロン・プロジェクト——パンデミックから生まれた29の物語』（河出書房新社、2021年）。

日野原慶（ひのはら・けい）

大東文化大学にてアメリカ文学を教えている。「身体」「自然」「環境」「廃棄」「排泄」などに関心があり、それらにつながる現代のアメリカ小説や、ノンフィクション作品（とくに自然や環境をテーマにしたネイチャーライティングや、病や体をテーマにしたエッセイなど）を研究している。共著に『現代アメリカ文学ポップコーン大盛』（書肆侃侃房、2020年）。

ファットガールをめぐる13の物語
13 WAYS OF LOOKING AT A FAT GIRL

2021年4月22日　第1刷発行
2022年4月4日　第2刷発行

著者　モナ・アワド
翻訳者　加藤有佳織、日野原慶
発行者　田島安江
発行所　株式会社 書肆侃侃房（しょしかんかんぼう）
〒810-0041 福岡市中央区大名2-8-18-501
TEL 092-735-2802FAX 092-735-2792
http://www.kankanbou.com
info@kankanbou.com

編集　田島安江／藤枝大
DTP　黒木留実
印刷・製本　モリモト印刷株式会社

ISBN978-4-86385-461-1 C0097